多余女

赵倩 著

折一枝当代历史枝叶，
谨以此书献给当年经历过的人们！

陕西新华出版
陕西旅游出版社

图书在版编目（CIP）数据

多余女 / 赵倩著. — 西安：陕西旅游出版社，2016.10（2024.1重印）

ISBN 978-7-5418-3413-4

Ⅰ.①多… Ⅱ.①赵… Ⅲ.①长篇小说－中国－当代 Ⅳ.①I247.5

中国版本图书馆 CIP 数据核字(2016)第 236458 号

多余女	赵倩 著

责任编辑	晋枫森
出版发行	陕西旅游出版社（西安市唐兴路6号　邮编：710075）
电　　话	029-85252285
经　　销	全国新华书店
印　　刷	盛大（天津）印刷有限公司
开　　本	787mm×1092mm　　1/16
印　　张	15
字　　数	180 千字
版　　次	2016 年 10 月　第 1 版
印　　次	2024 年 1 月　第 2 次印刷
书　　号	ISBN 978-7-5418-3413-4
定　　价	78.00 元

序

一个长期被社会忽视的弱势群体——多余族群
——读赵倩的长篇小说《多余女》

于祖培

近年读的文学作品不多,甚至与文学疏远了。原因不外乎两点,一是自己工作变了,从一个文学爱好者转为史学研究者;二是现在操笔写小说的很多,文坛上也确实热闹得很,但仔细想来,很少有令人感动的作品。我爱好文学,每每想圆文学梦,总觉得文学二字沉重得很——没有好的题材,未做好准备,哪敢贸然提笔,写出粗制滥造的东西冒充小说,贻笑大方。

今年5月初,文友送来一部长篇小说《多余女》,让看后提意见。开始我并不在意,然而看着看着,就被其内容吸引住了,就小心地读完。掩卷沉思,激动不已。不说其语言流畅,故事生动感人,人物形象鲜明,仅仅是作品的题材,也使我不敢小看它。它反映的是文学领域至今未触及的新题材——多余族群。这个成人都未触及的题材却被一个不足十八岁的小姑娘抓住了,而且写得如此生动深刻,让人感叹不已。我怀着对文学新人负责和对文学题材珍视的态度,提出了自己的看法与建议。她对建议非常重视,又数易其稿,终于把一部成熟的文学作品呈现在我面前,邀我写序。我不搞文学评论,不敢有为别人作品写序的想法。但她们如此信任我,我也就斗胆谈一些不成熟的看法。

一

搞文学创作,首先是选题材。题材好不好,新不新,能否写出新意,关系到该作品的成败。赵倩写自己童年生活,无意中碰到这个较少有人涉及的重大题材——多余族群的命运,提出了一个令人感到沉甸甸的重大社会问题。

多余族群是我国社会发展过程中出现的特殊群体。这个群体就在我国社会发展的特殊历史阶段产生了,而且产生得那么自然,却令人无可奈何!

中国封建社会延续了两千多年,按照人类社会发展规律及科学技术发展进程,中国应该比西方世界更早进入到资本主义社会。然而,也由于在中国文化发展历程中起决定性作用的是儒家文化,即讲究礼仪和伦理纲常,重农轻商,科举取士,因而封杀了文人的创新思维,把可能从北宋时就已产生的资本主义因子给扼杀了,以至于后来我国几次重大社会变革,都被僵死的封建制度掐死了。中国长期被禁锢在小农经济社会里,自己创造的文明成果却被西方所利用,使其尽快进入现代社会。鸦片战争惊醒了中国人的小农经济梦;辛亥革命把中国引入现代社会的进程;新中国成立,为我国社会发展带来了稳定的发展期。但是,"不孝有三,无后为大"和"多子多福""养儿防老"的思想根深蒂固,使获得土地这一基本生产资料的国民也进入生活有保障的生育高峰期,我国人口迅猛发展。

到二十世纪七十年代,国土资源与人口的矛盾日益凸显,国家因之提出计划生育和优生优育,对人口增长进行干预。然而,人口基数已经很庞大,并且每年以一千万以上的数字在增加,让其短期降下来谈何容易。改革开放不久,国家就把计划生育确定为基本国策。

计划生育作为基本国策,与我国社会实际情况发生了冲突,冲突的另一方是贫穷与养儿防老的思想观念。在养儿防老的思想观念下,产生了作品主人公晁婷婷这样一类的多余人;贫穷,又产生了刘洋和王张丽这样一类的多余人。还有作品中未涉及到的类型。"多余族群"在贫穷落后的农村尤其普遍,赵倩在她的长篇小说《多余女》中,就将目光投向了这个严肃的社会问题。

"多余族群"是客观存在的。"多余族群"产生的原因很多,而他们的不幸不是他们自己造成的,但苦难与不幸却要他们来承担,这本身就是不合理、不公平的。他们是我国社会中最可怜、最无奈的群体之一,任由社会摆布,社会塑造,却无法左右自己的命运。他们在忍受痛苦煎熬时向社会提问:我们的不幸是谁造成的?而作为创造多余族群的人与社会,该如何回答孩子们可怜无奈的提问呢?

"多余族群"由于受到不公平、不合理的待遇,又没有家庭以外的国家或社会来关注,是非常可悲的。他们为了生存,为了获得与同龄儿童一样的权利:家庭温情、生活保障、教育公平,都在苦苦挣扎着,令人心酸地挣扎着。他们在合理诉求无法得到满足时,必然出现极端思想,甚至于走向堕落、犯罪,如刘洋。更为重要的是,这一群体正处于需要很好地哺育与教育的阶段,如果这时没有良好的生活环境和起码的生活保障,他们中的很多人就会不可避免地沦为社会的"公害"。我国青少年犯罪率逐年上升,其中难道没有"多余族群"的人吗?恐怕不在少数!他们是社会的产儿,又是社会的弃儿!构建和谐社会不能忽视他们的存在,这一问题应得到国家与社会各界的

高度关注。社会学家是否注意到这一弱势群体的存在,在制定社会发展规划中是否有帮助拯救他们的内容,我不得而知。既然《多余女》以文学形式把它严肃地提出来了,喊出了多余族群这一弱势群体要求争取基本生存权的强烈呼声,那么,国家与社会就应该正视它,不能让他们继续被遗忘。

二

《多余女》是一部自传体儿童文学作品,也是赵倩小朋友的处女作。作者写作此书的初衷,是想向世人倾诉自己童年因多余所遭受的种种不幸,以及对自己叛逆性格产生原因的理性思考,呼唤社会、家庭不要再产生诸如自己这样的多余人,避免他们从小就受到伤害,异化为家庭、社会的负担。这部作品她从十四岁开始写,一共写了四年。这四年艰苦的写作历程,也是作者反思自己的历程——出生就被寄养,产生畸形心理,进而发展为对家庭、亲人的仇视,以至最后的心理校正,读来振聋发聩。

作品中故事很简单,内容却非常丰富感人。主人公出生于一个基层文学艺术家庭,父母都是有一定文学与戏曲表演艺术成就的双职工。他们已经有了一个女孩,因为要传宗接代想生一个男孩,却偏偏生下了"多余女"。为继续生男孩,躲避惩罚,他们就把她寄养在姑姑家中七年。姑姑家在贫穷的农村,家中已有四个子女,温饱都未解决,又加入一个孩子,生活更为艰难。尽管他们两口子已经尽了应尽的责任,但由于亲疏之分,多余女常常受到表姐弟的歧视。寄养的结果,就产生了两个奇怪的称呼"姑夫爸爸"和"姑姑妈妈",产生了困扰她多年的"摇摆病",养成了在门角落吃饭,看人眼色行事,听人口气说话等令人心酸的生活习惯,还有因做错事被姑姑妈妈痛打、被表姐弟欺负的无奈。爸爸因车祸去世,家庭遭受重大变故,"姑夫爸爸"为抚养费把她推出门,亲生母亲又不敢公开教养多余女,这使其受伤的心灵雪上加霜。多余女是没户口的"黑人",上学成了大难题。三姨妈收留了她,乡村小学校长冒着风险,让她入学读书。在校长、老师的关爱下,她读完了小学五年级,老师发现了她的艺术天赋,妈妈就着意培养,使她走上了学艺之路。

作者不仅仅讲述了自己的不幸命运,还叙述了童年生活的乐趣,同学之间的真情,校长、老师精心育人的崇高品德,家人亲友对自己的关爱。尤其是童年生活,被她写得生动活泼,情趣盎然,完全是用一颗童心在讲述和演绎。其间融入许多童谣、儿歌,增加了作品的感染力。读来,悲痛处,催人泪下;欢快处,让人开怀畅笑;悖理处,使人觉得幼稚可爱。作者是儿童,写儿童生活,难得亲切有味如此。

作者在插叙其他有关人物事件时,始终抓住作品的主线,表现多余族群的命运。主人公在求学中,结识了两个与她命运相同的同学。这些人不是一个两个,而是一个群体。他们因各种原因沦为多余族,无奈地忍受着苦难与不幸。他们是我国特殊历史时期的产物,是国家战略目标、社会、家庭等综合原因造成的。特殊的社会背景,特殊的家庭,以及特殊的社会环境,把他们抛入社会底层来揉搓。他们不能过正常儿童的生活,幼小的心灵被一次次伤害而无可奈何。强烈的生存欲望,希望改变自己的不幸命运的欲望使他们苦苦挣扎。他们不想堕落,不想被社会抛弃,不想成为社会的公害,而其中一部分又不可避免地成为社会公害。尽管他们遭遇了种种儿童不应有的屈辱与待遇,但他们互相交流思想,互相安慰,互相鼓励,相约走好自己的人生路程,去书写一个大大的"人"字。作品表

现了儿童的淳朴、童真与善良,对美好生活的向往,让人感到深深的震撼、心酸与爱怜。话题如此沉重,使人欲哭无泪,欲笑无声,悲哀填满心头。

　　作品在语言上,常采用长句。本应断开处却不断开,使得气韵连贯,完全是一个儿童在絮絮叨叨讲述自己的生活。读后仿佛让人进入了儿童生活的王国里,感受他们的喜怒哀乐。这部作品对家庭教育者与少儿教育者是一部很好的参考资料。我想,只要是读了这本书的人,无论是家长、父母,还是老师、教育家、社会学家,都能从中得到有益的启示,深入思考少儿教育问题。

三

　　《多余女》成功地塑造了几个形象鲜明的人物,如晁婷婷、洋妈妈、姑夫爸爸、姑姑妈妈、三姨妈等。

　　作品一系列故事情节都是围绕主人公的命运展开的。她一出生,就注定了她多余的命运。襁褓中的她被寄养在姑姑家。姑姑家极为贫穷,繁重的田间劳动使他们没时间照料她。这个时段的婴儿本应两三个小时喂一次奶,但因为大人要下地劳动,每天只能喂她三次奶。晁婷婷因饥饿哭,哭困了睡,饿醒了又哭,哭困了又睡,并且是摇着哭,从而得下至今都没有治好的"摇摆病"。因受到姑姑家孩子的歧视,晁婷婷养成了看人眼色行事,听人口气说话,蹲在门角落吃饭的习惯;因渴望父母的亲吻爱抚而不得,便得了吻和爱的"饥渴症"。她因得不到与姐弟同样的家庭温情而产生的逆反性格,就在这样的环境中形成了。这是一个典型环境中产生的典型人物,是我国文坛上又一类儿童形象,具有这个时代的特征。由于是作者自己的亲身经历,因而这一形象生动亲切感人,没有任何矫揉造作之气。她的逆反性格最终在亲情与关爱下得以矫正,并以自己的亲身经历向世人和父母发出呼吁与忠告：再不要让孩子过寄养生活了，寄养生活对于发育期的儿童会造成无法弥补的心理伤害，将影响孩子的一生。我们从这一形象从受到伤害，进而偏激、逆反、自暴自弃，再到矫正病态心理的轨迹，可以看出作品中多余女晁婷婷的形象是成功的。

  洋妈妈是作品中的又一主人公。她出生于贫穷落后的农村，为摆脱贫穷命运而进入县剧团学艺。她性格倔强，生活严谨，做事认真，为人厚道，积极进取，乐观向上。为艺术事业勇于拼搏是她人生观、价值观的具体体现，使其终于成就了自己，摘取省级表演一等奖的桂冠。在即将问鼎中国戏剧梅花奖时，因天灾人祸所逼，不得不离开她所钟爱的戏剧艺术舞台。这既是她的不幸，也是地方剧种的损失。失去丈夫后，她亦母亦父，独力支撑拥有三个子女的家庭。对子女疼爱有加，教育特严，天灾人祸压不垮，面对权势不低头，为孩子撑起了一片蓝天，为妇女树起了一面旗帜，算是女性中的佼佼者。她对多余女既有母爱的一面，又有父爱的一面；母爱柔情似水，父爱冷峻如山。也正是她父爱的一面，阻止了多余女自暴自弃，终于矫正了其被扭曲的心灵，使其走上人生的正道。

  "姑夫爸爸"与"姑姑妈妈"是作品中刻画的两个人物。就这个怪异的称呼，我们就感到一种难堪与悲哀。多余女在抬头认母认父时的爸爸妈妈是姑夫与姑姑，称其爸爸妈妈是孩子的天性，懂事了才知道他们不是自己的爸爸妈妈。"爸爸妈妈"与"姑夫姑姑"二者之间奇妙结合，也只有在这一特殊的背景下才能产生。"姑夫爸爸"与"姑姑妈妈"都爱自己养育了七年的女儿，但又有一层非亲生的情感隔膜，也正由于这一点，作品中表现出他们独特的性格——因贫困而暴打多余女，因贫困而把自己爱得要命的寄养女儿扫地出门；推出门后，又断不了无限的思念。这一点在姑夫爸爸身上表现得尤为强烈。假期接多余女回家时父女俩对话、抱头痛哭的情节感人至深。他忏悔自己的过失，爱女心切又使他屈服于女儿的任性，父爱表现得特别突出。这一对山区青年农民，始终在己出与非己出的情感矛盾里熬煎着。在金钱与贫困面前，他们选择了放弃；在亲情面前，他们选择女儿。推远与拉近，让我们认识了这一对性格复杂的农民夫妻。如果没有贫穷的羁绊，父女、母女的亲情应该更加纯真。

三姨妈是作品中的又一重要人物。她是农村里的知识女性，勤劳善良，乐于助人，生活艰苦却不悲观。她为改变自己的命运而拼搏，打零工、替别人站铺面，连男人都不干的苦活累活她也干，与丈夫一起不懈努力，最终改变了自己的命运。三姨妈是我国改革开放后勇于进取的农村妇女的代表，这个形象的意义就在于昭示人们，不论生活多么艰苦，只要有敢于拼搏的精神，就没有改变不了的命运。三姨妈做得最令人可敬的一件事是挺身而出救刘洋。她不是袒护小偷，而是出于对孩子的母爱。我们不能不说刘洋后来的变化，是受三姨妈的影响。也许正因为刘洋感受到了人世间的真情，才使他的善良人性不至于因生活环境的险恶而泯灭，因而在同学真情的感召下，重新唤起他积极向上的信心。

《多余女》中另一个多余人王张丽，是一位被打入社会最下层的孩子。可以说，在多余族群中，她的命运最为悲惨。但她没有消沉，而是积极向上，一心通过自己的努力来改变自己和妈妈的悲惨命运。王张丽深埋于内心深处的痛苦，超出了自己那个年龄阶段所能承受的东西。假丑恶肆意残害她们母女的身心，让我们的灵魂在震颤，让人心酸地不忍读下去。

刘洋和王张丽是父母、家庭造成的多余人。家庭本是孩子的保护伞、避风港，可是，这个保护伞没有了，避风港毁灭了。对于这样的儿童，只能依靠国家和社会的力量来救助。然而，由于这个族群被社会所忽视，国家和社会的力量未能到达这里，生活的阳光不能照耀到他们身上，他们只能依靠自己的微薄之力苦苦挣扎，或者通过自己奋斗跳出苦海，或者被生活所吞没。这么年幼的弱势群体的悲惨命运，被一个曾经的多余女揭示出来了，活生生地摆在世人面前，让我们的社会、成人、有良知的人汗颜。

《多余女》还塑造了缑校长、杨老师、孙老师、南爷爷等一群人，他们都很善良。因为有他们的存在，也正因为生活中善良是主流，才使人们对这个社会更有信心，对生活更加热爱。

（作者系宁县义渠国历史文化研究院院长，庆阳市农耕文化研究会副会长，合水县秦驰道研究会常务理事。）

目 录

序

第一章 出 世……………………………………01

第二章 寄 养……………………………………10

第三章 记 事……………………………………14

第四章 灾 变……………………………………37

第五章 换 寄……………………………………55

第六章 读 书……………………………………69

第七章 惜 别……………………………………156

第八章 练 功……………………………………179

第九章 回 家……………………………………198

后 记………………………………………………223

第一章 出 世

公元某年某月某日的凌晨4时,一声婴儿的啼哭划破了黑夜的寂静,一个小生命诞生了,这个小生命就是小说中的主人公——我。

婴儿的啼哭声,本是人世间最美妙的乐章,可由于性别原因,我却给父母带来了许多忧伤和彷徨,只因我是个"黄毛蛋"!"黄毛蛋"在20世纪的西北农村,会成为父母沉重的负担。由此,命运注定我的童年是酸涩、凄苦、悲伤的。

公正地说,我的出身虽不算富贵,但也不贫穷,父亲晁智文是一名优秀剧作者,母亲是获得省级戏剧表演艺术一等奖的甘宁青知名演员,是甘肃省文化厅评选的全省先进文化艺术工作者。后来因为灾难降临,不得已而退出舞台,现在图书馆上班,遨游在书海里的她自学成才,成为当地一位小有名气的业余作家。

虽说我的父母亲都那么优秀,而且吃着"皇粮",端着"铁饭碗",我应该是衣食无忧的干部家庭女儿。可惜啊可惜!老天对我不公,命运对我苛刻,让我没有福分来享受父母的关爱、疼惜、教育。

在我还未来到人世间时,爸爸就把大腹便便的妈妈发落到邻县大姨妈家。姨妈家在离县城很远的一个偏僻乡村。这是因为父母已经生养了一个长我6岁的黄毛蛋,如果我这个计划外生育的孩子生下来再是个黄毛蛋,那他们以后生儿子的希望就彻底破灭了。为此,爸爸想了个"寄养"的办法以

防不测。当然,如果当初生下来的我是男娃,就不存在寄养这一说了,也没有后来那么多麻烦事和痛苦事了。

妈妈说,那时的她真不愿意去姨妈家分娩,可为了掩人耳目,谨防不测又不得不去。去了大姨妈家的第三天夜晚11点,我在母腹中闹腾着要出世,折磨得妈妈心焦毛躁,坐立不定,只好捂着肚子转圈圈。此时的妈妈是度日如年,不停地祈祷上帝让爸爸尽快赶来给她精神安慰,让她将我平安产下。

可惜妈妈没有把爸爸盼来,爸爸让妈妈失望的原因是,在妈妈分娩的同一天,爸爸的奶奶突然病危,急需爸爸送药抢救。爸爸心里非常焦急,左右为难,难在一方是他可怜的奶奶在死亡线上徘徊,急需他将药品送回去救命;一方是他的爱妻马上临产,双方都处于性命攸关的紧要关头。此刻的爸爸是哪一方都不愿放弃,哪一事都想顾全,因为两者都是亲人,双方都是对他非常重要的人。

经过激烈的思想斗争后,爸爸选择了回家送药救奶奶。

常言道:"痛苦莫过于等待,失望莫过于无奈。"妈妈焦急地挣扎在漫长的等待中,煎熬地忍受着孕妇临产前的阵痛,心里期盼着爸爸在她身边,用坚实的躯体和温暖的双手分担她的疼痛与恐慌,哪怕是一个无能为力的眼神,都会给妈妈千般安慰万般力量。可惜啊可惜!爸爸此刻没有分身之术!

大姨父和大姨妈生来谨小慎微,认真负责。看到妈妈痛苦失望的样子,心里十分害怕。他们不停地商议着、观察着,紧张得犹如原子弹要爆炸,地球要毁灭。尤其是大姨妈,不停地变着花样做催生饭,不住地让妈妈吃点儿吃点儿再吃点儿,吃多了才有力气生孩子,并对妈妈说:"你不抓紧再吃点,让娃在肚子里多吸收点儿,娃就会饿着肚子出世,饿着肚子出世的娃娃一辈子都会缺吃少穿不富有,看见啥都穷闪闪地想要。"此刻的妈妈被我在腹内折腾得半死不活,哪有吃饭的食欲和心情。

俗话说:"人生人,吓死人;生下人,喜死人。"姨妈和姨父的担心害怕很正常,因为他们此刻肩负着两条生命的安危。大姨妈在万分焦急、无计可施的情形下,打电话把三姨父叫来助阵。三姨父虽然老实厚道,不善交际,但他身高体壮,是个能压住邪恶的人。三姨父的到来使大姨父和大姨妈的胆子壮了许多。三人合计后,很快把妈妈送到医院并办理了相关手续,等待着我的降临。

凌晨4时,我从母腹中来到了这个世界。听妈妈说,我的出世非常奇怪,别的孩子出世时都是躺着身子来到人间,我却是趴着身子的。我奇怪的出世方式让妈妈至今百思不得其解。我也将此事苦思冥想了十几年,也没有想出啥名堂,不知是我的想法幼稚,还是命里注定,我没有福分享受人世间的亲情呵护,这个"趴"字可能就注定了我幼年多余,少年丧父的悲惨命运吧!

妈妈说,在我出世后的第三天,爸爸才匆匆忙忙地赶到,进门不问别的,先问她生了个男娃还是女娃。

妈妈说她没有生下男娃本身就很自责,经爸爸一问,愧疚的泪水从眼眶一涌而出,委屈得半天开不了口。

爸爸不知道妈妈哭的原因是内疚和自责,一个劲地问:"你哭啥呀哭,我刚来,又没有惹你你哭啥呀?要是姐夫和姐姐听见了还说我一来就惹你哭鼻子,不要再哭了,告诉我,生了个啥,男娃还是女娃?"

妈妈说爸爸越问她越难受,不知如何回答,但她心里非常渴望出生的我能变成个男娃。若能,她会理直气壮地告诉爸爸:"我这回生了个儿子,你该满意了吧!"可不争气的我偏偏是个黄毛蛋。爸爸等不上妈妈回答,走到床前揭开被窝看后失望地说:"又是一个黄毛蛋!"便蹲在地下不说话了。久久的沉默让妈妈自责地啼哭不止，泪流满面，她一会儿恨自己没能力给爸爸生个带把儿的儿子，一会儿抱怨老天对她不公平，为什么不施舍给她个儿子，让丈夫打消人丁不旺、香火难传、没人尽孝、没人养老、没人送终、没人哭坟、没人守灵、没人顶门立户的后顾之忧。为什么要让她每次都生黄毛蛋，一生一个女儿身，这到底是自己没本事还是老天和她作对？妈妈说她很焦急很无奈！可焦急无奈是解决不了问题的。因为生儿育女的事情无法心想事成，人一生啥气都能争上，唯独生儿育女的气争不上。尤其在我们中国人的骨子里，每个家庭，都想一胎生合适不受二胎苦。但这个气谁又能争上，争上的又有几家？

虽说生的都是黄毛蛋，总比那些不能生育者强吧？想到此，妈妈反倒希望爸爸能理解她安慰她，可爸爸让妈妈的希望再一次破灭了。爸爸沉默了一会儿对妈妈说："女娃就女娃吧，不要张扬和外传，老家她二爸和她二妈在咱们这个孩子出世的前两天，又生了一个儿子，这已是他两口子生的第三个儿子了。不要说，将来长大了娶不起媳妇，就连养活都是个大问题。他俩决定把这个娃送人，免得娃娃受罪大人穷，长大以后打光棍。我想了想，咱们干脆把这个女娃和她二爸家的儿子换一下，这不仅是我个人的意见，也是老家一大家人的建议。再说，过来过去都是自家孩子自家血脉，和自己生的没两样。这样一换，两家的事情都合适了，都是既有儿又有女，娃娃还在自己家里成长着，何乐而不为呢？"

听完爸爸的话后，妈妈说她从头顶凉到了脚底。本来，妈妈对爸爸在她临产时不在身边就憋着一肚子气，这口气还没来得及出呢，爸爸却不观风向、不识时务地又讲了这么一个令人寒心的建议，气得妈妈连哭带嚎地和爸爸在月房里吵了起来。大姨父和大姨妈听到他们吵得不可开交，劝谁都劝不住，而且是越劝他们吵得越凶，越说他们越觉得有理。无奈，大姨妈只好叫爸爸把我们母女带回家里慢慢吵去，这才终止了他们的争吵。爸爸便垂头丧气、失落愁苦地蹲到院子不说话了。

　　妈妈见爸爸无心多看一眼襁褓中的女儿，越发生气了，哭得像个泪人，抱着我对大姨妈说："姐姐，你不要生气不要多心，我们争吵不为别的，只怪小妹没本事生儿子！其实，生不下儿子我心里也很内疚，但再内疚也不能把女儿变成儿子！为啥这生娃不由人？如果由人该多好，就不需要两口子吵闹发愁肠。现在，他想拿这个女儿换他兄弟的儿子，你说我咋办，能换不能换？"

　　大姨妈说："换是能换，关键看你心里想不想换？"

　　妈妈说："姐姐你傻了吗，给谁谁愿意换？可这不换嘛，我又给人家生不下儿子；换嘛，又不忍心把自己的亲生骨肉从城里换到乡下，原因是我舍不得，从心底舍不得！虽说是个女娃子，但毕竟是我怀了整整十个月的亲骨肉，艰辛不说，于情于理也讲不通。"

　　大姨妈说："既然从情理上讲不通，不换就完了，免得做错事情后悔一辈子。"

　　妈妈说："没有儿子能完吗？何况是他们一家人商量好的事情，我一个人能顶住能推翻吗？"

　　大姨妈说："顶不住推不翻咋办？顶不住就不要顶，推不翻就不要推，一切顺其自然吧，这样做烦恼少，省心省力不费人。"

　　妈妈说："顺其自然的话好说事难做，现在的我是等米下锅，等着揭锅哩，你再不要和稀泥抹光墙了，姐姐，快给我出个点子，想个办法吧。"

　　大姨妈说："出啥点子？摆在你面前的两个选择自己

出世

5

决定吧！娃是自己生的，疼是自己受的，想换了就换，不想换了就不换，谁非要叫你换哩？"

"姐姐，你说的道理很对，我不是没考虑，但你知道我生来是个重感情的人，何况娃娃又是我们夫妻间的爱情结晶。如果今天按照家人的建议换了，娃娃明天长大知道后，不但会抱怨我一生，还会憎恨我一世！你说我划得来划不来？这些都不说，主要是老家条件不好环境差，至今还生活在缺水、没电、路不通的原始社会，如果把娃换回去，我想看娃都不方便，这种环境给你你忍心换吗？再说，我今天若要顺从了家人建议把娃换了，还谈什么母爱，还有何脸面在这个世界上做母亲？"

大姨妈插话说："四妹，说了半天，你的心情姐完全能理解，这就是咱们做母亲的最大不易，母亲之所以伟大，就是对孩子的呵护教育，疼爱抚养，包容体贴，关怀理解，方方面面要比男人付出得多。男人毕竟没有孕育过孩子，体会不到孕育孩子过程中的艰难！所以，在对孩子的疼爱、照顾、关心、呵护、理解、怜悯这些方面，比女人心粗。不要说你舍不得，换成我我也舍不得。"

"姐姐，你说得太对了，说得我心里豁然亮堂了，醒悟了，可惜你小时候因为我们的拖累，没有走出农村，你若跳出农门，走进革命阵营，绝对是个了不起的女干部。你说，时代都进化到啥年月了，我们家的这些人为啥还是老传统、老思想、老观念、老风俗呢？我差点儿受这顽固的"四老"影响，拿自己亲生女儿换人家儿子！想起来真可笑，男娃能传宗接代，女娃就不能顶门立户？男娃是人女娃就不是人？女娃为啥要比男娃受歧视，被多嫌呢？男人歧视女人人能想通，因为咱们生在男尊女卑的社会！可女人为何要看不起女人呢？何况还是自己亲生的骨肉！我自己不也是女儿身吗？我为啥就不拿定主意不换呢，为啥要在家人的建议中动摇乱想呢?"

大姨妈接着说:"是啊,我也这么想。按理说,你们两个是国家职工,又干着高台教化人的工作,应该思想开放、意识超前、立场坚定地响应国家倡导的优生优育政策。可我没想到你们的观念跟我们一样守旧落伍!电视上看,人家南方的夫妻,或男或女只生一胎,之后父母掏钱奖励让再生人家都不生,而你们工作人咋和我们平头百姓的思想观念一样?整天想着传宗接代、养儿防老,不知你们想过没有,你们老了有共产党养着,怕啥?再说,你看人家生一个娃娃的家庭多幸福,大人负担轻,孩子不受穷。不过四妹,咱们姐妹之间说是说笑是笑,谁都不敢给你做主,生儿养女的事是一个家庭的大事,姐姐作为亲戚,不能参与任何意见,主意要你们俩来拿。"

妈妈接着说:"姐姐,刚才的争吵,让我一时迷茫而糊涂,差点儿做出令我抱憾终生的蠢事。现在我想明白了,孩子坚决不能换。因为人类全是女人养育的,没有咱们女人,哪有人类的繁衍生息,社会的繁荣昌盛,祖国的兴旺发达?为此,我觉得做女人很伟大。我不但不妥协,还要为我的女儿争权利、争自由,为她创造良好的生活环境,提供优越的学习条件,培养她好好学习考大学,大学毕业后专做妇女工作,专为妇女服务,再不让社会和家庭、父母和男人轻视妇女,瞧不起妇女。"

大姨妈听了妈妈的决定,激动地握住妈妈的手说:"这才是你的个性,我的四妹。如今,社会已发展到了科技与信息时代,你们的封建思想再不能这么根深蒂固了。本来,现代人特别是咱们西部乡下人,百分之九十以上的人都有重男轻女思想,很多家庭变着法子弃女养男。你们身为国家干部,又干着高台教化人的工作,不带头抵制批判这些陈腐观念与作法,还跟上一起做,这样下去,男女

比例会严重失衡，长期下去，男娃找不上媳妇会给社会造成许多矛盾和麻烦。"

　　妈妈拿定主意后给爸爸说："掌柜的，你不要泄气不要悲观，我今天没生下儿子不等于明天和后天也生不下儿子，求你以后再不要提说换娃的事了，咱们既然把娃生下了，哪怕砸锅卖铁、吃糠咽菜，也要把娃拉扯成人。娃毕竟是你我的亲骨肉，难道你就舍得把娃从县城换到农村？我可舍不得，咱们今天把话说清楚，我生的娃谁给我倒找十万元我也不换。从今以后，你要打消这个念头，将这个女儿留在家里，养在身边，千万不准再有其他想法。"

　　爸爸看妈妈态度明确，立场坚定，知道再争再吵也是枉然，就妥协让步了，毕竟是他自己的骨血嘛！

　　说实话，当初若不是妈妈思想坚定，态度明确地保护我、留住我的话，我一定成了别人家的女儿。原因是一个人要扭过十个人的意见不容易，另外还想冲破家庭阻力取得主动权，这是何等的艰难，何况还要彻底推翻一个四世同堂之家的决定，其中的难度和阻力可想而知。

　　对这个重大决策，我从内心深处感激妈妈，感激她不但没受传统观念束缚，把我留了下来，而且在我后来的成长中，给了我超出给姐姐和弟弟的上百倍，甚至上千倍的宽容谅解与栽培。特别是在我爸爸去世后这十几年的困境里，她用伟大的母爱使我这颗走向极端、仇视亲情的扭曲心灵慢慢得以矫正。

　　前面说过，婴儿的诞生过程是痛苦的。社会的变革，尤其是传统思想和观念的改变，也不是一朝一夕的，需要经历重重磨难。我的命运也像社会发展浪潮中的一棵小草，被无情地翻卷着，艰难地向前挣扎着。

　　虽说妈妈当初把我留在了这个家庭，但在我出生40天后，又把我送到农村亲戚家寄养。为此，我十分怨恨妈妈。我常想，早知今日，何必当初？姐姐比我大，能在家中生活，弟弟比我小，能在家里成长，我为啥就不能在家里成长？这不是嫌弃是啥？还有令我想不通的是，为啥在我出世只有40天时，妈妈就断了我的口粮——母乳？她难道不懂得母乳对一个40天孩子的健康成长有多重要吗？既然当初仁慈地把我留在了这个家里，为啥又狠心断了我的口粮，将我寄养在姑姑家呢？难道古人说的那些话非要在我身上印证不可？"疼大的，爱小的，中间夹个受气的。"多不公平，多不合理！特别是像我爸爸妈妈对我的不公平待遇，到底有啥不可告人的秘密？到现在都是个解不开的谜。我曾经偷偷请教过多位长辈和亲戚，得到的答案众说纷纭，含糊不清。如果说当初爸爸和妈妈能让我在他们身边长大，我可能就没有这么叛逆和偏激。我一直觉得，他们对子女的抚养教育、疼爱呵护没有一碗水端平，对我从表面看不是遗弃是疼爱，实际却是变相的遗弃。

  姑姑家在缺水没电的高山旱塬居住，家里上有一双父母，下有四个儿女，最小的那位表哥才比我大一岁两个月，是典型的超生户和重点罚款户。家里养的一群羊、两头牛、一头驴、两头猪和两囤粮食，被计划生育工作组一次折成罚款拉了个净光，爷爷和奶奶痛心地跑进牛羊圈里啼哭不止，姑姑和姑夫愁得坐在柴堆里发呆抹泪，我们五个娃娃饿得分别趴在炕沿栏杆上，蹲在锅头前哭叫不停，那个惨景目不忍睹！

  特别是到了一年一度的春耕播种、锄草施肥、收割打碾的时候，有时忙得一天只吃一顿饭，另一顿饭就用自带的干粮和白开水或冷米汤在庄稼地里将就着吃。这就是我记忆中20世纪90年代西部农民的生活，也是贫困山区农民的生存现状。尽管如此，他们却不悲观消极、不怨天尤人，只是无怨无悔地辛勤劳作着、默默耕耘着。

出世

第二章 寄 养

来到人世间才40天的我，就被爸爸妈妈送到了这样一个家庭和环境寄养。从此，我就在这个缺吃少穿、缺水没电的贫困山区开始了我婴儿时期的成长。

听人说，那时的我常常饿得张着小嘴哇哇地哭，就是等不到因为繁忙而劳作的养护人回来喂奶吃。无奈，我就拼命地哭，大概是想用哭声唤回养护人给点奶粉吃，或者换点爱怜和同情。可任我怎样啼哭，怎么挣扎都无济于事，只好接着继续哭，等哭累、哭困、哭得嗓子发不出声时，才悄悄地睡着了。睡醒后，肚子饿得没法忍，又接着哭，直哭到养护人收工回来喂奶粉吃为止。就这样，因为饥饿的折磨，我日复一日地在连摇带摆、带哭带睡中度过了我可怜无助的婴儿时期。渐渐地，我在不知不觉中就得了一种比较奇特、难以治愈的怪病——"摇摆病"。

这个病，十几年来不但影响着我自己休息，还严重影响着他人睡眠。如我在宁夏艺术学校上学期间，晚上睡着发病时，不仅把自己摇得碰到墙壁上，掉在床底下，还会把上下铺的同学摇醒。开始，因为同学们没见过此病，有个别同学老指责我闹着玩，或是故意干扰她们睡眠，委屈得我解释不清，只是哭。其他同学看我哭得很伤心，就稀里糊涂地帮我辩解几句。出于好奇，同学们常常等我熟睡后，爬起来站在我床边观看，看我到底是在故意制造恶作剧，还是真正得了一种怪病。直到我把自己连摇带摆地掉到床底下还不清醒时，她们才确信我得了一种奇特的、可笑的、从未见过的"摇摆病"。

此后,在我睡熟犯病时,只要同学们看见或感觉到,就会善意地爬起来将我叫醒,或把我身体按住不让我再继续摇摆。我感到歉意和内疚的同时,也觉得非常温暖和感激。

至此,请爸爸妈妈允许女儿说几句不该说的话:忆起我的婴儿时代,不知你们内疚不内疚,心疼不心疼?想想看,80后、90后的孩子,尤其是双职工的孩子,谁的婴儿时代有我寒碜?谁的婴儿时代有我可怜?因为姑姑和姑夫家孩子多、农活忙,到我会翻身、能爬动时,他们怕我掉下炕,就在炕角落钉个大钉子,用一根绳子把我牢牢地拴在炕上让我整天见不到阳光,呼吸不上新鲜空气,只是将和好的奶粉给我一喂,就忙他们地里的农活去了。而我这一天的工作便是啼哭、摇摆、等待、睡觉。睡醒后再啼哭,再摇摆,再等待,再睡觉。与其说睡觉,还不如说闭着眼睛在等人,等人回来喂奶吃。即使在睡觉,也是睡不到两分钟就被饥饿折磨醒了,睁开眼睛还是等不到喂奶人。无奈,只好放开嗓门再啼哭,等到他们忙完各自的活计回来,我不仅哭哑了嗓子,哭肿了眼睛,而且自己拉下的屎尿把自己糊得无法辨认……

现在,姑夫家的邻居见了我经常笑着说:"屎尿堆里泡大的这个女子咋出落得这么乖(漂亮),让我们看你身上还有小时候糊下的屎尿吗?"要么就严肃地说:"这个娃娃碎着到底造孽得很,天天饿得在嚎嗓子。没想到,缺了奶的娃娃还能长这么高这么大,真是'瓜子头顶有青天'。"虽然是开玩笑的话,但足以证明婴儿时期的我是很可怜的!

随着时间的推移,我由别人喂吃奶粉长到能自己抱住奶瓶吃奶了。妈妈来看我时高兴地说:"真是'有苗不愁长',看我女儿长得多乖多快,都会自己抱住奶瓶吃奶了,真心疼。"可我是缺奶欠爱的孩子,平时看见奶瓶就忍不住想吃奶粉。因为不会说话只会哭,大人又领会不了我的意图,就任我无休止地哭!

渐渐地,我由六天、五天、四天吃一包奶粉长到了三两天吃一包。吃得姑姑和姑夫都有些心疼钱了,便将面粉蒸熟炒细掺到奶粉里给我吃。爸爸妈妈知道后叮嘱:"少掺点面粉,让娃放开吃,吃到一定年龄就不吃了。"姑姑并没理会妈妈的叮嘱,为了给爸爸妈妈省钱,一直给我在奶粉里边掺面粉。说实话,凭我小时候的饭量,要不是爸爸妈妈挣着工资,不要说我把奶粉吃到三岁,可能连半岁都吃不到就要停了。在这件事上,虽然我知道爸爸妈妈尽到了他们力所能及的责任和义务,可就是去不掉幼小心灵上的疮疤!

当我长到能记住人的时候,一个偶然的机会,才知道身边的爸爸妈妈不是我的亲生父母,而是养育我的姑夫和姑姑。也就是从这一天的这一刻起,我心中定位的爸爸妈妈就是姑夫和姑姑,不是生父和生母。此后,我就把姑姑和姑夫称为"姑姑妈妈""姑夫爸爸",原因是他们不仅接纳了我,还在百忙中给我洗衣做饭,喂吃喂喝,擦屎倒尿。尽管他们忙得顾不上抱我、亲我、爱我、搂我;尽管他们有时忙得一天给我喂一两瓶或三四瓶奶粉;尽管他们在忙得晕头转向时,经常骂我是"小坏种""害人精",要把他们害到啥时候;尽管在我不听话和格外淘气时,他们今天说不要我了,明天说不管我了,让我滚回去,滚得远远的,他们再也不想看到我;尽管他们有时嫌我惹事生非,瞎跑乱闹,不给我吃喝惩罚我,暴打我,不理我,但最终的结果证明,他们的心地是善良的,感情是纯朴的,人品是厚道的,关爱是真诚的,所有惩罚都是为了我好。

时过境迁,往事随着时光的流逝早已烟消云散。年龄让我早已把儿时生活中的那些琐碎之事抛在脑后,今天之所以要把它婆婆妈妈地当作故事来讲述,是因为我在不经意间回想起来觉得有趣好玩,感恩留恋。俗话说:"打是亲,骂是爱,不打不骂不成才。"

尽管我在姑夫爸爸和姑姑妈妈的抱怨声中成长得很艰难,但他们还是把我养育了整整七年。七年对我来说相当漫长,对姑夫爸爸和姑姑妈妈又谈何容易!其中的艰难只有养育过孩子与至今没有脱贫的家庭才能体会到。

而爸爸妈妈,你们作为我的亲生父母,在我睁眼辨认父母的关键时刻,你们身在何处?你们知道这对我身心健康的摧残有多严重吗?你们有没有想过,这样对待女儿会给你们与社会带来什么样的后果吗?从那一天的那一刻起,我心中认可的爸爸妈妈你们已经无法取代,也永远取代不了!

尽管乡邻和亲戚及姑夫爸爸和姑姑妈妈都对我说:"你亲爸亲妈在县城干公事,吃皇粮,拿着工资,你快回家找他们要钱买好吃、好穿、好玩的去。"可我总固执地认为他们都在哄我、骗我、嫌弃我。尽管你们也经常给我送奶粉送衣服,可我总觉得我不是你们亲生的,我一直觉得你们很陌生。因此,不管你们怎么做,不管别人怎么说,我始终认为姑夫爸爸和姑姑妈妈就是我最亲的亲爸亲妈。

第三章 记 事

　　不知不觉，我已经到了能跟着大人到处乱跑乱逛的年龄了。不管是姑夫爸爸还是姑姑妈妈，谁一抬脚赶集串亲戚，我都会紧跟步子不掉队。不管他们谁外出办事情，我都闹腾着要一同去。虽说他们不情愿，但又拗不过我的哭闹和倔强，只好是愿意领也得领，不愿意领还得领。

　　记得我第一次被姑夫爸爸和姑姑妈妈领着去田间锄草，竟然搞了不少破坏。他们把我领到田边地头上让我自己玩，他们则忙着锄豆苗地里的杂草。绿茵茵的田园景色让我看不够，一会儿跑到东边看看，一会儿跳到西边瞧瞧，觉得啥都新奇好看，新鲜好玩。等我东瞧西望地看完田园风景后，就开始玩农村小孩爱玩的刨土土、挖窝窝、垒锅台、做锅锅灶的游戏。等把土土刨多、窝窝挖好、锅台垒起时，又觉得缺点什么。一看是缺水和绿菜，正好周围的地畔边长满了许多绿草，我便准备用它充作绿菜来做饭。可它不好拔，拔了半天也没拔下几根，我又寻找好拔的绿草拔，找来找去找到田地的豆苗苗。因为那时小不懂事，分不开野草和豆苗，误认为只要是绿颜色的都是野草，于是就把地里的豆苗一个劲地往出拔，越拔越来劲，越拔越开心。由于田地刚锄过，土质疏松，豆苗也是出土不久的小嫩芽，根白叶绿杆杆嫩，不但好拔好玩还好看。整整一个上午，其余的游戏我都没玩，只一门心思、全神贯注地拔豆苗。

　　等姑夫爸爸和姑姑妈妈收工返回时，发现我拔了一堆豆苗摆在地畔上玩耍,气得姑姑妈妈脸发青,眼发红,眉毛倒立嘴巴噘,抡起拳头噼里啪啦向我打来,边打边骂:"我把你个碎坏种,这是谁让你拔的,谁叫你拔的?你眼睛瞎着吗?地畔上草天草地的你不拔,偏偏跑到庄稼地里拔豆苗,你知道这些豆苗长大要结多少豆豆,卖多少钱吗?叫你个坏蛋一下给我拔得全放在了地畔上,你叫我后半年拿啥卖钱,拿啥给你们这些王八蛋做吃的?去,回去叫你妈去,叫她来给我赔。我一天没黑没明地撅着尻子种了半天,苗出得这么齐,秧长得这么好,叫你个坏种一下拔了这么多,不打等啥着!"她边骂边打,边打边骂,我也不跑不躲地站在地畔畔上任她打,心想,已经做错了,就站着让人打吧,打够了气就消了。而姑姑妈妈见我不跑不躲不求饶,站在原地撑着一副挨打相,气得骂道:"我把你这个顶头子,不跑不躲还站着叫人打哩!我叫你给我站着!"抡起拳头打得更凶、更猛、更疼了。

姑夫爸爸看姑姑妈妈骂不住口,打不停手,这才跑过来抱起我说:"二杆子,你要把娃打死吗?打几下把你气出了就算了么,还真的往死里打呀?娃还小着哩不懂事,也认不得草草和豆豆苗,吓唬吓唬就行了,再不敢打了,再打,小心学了刘家他表叔的兄弟媳妇,打娃起来失手了,把娃给打成了聋子,娃一辈子成了残废不说,她还坐了两年监狱。"

姑姑妈妈说:"打死这个碎狗日的都不解我心里的疼!"

姑夫爸爸说:"我知道你心疼豆豆苗,但你心里肯定也疼娃着,既然疼娃,就不能用打娃的方式来消气解恨。"

姑姑妈妈说:"不打她咋能消气解恨?"

姑夫爸爸说:"真是个笨蛋,你打我不也能解恨吗?来打我吧!"姑夫爸爸边说边放下我,站在了姑姑妈妈面前。

姑姑妈妈没好气地说:"去去去,滚得远远的,你又没拔豆苗我为啥要打你?"

姑夫爸爸看姑姑妈妈的态度缓和了一点,凑在耳边说:"我不信就没有其他办法了?你不会来个脑筋急转弯,娃娃毕竟是娃娃,用你生这么大气吗?"

姑姑妈妈说:"正因为是娃娃,犯了错误不打骂不管,要等她进了监狱再管吗?"

姑夫爸爸说:"哎哎哎,你不要钻牛角尖好吗,咱们就事论事,娃拔豆苗是不对,但娃认不得啥是豆苗啥是草,吓唬一下就行了嘛。"

姑姑妈妈说:"认不得咋不问大人?认不得咋不拔草光拔豆苗哩?"

姑夫爸爸说:"知道问这些就不叫娃了。娃不是不拔草,而是草长在硬地畔里没有刚锄过的豆苗好拔,这么简单的道理还需要问吗?"

姑姑妈妈说:"我不懂?我姓晁的傻得啥都不懂不知道,你姓慕的啥都知道啥都懂行了吧!"

姑夫爸爸说:"不懂就不要犟嘛,为啥还要死犟活犟哩?我给你说了半天你咋一句都听不进去?不就几棵烂豆苗吗,已经拔了打娃有啥用?如果用打能换活豆苗的话,我帮你打她信不信?"

姑姑妈妈看了姑夫爸爸一眼没吭声。

姑夫爸爸接着说:"可惜啊可惜!现在把娃打死豆苗也活不了,既然活不了就不要打娃了行吗?"

姑姑妈妈气愤地说:"我想打,我的手在我胳膊上长着,不由我还由你呀?"

姑夫爸爸笑着说:"好好好,由你由你,我不说了,不过我要提醒你,再想打的话就打我,再不要打娃了,娃可怜得能撑住你这毒打吗?"

经姑夫爸爸这么一说，姑姑妈妈才停止了对我的毒打，但她心疼豆苗的气还没消。这是我从她脸上的表情和说话的口气中看出听出的，但我又不敢吭声和解释，只好任她打任她骂，等她打疼骂够就好了！

回到家里她边做饭边骂，骂得一家老小像老鼠见了猫，屏息静气不吭声。

虽然大家都不敢还口，却个个从心底不服气，但又不知如何才能让她抿住嘴巴不要骂，只好忍气吞声，轻手轻脚地去干各自活计，生怕再惹怒她！

虽说姑夫爸爸当面再没有阻止和劝说她，但背过姑姑妈妈偷偷给我们说："你们不用怕，该干啥就干啥，放开让她骂去，只要她嘴不困让她豁出来骂去，不然，把她憋出病了还没人给咱们做饭洗衣裳。等她骂够了就不骂了，反正骂又不疼。"

可怜的姑姑妈妈越骂越凶，越骂越气，气得她脸发紫嘴发青，鬓角的青筋往外伸。最后，骂得全家人实在受不了，全都跑到外边避骂去了。哪料，事情没平息，她却更窝火。看我们跑了把她弄成了孤家寡人，气得掂着和面的手追出来问我们跑什么跑："跑得再进不进这个家门，吃不吃这顿饭？难道我骂得不对？碎坏种搞了破坏你们都装好人不管教，还嫌我骂了，我看这日子没法过了，坏种也不敢让站了，我现在就把这个碎坏种给送回去。碎坏种，走，我现在就送你回去，回你们家去。"她边骂边向我走来，吓得我直往墙角靠。她一把拉住我又开始打骂了："我打你这个坏种，都是你这个害人精惹的祸，不是你拔豆苗我能生气吗？今天非要打死你，打死你……"

此刻的我，没一点胆量和办法反抗，只好闭上眼睛，咬紧牙关让她打！那一阵是撑住也得撑，撑不住还得撑，谁叫自己闯祸呢？那一刻，姑姑妈妈在我眼里变得不是妈

妈与长辈，简直像个疯子和恶魔。

最后，还是姑夫爸爸厉害，一把将我拉在他身后呵斥住了姑姑妈妈。

两天后，姑夫爸爸和姑姑妈妈打扮好准备去县城赶集。我为了不放过逛县城的机会，跟在他们屁股后面寸步不离。姑夫爸爸问我为啥要一直跟着他，我只笑不说话。

他又问："是不是想逛县城想回家了？"

我听了高兴得抱住他腿问："你咋知道我心中的秘密呢？"

姑夫爸爸说："我是诸葛亮，会算卦，算出来的。"

我说："那你也给我算一下，看我今日能不能去县城？"

他盯着我看了一会儿笑着说："能，一定能。"

我高兴地跳着跑着，喊着唱着，急切地等着去逛县城。

进到县城，看到县城的小汽车那么多，楼房那么高，人又那么洋气，货物那么庞杂，瞬间产生了回洋妈妈家不回姑姑妈妈家的念头。

尽管我那时候不承认他们是我亲生父母，但他们平时对我很好，逢年过节，县城集会，他们总会给我买新衣服和好吃的。特别是我那个洋妈妈，每次见面她都穿着那件玫瑰色金丝绒旗袍，像个电影演员。红旗袍配白项链，好看得没啥说，手腕上挎着的黑色绣花包上绣着鱼儿钻莲花，牡丹甲天下图案漂亮极了。可我不明白她为何老穿着这件旗袍不下身，便试探着问："你为啥老穿着这件旗袍，为啥不换个其他样子和颜色的衣服穿呢？是没有什么可换还是他舍不得钱给你买？"

洋妈妈接着问："你说的他是谁？是路上赶脚的还是山里放羊的？"

我知道她嫌我不叫爸爸所以故意问我，但我那时从不把他们叫爸叫妈，问事问话老是白搭话。没等我问完，洋妈妈又打断我的话说："我喜欢穿旗袍，旗袍是中国女性的特色服装，不仅能提升女性的魅力与风采，还能展示女性的身材与活力，也是民国政府在1929年确定的国家礼服服饰之一。"

难怪她老穿着这件旗袍不下身，原来还有这么多讲究和说法！等我将来长大了也要穿旗袍，穿和妈妈一样漂亮好看的旗袍。她问我："你最近用的香皂和润脸油还有没有？"

我说："有是有，不多了。"

她说："等会儿再给你买些拿回去用。"

我说："要买就多买些，买少了用不下几天又完了。"

她说："知道了，这次给你们一人买一份，回去各用各的好不好？"

我满意地点了点头，心想幸亏她平时经常给我买这些生活用品，不然还真的没啥可洗垢痂，没啥润脸润手。

她有时还把我领回家去给我洗澡捉虱子，洗头搓垢痂，剪指甲，挖耳屎。那时的我手和脚上的垢痂老是厚厚一层，脖子不用说也是一个黑圆圈。洋妈妈笑着说："看你这老鸹爪子黑项圈，哪像个干部家女儿。"说罢，一边爱抚地拍打我，一边轻轻地给我搓垢痂，说古经，捎带教我怎样讲卫生，梳头发，问候人，尊重人，做个讲卫生懂礼貌的娃娃。

没想到洋妈妈给我搓澡是那么舒服惬意。她边搓边问："疼不疼、疼不疼？疼了我手放轻点。"此话像一股暖流涌进心田，让我感受到了从未有过的母爱，感动得我热泪盈眶。

一天，我跟着姑夫爸爸从北街转到南街，从南街又转到正街时累得转不动了，坐在百货楼前的台阶上歇缓。我

那戴着墨镜的爸爸和穿旗袍的洋妈妈突然笑眯眯地出现在我面前。爸爸摸了摸我头，就把我抱在怀里。妈妈接着问我想吃啥想喝啥她去买。而我却抡起拳头连踢带打地不要爸爸抱。爸爸看我不要他抱就松开了手。妈妈过来托起我的手，边抚摸我头发边问："今天不想吃好吃的了？咋表现得这样野蛮没礼貌，难道忘了妈妈给你说的话？咋敢在大街上踢打爸爸，就不怕老天爷看见惩罚吗？"

我说："再不用哄我了，老天爷知道个屁！"

洋妈妈捂住我嘴认真地说："不敢胡说，小心老天爷听见嘴上挨板子。"

我问："老天爷这会儿在哪里，能听见咱们说话吗？"

洋妈妈说："能，老天爷不但能听见，而且每天都在盯着人世间的男女老幼，看谁干好事，谁干坏事，谁打父母，谁敬娘舅。晚上回到天宫统计后，对干好事者奖励，干坏事者惩罚。"

"那你知道奖的啥，罚的啥吗？"

"奖的是金银珠宝和健康身体，罚的是折财折寿。"

"我听不懂你说的歪洋话，金银珠宝是个啥，折财折寿又是啥？"

"金银珠宝指奖钱，折财折寿指罚钱减阳寿，阳寿是指人的寿命。本来能活100岁，干了坏事就减成50岁了。"

我听了吓得接着问："那我刚刚踢打爸爸是不是要罚钱减阳寿？"

洋妈妈说："不知不怪罪。因为在这之前是大人没给你说清楚，老天爷是不会怪罪你的。但从今天起，就不能再犯类似错误，犯了老天就不会饶你了。"

我点头表示知道了。

洋妈妈看我态度缓和了许多，接着问："你不要你爸爸抱，那要妈妈抱吗？妈妈今天特别想抱你。"

我看了看眼前的洋妈妈,觉得她好漂亮好洋气,又看到百货商店玻璃镜里的我,瞬间产生了怀疑,心里偷偷问自己,眼前这个洋女人到底是不是我亲妈?我能有这么一个漂亮温柔、洋气美丽的妈妈吗?她这么洋气漂亮,为啥能生下我这么个丑小鸭?她会不会是我爸爸的同学或朋友?

那一刻,我从心底真的不相信她是我妈妈,我是她女儿,便不眨眼地盯着她看,脑子里不停地想,她咋和我见过的一个人那么像?这个人是谁,一时半会儿又想不起,反正她不是我妈妈,我哪有这么个洋妈妈?因为亲人间的血缘关系,长相一般都很像,可我们母女为何不像?这能是母女吗?绝对不是!是的话,为啥连一点点像的地方都没有?别的不说,就我们脸上的颜色都不一样,更不要说其他特征了。先看她不高不低的个头,不胖不瘦的身材吧,不知道我以后能否长成她这个身材。俗话说女大十八变,越变越好看。说不定我将来要长得比她高,比她瘦,比她漂亮呢。也说不定我将来还长不成人家那么高的个头,那么适中的身材呢!但眼下让人一看就不是母女俩,人家的皮肤白白的,嫩嫩的,细细的,光光的,亮亮的,紧紧的,我的皮肤却是红红的,黑黑的,粗粗的;她的脸蛋是大大的,圆圆的,我的脸蛋却是方方的,扁扁的;她的眼睛大而亮,我的眼睛虽大却不亮;她说话的语气又慢又稳,声音又轻又柔,我说话的语气又急又快,声音又高又大;再看她微笑时的两个小酒窝,咋跟电视上的宋庆龄那么像。对对对,想起来了,原来是跟著名影视剧演员李玲阿姨扮演的宋庆龄像。真的,她俩要是一起走在大街上别人准会认为是双胞胎,连身上穿的旗袍色彩、款式及肩上的披风都是一模一样的。发型像一个设计师设计的,都盘着流行的圆纂纂。

　　不知我是眼热还是敬重，总觉得她这么富贵洋气，为啥就不嫌我这个丑小鸭呢？她还再三问我要不要她抱，难道她就不怕抱我而弄脏她的旗袍？还不停地用她光滑纤细的双手抚我头，摸我脸，拖我手，捏我胳膊，刨我衣服。凭她爱抚我的这些举动，还像个当妈的样子，便点头允许她抱我。

　　在她抱我的那一刻，我觉得这个洋妈妈是那么可亲可爱、可依可赖。当她脸蛋与我脸蛋贴在一起时，爸爸笑眯眯地跑着给我买好吃的去了。洋妈妈就不停地在我脸上吻。我虽然觉得洋妈妈是个慈眉善目、和蔼可亲的人，但心灵深处就是改变不了对她存有的那份陌生、疏远、恐惧和怀疑。虽然我常常渴望自己像别的孩子一样，每天都能得到妈妈的亲吻爱抚，爸爸的拥抱疼爱，可今天享受到这份温馨的爱抚和暖暖的爱意时，又觉得心里不舒服不自在。究竟为什么不舒服不自在，我也说不清楚，反正就是觉得别扭。

　　平时的我，说话心直口快，没完没了，姑姑妈妈经常说我嘴干话多嗓门大，吵得她没处钻。今天咋变得像个哑巴，任洋妈妈咋问我都不开口，急得她没办法，只好把我抱得紧紧的，紧得让我感到呼吸都困难，但从心底又觉得很温暖！

　　看到爸爸买了两大包吃的跑来时，妈妈才把我从她怀抱中放开，叫我先品尝，然后提回去和哥哥姐姐们慢慢吃。

　　虽说我对爸爸抱我不感兴趣，但对他买来的食品很眼馋，毫不客气地从他手中接过打开就吃。吃了一点就舍不得吃了，提着食物，心飞了，想走了，一点儿也不想待在这儿了。任爸爸妈妈怎样挽留我都无法改变心意，拉着姑夫爸爸的手不停地催促："快走快走快回家，不回家他们又要留我吃住，我不想在他们家里吃住！"

回去不到两天，我那馋嘴病又犯了，又想起了县城的爸爸妈妈。因为他们有钱，每次见面给我买吃的都不吝啬，而且一买就买好多。所以我就不时地想去县城见他们，但对去县城和回家的概念一直很清楚，只逛不住。住下的话，洋妈妈就要动员我洗澡讲卫生，听话讲礼貌，这是我最怵最怕的。

就这样，在后来的几年间，我一直采用这个方法，想逛县城了就找借口要回家，想吃好吃的了就想法子去看爸妈。而真正的用意只有自己心里最清楚。不过，爸爸妈妈为了讨好我、笼络我、补偿我，每次都能满足我，一次也没让我失望。久而久之，我由一个观人脸色行事，听人口气说话，看人眼神端碗的孩子变成了一个既任性又倔强的野娃娃。

姑夫爸爸看我再不听话不讲理时，就骂我管我教育我。轻了我不理，重了我顶嘴。姑姑妈妈听见就接上话茬给姑夫爸爸添帮数落我，她大声骂，我小声还，她骂一句，我还两声。气得她无奈，只好由我性子去！

一天，他家的几个孩子看我将他们父母顶撞得喘不过气，说不出话，就群起而攻之。我不但不示弱，还显得很强势，他们就把我"暴打"了一顿。从此，我收敛了许多，在他们面前再也不敢顶撞姑夫爸爸和姑姑妈妈了。

一个周末的下午，我明明看见大表哥和姑夫爸爸到苜蓿地里割苜蓿去了，姑姑妈妈叫我干活时我正玩得起劲，心里不乐意就又犯了顶撞人的毛病，被折回来取绳的大表哥撞了个正着。他问："你在干啥？"我没吭声。他开口就骂："你嘴叫驴踢了吗不说话？"我听了他挑衅的口气没敢吭声，怕他打我。为了息事宁人，我只好跑去干活。这也叫好汉不吃眼前亏。可憋上气的他，让我躲得了初一

躲不过十五,躲得了今天躲不过明天。我走到哪里他跟到哪里,我藏在哪里他寻到哪里,走走站站向我寻事找茬,逼得我无奈,只好和他开战,他骂我:"抱疙瘩,疙瘩抱,母猪下的没人要,赖在我家吃闲饭……"

常言道:吃了人家的嘴软,拿了人家的手短。何况我长年累月吃在他家,睡在他家。因此,我被他骂得没法还口,也没有理由与他再骂,只好闭住嘴巴让他骂,骂够了可能就把气出了恨解了。

盼周末,等周末,周末到了愁周末。初伏天的又一个周末来临,晌午,我拔猪草回来看到哥哥姐姐们坐在院墙旁边阴凉下玩"抓羊儿"(用杏核玩耍的一种游戏),心热地放下猪草筐跑去看输赢,看激动了还说哥哥耍赖了姐姐吃亏啦。姐姐不但不领情,还叫我少管闲事快走远,去帮妈妈抱柴烧火做饭去。姑姑妈妈也偏心,就爱听她女儿肖肖姐的话。肖肖姐刚一指派我,她就喊我抱柴烧火。我气得嘟囔她偏心:"不叫自己亲生的干活只叫我,是不是看我是寄养的好使唤?我刚拔猪草回来不让我歇缓,凭啥叫我不停地干活叫她们坐下玩耍?"

肖肖姐听我咬她不干活,站起来骂道:"有种的大声骂,小声骂人和狗一样,偷着咬人哩!"还骂我是懒怂憎怂加坏怂,白吃白喝还咬人,并骂姑姑妈妈是爱管闲事爱操心,收下我这个坏种!

肖肖姐这一骂,姑姑妈妈自然发火不依了。因为她向来是家中的权威,平时没人惹她。可我们今天都像吃了枪药,对她顶嘴还舌,撒野逞能,气得她骂了大的骂小的,骂了亲的骂养的。越骂表姊妹越恨我,说事情的起因全是我,即刻摆出一副不依不饶的架势,似有今天不赶我走不罢休的样子。

而我那天却像鬼迷心窍了,怒气之下和哥姐们争高论低、争长论短地吵起来。我理直气壮地问他们:"谁白吃白喝白住?我吃的粮油米面是我爸妈管着,穿的衣服是我爸妈买的,花的钱是我爸妈给的,谁白吃白喝白花你家的了?你们一家还跟上我沾光吃大米饭、喝自来水你们咋不说呢?你们一家老小谁有病都要叫我爸妈掏钱看,谁有事都要叫我爸妈领着办,这些你们咋不说呢?光说我白吃白喝白住你们的,告诉你们,我连我的都吃不完还吃你们的哩?"

他们辩不过我就合起伙来打我,打得我鼻青脸肿,鼻血不止,但想叫我说一句求饶的话,那可是墙上挂门帘——没门。

俗话说,打惯的手,骂惯的口。从此,他们对我的毒打和辱骂像家常便饭。特别是大表哥,只要看到我,就背着姑夫爸爸和姑姑妈妈惩治我,要我屈服顺从他。而我的性格偏偏是吃软不吃硬。他越想叫我服软我越强硬,气得他没办法,只好继续打。但打是降服不了我的!

他看用武力制服不了我,就采用羞辱谩骂的方法激怒我,骂我是"碎坏种、大死狗、没人要的野杂种"等,一些难以入耳的脏话勾起我对亲生父母的强烈不满和怨愤。久而久之,我幼小的心灵变得扭曲了,也对他们的谩骂和羞辱习以为常了。那是因为我无力和他们抗衡,更何况我原本就是人家说的那样,一个表面没有被亲爸亲妈抛弃,实质被抛弃的多余人!

就这样,我渐渐地变成一个天不收地不管的野孩子,说话做事我行我素,一意孤行,思考问题固执偏激,爱钻牛角尖,经常想伺机发泄心中的积怨和愤恨。那时我只有五六岁,正处在不懂事的年龄,加之没有父母监督管理,我变成一个越来越刁野难管的女孩。最后,一直发展到不但和家里的哥哥姐姐吵闹,还经常和村里的小伙伴们闹矛盾的地步。

一天，姑夫爸爸和姑姑妈妈外出给人代劳，非要带我同去不可，就怕我在家里胡跑乱闹，惹事闯祸。而我却固执地非要留在家中，任他们咋哄咋劝咋威胁都没有改变我的想法。他们见拗不过我，就生气地告诫说："你给我好好蹲在家里别乱跑，如果乱跑，小心我们回来敲断你的腿！"

我嘴上甜甜地应承着，心里却乐滋滋地盘算着如何跑。等他们走远后，我立刻跑到邻居家去玩耍，玩着玩着，和邻居家孩子为了个玩具吵打起来。尽管我打不过人家，但有着奉陪到底的决心。没想到我的倔犟把对方越激越怒，越怒越火，他愤怒地抓住我头发，并在我脸蛋上左右开弓扇耳光，打得我鼻血直淌，染红了衣衫，模糊了视线……

此刻，我明知败局已定，但不服输的性格让我抓住他胳膊就是不放手，有一种拼死也要奉陪到底的勇气和决心。他越让我松手我抓得越紧，他越叫我丢开我越不放手，他越要我向他告饶我越不服输。就这样，我不住地骂着推着、打着撕扯着，直到把对方连扯带推地碰翻桌子上的暖水瓶才松手。滚烫的开水烫伤了对方胳膊，他抱着胳膊躺在地上哭喊着："疼死了疼死了，把人快要疼死了！"

看到他疼痛难忍的样子，我吓得不知如何是好，连忙问："哥哥，咋办呀咋办呀，快说咋办呀？我不是有意的，真不是有意的！要不，你起来也把我胳膊用开水烫，烫伤让我也疼着，咱俩就扯平了好不好？"

他疼得直喊叫，我吓得直打颤。看他疼成那样，我只好跑到田间地头去叫他爸妈。他爸妈回来一看孩子烫成这样，一边抱着孩子往卫生院跑，一边指着我大骂："你不滚回你家去，把人还害死呀！我娃现在去医院检查没有问题了好说，如果有啥问题我叫你死到我手里！"

　　看到他们抱着孩子慌张离去的背影，我怕极了，怕人家孩子的胳膊断了，怕人家父母回来找我算账，更怕人家告诉姑夫爸爸和姑姑妈妈，姑夫爸爸和姑姑妈妈再告诉给县城的爸爸妈妈。但最终，还是被姑夫爸爸和姑姑妈妈知道了，狠狠地痛打了我一顿不说，还骂我是"土匪转世"的，他们再也不敢收留我这个土匪女子了。

　　老天保佑，经过十几天的住院治疗，小伙伴很快出院了。挣钱的爸爸妈妈为人家结了账不说，还给出院回家的小伙伴买了好吃的，给了换药钱。我因后悔和内疚去看他，不但小伙伴不理我，人家家长当场就要赶我走，并指着我的鼻子说："你给我滚出去！滚得远远的，以后少到我家里来！再来，小心我放了你的气，卸了你的腿！"

　　这个逐客令下得我既伤心又害怕，同时也很尴尬，我知道自己理亏，只好灰溜溜地转身离去。

　　此后，我真不敢再去人家家玩耍。但我那颗不泯的童心经常促使我跑到他家周围偷看，希望他们全家，特别是那个伙伴哥哥能原谅我的过失，和我重归于好，与我重新玩耍。

　　好多天后的一个晌午，我一人在碾麦场畔玩耍时，那位伙伴哥哥跑来用挑衅的口气问："杂种子，你一个人像个孤鬼似的在这耍啥着？要不要老子给你教两招？"

　　我听他不讲理的口气，知道他今天是来者不善，向他微笑了一下把手中的泥土扔掉撒腿就跑。他看我跑了，就认为我被他征服了，怕他了，便沾沾自喜地喊叫着："杂种子别跑了，老子不打你，看把你吓得跑了，有种的话返回来继续耍去！哈哈哈！"

　　从这件事上我悟出了一个道理，让步装孙子是消灾免祸的最好办法。我虽然用无言的逃跑方式向他做了让步，

记事

非但没少我一斤肉，还免去了我们孩子间的一场恶战。

因为寄养的孩子没人正确引导，寄养方又不愿严加管教，平时又缺少温暖和爱护，心里真得很容易扭曲。一会儿渴望得到爱，一会儿又在逃避爱，这是内心世界缺乏安全感的一种表现，心里老觉得缺关怀、缺温暖、缺亲情……

时间一长，身心孤独，性格孤僻，遇事固执己见，看问题偏激，情绪不稳，神经敏感，逆反心强。只要有机会，就抓住一些陈年往事，新账老账一齐算，弄得姑夫爸爸和姑姑妈妈深不得浅不得，动不动就寻事找茬，指桑骂槐，动不动就弄得家门生怨，亲戚不和，天长日久，矛盾频出。

从此，姑姑妈妈不让我去别人家玩耍，而我那好动的性格，把持不住跳跃的神经，哪能文静老实地呆在家里！因此经常用一双眼睛探视着姑姑妈妈的行踪。看她不留意就偷偷跑出去疯狂一圈，然后又轻手轻脚地溜回来在家里装模作样地干活，自以为做得天衣无缝，没人知晓。其实，那是自欺欺人。姑姑妈妈不但早已发现了我的行踪，还让哥哥和姐姐轮流跟踪盯梢，只不过看我识趣，知道回来，也没有惹事闯祸，给我留面子让我慢慢克制，渐渐反省罢了。可我却一而再再而三地犯类似错误，还在大人面前装出一副若无其事的样子。岂不知，世上的事"若要人不知，除非己莫为"，我是随着年龄的增长才明白这个道理的。

"性格决定人的成败和命运"。我的性格决定我生来就是个出力不讨好的人。真的，不论在学校还是家里，孩子能干的一些脏活累活、重活苦活全叫我干了。可活干了没得到好报！因为我性急干活快，别人干半小时的活，我十几二十分钟就能干完，剩余时间就玩耍。所以别人看我老在玩耍，就不停地指责训斥我。我很委屈！但再委屈又管不住好动的性格，从会走路那天起，我就走到哪里跳到哪里，且是哪里高从哪里上，哪里险往哪里跳。看见什么都觉得新奇好看，想上去看个明白和究竟。

记得五岁那年，洋妈妈带我去外婆家，我发现外婆家的大红木柜上摆放着一个花石头，精致好看，玲珑剔透，用我小手刚能捏住，喜欢得我拿在手中咋都看不够，一块完整的圆石里面咋能装进这么多五颜六色的花布布？看哪儿，哪儿都没口子和缝隙。这才怪了，既没口子和缝隙，里边的花布布到底从哪儿装进去？为了破解谜团，我就把花石头偷偷揣在裤兜，跑到公路边的石桥下边，用另外一块石头狠狠地砸，使劲地砸。本想砸烂看个究竟，可任我怎样砸都砸不烂。无奈之下只好作罢。虽没砸烂，但也把石头弄得面目全非，遍体鳞伤，没了原来的美观光滑度与透明度。我看了看，很沮丧！谜没破解事小，竟然把外婆喜爱并保存了多年的一个小美石给砸坏了，砸坏了又不敢给外婆说，只好将小美石偷偷投进水中，沉入河底。

外婆家住在沿川的公路边，背靠大山，面临河水，中间还有一条宽敞平整的柏油马路，车辆能开进院子。无论从走路、吃水、种地哪方面看，都比我姑姑妈妈家好得多。洋妈妈带我到外婆家的意图一是外婆想见我，二是正好联络母女间的感情。因我年幼无知，人地生疏，每天是吃了玩玩了吃，再无事可做，没活可干。闲得无聊，就和小舅妈的两个女儿花容表姐、改花表妹玩耍。花容表姐性格内向，心地善良，不拉口舌，不惹是非，也不爱转街游门子，只爱闭门看电视。她对电视如痴如醉，就是性格有点孤僻不合群，玩耍起来让人有种放不开、耍不美、玩不好的压抑感。改花表妹和花容表姐的性格完全相反，她爱说爱笑、爱打爱闹、爱跑爱跳，跟我一样喜动不喜静。但因年龄太小不会玩，更提不起我玩耍的劲头。叫她们爬山

不去,叫她们上树不敢,叫她们讲故事不会,叫她们唱歌不开口,叫她们开玩笑不说话,叫她们当老师讲课嫌可笑。她们就知道踢个毽子抓个羊,打个沙包捉迷藏,其他啥都不会。我便思谋着如何能玩好,怎样才能耍过瘾。

在我绞尽脑汁、挖空心思地思谋时,瞌睡正好遇见了枕头。三姨妈来看外婆和妈妈时,将她宝贝儿子郭凯表哥也领来了。郭凯表哥比我大六岁,骑车、荡秋千、上树、爬山、打水仗、打篮球、丢沙包、滚铁环、捉迷藏、打扑克、翻绞绞、丢手绢、摸瞎子、老鹰抓小鸡等,样样在行。他的到来,不仅给我们带来了乐趣,还给我们带来了有组织、有纪律的"军事化管理"。外公、外婆、舅舅、舅妈都说表哥有管人能力,异口同声地把我们几个小的交给他管理。我们也服从他的管理,他指东我们不向西,他指南我们不向北,他让我们坐下我们不敢站,他让我们睡下我们不敢坐。

一天,他带我们上山顶玩耍,可能是他上山上累了,想睡下休息,便命令我们就地睡下休息。我在姑姑妈妈家玩过这个游戏,因此他号令一发出,我即刻睡在了地畔的野草上,改花表妹也跟着睡下了,花容表姐却害怕把衣服弄脏,死活不睡,任我和表妹怎么劝说她都不答应,并说:"哪怕不耍哩,我也不往草上睡,咱们是人不是猪,猪是睡草的,人是睡炕的,你们要睡就睡去,我可不睡在草上当脏猪。"

表哥听了不想在我们面前丢面子,站起来走到表姐身边连问三次:"你睡不睡?"

表姐回答:"不睡。"

"真不睡还是假不睡?"

表姐干脆地回答:"真不睡!"

表哥生气地说:"不睡就滚蛋!"

表姐态度坚决地说:"不睡不睡就不睡,看你要咋哩!"

表哥抖掉身上的黄土宣布道:"大伙听着,张花容不服从领导管理,即刻开除玩耍队,快点滚蛋,不准看我们玩耍!"

表姐听了流着泪捂着脸跑下山去,我和表妹却睡在田地畔边的野草上不知如何是好。起来吧,指挥没发话;不起来吧,心急无聊地也睡不住了。左等右等,等不上指挥发话,实在等不住了,我就让表妹装哭。表妹却说她哭不出,没眼泪。我只好又想别的法子,想来想去,别无它法,只好给总指挥请假上厕所。指挥听后才说:"全部起来回家上厕所!"

虽说把我们解放了,但也意味着今天的玩耍游戏到此结束。我担心明天和后天,甚至大后天和大大后天玩啥游戏。表哥还会带领我们玩吗,万一他不玩了咋办?为了让他继续带领我们玩,我只好给花容表姐做工作,让她给表哥服个软,认个错,明天一块儿继续玩。可表姐固执地偏偏不吃这一套,反过来还叫我和表妹不要和表哥玩,并说:"你们俩谁要和郭凯哥再玩,我就不理谁。"表妹是她亲妹妹,肯定听她话。而我就没听她的话,性格决定了我和表哥这样的伙伴玩耍才开心过瘾,所以我很犹豫,也很矛盾。我本意不想得罪表姐,也不想投靠表哥,从内心深处还想把他们双方说合好,让我们一块玩。可惜我没有说服人的能力,说谁谁都比我强硬,劝谁谁都让我滚蛋,气得我也不想理他们了。

但想了想,为了乐呵,我只好背叛表姐投靠表哥。表哥当然对我的选择很高兴。他不停地带着我在表姐和表妹的面前晃悠,三晃悠两晃悠把表妹的心给晃悠动了,她哭着让我给表哥求情,想继续加入我们的行列。表哥不愧是

领导兼总指挥，处理事情宽容大度，果断干脆。他看表妹哭得可怜，说得真诚，不但没计前嫌，而且和表姐表妹都和好如初了。

于是，我们四个人的小手又握在一起，心又贴在一块，开心地把外公搓的一根粗麻绳拿出来拴在核桃树上荡秋千。树高绳长，地宽土软，荡起秋千很过瘾，同时还能预防掉下来摔伤。我们争抢着玩不停当，表哥发号施令说："大家听着，谁也不准争，谁也不准抢，一个荡了下一个荡。每人荡五十下，谁都不能多荡，小的先荡，这叫大让小。"

话音一落，表妹高兴地拍着小手扭着屁股，哼着小曲坐上了秋千。她荡够五十下后坐在上边不下来，用甜甜的嘴巴向表哥请示："指挥哥哥，让我多荡十下行不行？"

表哥严厉地说："不行，说多少就多少！够了赶快下来叫别人上去荡。"

表妹既无奈又不乐意地嘟囔着小嘴跳下秋千。接着我和表姐表哥轮流荡。正荡得兴浓，吃午饭时间到了，妈妈一个劲地喊着表哥让他把我们带回来吃饭。

吃饭时，我们几个挤眉弄眼地商讨着饭后玩什么游戏。表妹说捉迷藏，表姐说过河梁，表哥说打枪战，表弟凑过来说滚铁环，我说继续荡秋千。为此，我们几个争执不停，各人坚持各人意见，谁都不让步，谁也不妥协。最后，只好让表哥裁决。表哥这时既不说话又不表态，俨然一副领导派头，一会儿笑着看看这个，一会儿看看那个，然后笑着让我们猜。我们谁都猜不准，他只好向我们宣布："饭后——玩锅锅灶行不行？"我们高兴得不约而同地喊道："好啊！好啊！"

饭后，我们拿碗的，偷刀的，端水的，抱柴的，和泥的，支砖的，速度敏捷，行动统一，脸上的笑容让人一看就知道我们心很齐。当我们把一切东西准备齐全时，却选不准做饭地点，后来选在了外婆家的柴摞下边。

提起外婆家的柴摞，可有故事讲了。从前，外婆家是方圆百里的柴禾大户。有豆柴、胡麻柴、高粱柴、玉米柴、黄花柴、苜蓿柴、洋芋柴、糜子柴、谷子柴、小麦柴、荞麦柴、葵花柴、杏树柴、杨树柴、柳树柴、椿树柴、槐树柴、榆树柴等。只要是农作物收成后，树枝干枯死后能当柴禾烧的，外公全部将它挖了背回家来分门别类，摞成大小不一的柴摞，供家人烧炕做饭用。但全家人除了外婆一个烧柴外，其他人都嫌麻烦和脏，不愿烧柴而喜欢烧煤。外公只好将他辛辛苦苦背回的柴禾摞在门前当摆设。

听外婆说，外公这一生的最大爱好就是收拾柴禾。只要有点时间，不是挖柴、拾柴、担柴、背柴，就是砍柴、劈柴、摞柴，把弄回来的所有柴禾都要劈成粗细、长短、大小基本一致的柴禾，才肯一根一根往上摞，连下暴雨、发洪水时在河水中捞回的浪柴也要摞，平时，只要外公稍有一点空闲，就不停地在柴摞上翻腾。所以说，外婆家的柴多摞大，整齐美观。

我们把玩锅锅灶的准备工作全部做好，就差火柴点火了。这时，表哥派谁到窑里偷洋火谁都不去，怕被外婆发现挨骂。我们只好合伙起来哄表妹："改花改花，你想不想放鞭炮？"

表妹高兴地说："当然想，只是没有鞭炮放么。"

我接着说："姐姐有好多好多鞭炮，只是没有洋火燃放。"

她又问："你哪来那么多的鞭炮呢？"

我说："过年时，姑夫和姑姑买的，没舍得放完攒下的。"

她便天真地说:"姐姐,只要你有鞭炮,我马上给咱们进窑里偷洋火去。"

此话正合大伙儿之意,我们接着鼓励道:"赶快去,快去快回,回来迟了就没有鞭炮放了!"

她便像个小猴子似的跑进外公外婆住的窑洞,果然用最快的速度偷来半匣洋火,还不停地催我把鞭炮拿出来放。而我明明在哄她,哪有鞭炮燃放叫她看,何况不过年不过节的,但又没办法给她解释,只好继续哄,说:"你先给咱们点火做饭,我进去取鞭炮。"

她又高兴地跳起来拍着小手让我快去快回,并说:"姐姐,你要回来迟了,我们就不看你放鞭炮了。"

我只好说:"行行行,你们等着,我速去速回。"便装模作样地向院子跑去,转了一圈出来告诉她:"玩不成了,奶奶怕闯祸,不让咱们玩鞭炮,不允许我往出带,你说咋办?"

表妹失望地说:"奶奶不让做的事情我也没办法。那就不放鞭炮玩做饭吧。"

就这样,表妹便信以为真,再没纠缠。我反问道:"你们咋还不点火做饭,不是说好玩做饭吗?"

表妹说:"我们怕把柴擩点着不敢点火。"

我骂道:"真是些屁胆子,怕啥呀怕,柴擩下不就是让人烧火做饭用的吗?这时不点火用柴,锅锅灶还咋玩?要玩就赶快点火,不玩了就拉倒。"

表妹看我生气了,哀求道:"姐姐,我们实在不敢点,你敢点你给咱们点好吗?"

我说:"有啥不敢点的?看着!"我一把夺过洋火点燃了柴擩,没想到干柴见火着得那么快,眨眼工夫,火焰冲天,熊熊火苗借着风势越燃越快,越烧越旺。

表哥吓得骂道:"晁婷婷呀晁婷婷,你个碎仔仔这下把大祸闯下了，这可咋办呀？"

我也意识到今天逞能闯了祸，这下真把娄子捅大了，心里既害怕又焦急地站在一边直打颤。看着燃烧的火焰冲向天空，并向四面扩散，烤得我们不停地向后退，却又不敢进去叫大人出来扑火，只好三十六计走为上策，向表哥喊道："哥哥，咱们快跑吧！"表哥附和着说："对，跑，赶快跑……"

我们几个慌慌张张地跑离了现场。表哥和表姐腿长跑得快，一会儿工夫就跑得不见人影了。我和表妹小，腿短跑不动，跑了不到半里路，就累得蹲在路边跑不动了。回头看，天哪，太吓人了！火焰犹如火山爆发，烧红了半边天。全村人都被这突如其来的火灾吓得吼叫声不绝，而外婆家的人还蒙在鼓里。直到河对岸的人跑过来把外婆叫出来，大家这才焦急而紧张地投入到扑灭火的忙乱中。

他们越扑火越旺，蓝莹莹的天空被火焰映得通红，吓得我浑身哆嗦。表妹还不住地问："姐姐，姐姐，要是那些柴禾烧完了，咱们是不是也没命了？"

我听到表妹的问话特别害怕，立刻想到了继续跑，不跑柴烧完我们的小命就保不住了。我挣扎起来拉着表妹的手顺着柏油马路往前跑，跑了不到一里路，又累得跑不动了，一边蹲在路边喘气，一边商量着往哪里跑，跑到谁家去躲难，跑到何处去藏身歇息。没等我们商量好，小舅却骑着自行车追来了，吓得我把眼睛闭住蹲在路边等挨打。

然而，小舅却没打我们，不知是看我们可怜，还是看我们太小，问了一声："你们谁把柴摞点着的？"

表妹很快就把我供了出来，并说她不叫点我非要点不可，所以一下就点着了。此刻，我作贼心虚，深感理亏，只好乖乖地低下头等着挨打受罚。

小舅又问："你们两个准备往哪儿跑？跑得了和尚能

跑得了庙吗？"

我们低头不吭声。

小舅站了一会儿说："起来走，跟我回去看你们捅下的娄子闯下的祸，看看你们都干了些啥好事！"

我俩灰溜溜地站起来，被小舅一前一后地抱上自行车，唉声叹气地带回家。

到家一看吓了一跳，那么多柴摞被大火烧去了多半，剩下的一小半黑乎乎地被埋在土里冒着烟。

此后，只要我去外婆家，外婆家的所有人都高度警惕，格外谨慎，不是藏洋火就是藏打火机，生怕我再玩火闯祸。由此可见，我爱惹事闯祸的形象也深深地留在了外婆家人的脑海中。

第四章 灾 变

常言道:"是福不是祸,是祸躲不过。"

1998年的某一天,对我们家来说是个灾难日。下午4点左右,我在外面玩得口干舌燥,跑回家里喝水时听见姑夫爸爸在中间窑里和姑姑妈妈说话。没等姑夫爸爸说完,姑姑妈妈就大放悲声地哭了,吓得我不知发生了什么,直挺挺地站在原地不敢动。姑夫爸爸把两个姐姐叫来,安排完家务就拉着姑姑妈妈的胳膊匆匆忙忙地开着蹦蹦车走了。

他们走后,两个姐姐不让我说话,不让我唱歌,更不允许我出去玩耍,显得神秘怪异,让人不知所措。但我又猜不出今天到底发生了什么,总觉得气氛不对劲,只好听从她们管理。她们不住地要我弯下腰低下头,脸上不能出现一点笑容,就连出门上厕所都要轻手轻脚。虽然我心里不情愿,但行动上很配合。两个姐姐看我急得脚生风手抽筋地坐立不定,就把喂鸡喂猪的活计分给我干。

说实话,干这些活我比她们利索。别看我那时只有七岁,但我已经让姑姑妈妈调教成了行家里手,半个劳力了。为给姑姑妈妈帮忙,五岁我就开始帮她抱柴烧火,剥葱洗菜,淘米扫地,洗锅刷碗倒污水,喂猪喂鸡喂猫狗。慢慢地我一个人也能独自担当这些家务活计了。姑姑妈妈经常夸奖我鼓励我,说我手脚麻利有眼色,比两个姐姐干得好干得快,而且干过的活计她放心。

所以,姐姐们分给我的这几样活计对我来说是小菜一

碟,果然没用半小时就干完了。她们看我闲着无聊,又让我给厨房把明后两天做饭的柴抱好。

我说:"行,如果柴抱够了,能不能放我出去耍一会儿?"

她们说:"不行,抱柴归抱柴,玩耍归玩耍,茄子一行,豇豆一行,不能混淆。今天你就别想出去耍了。"

我问为啥。

她们说:"今天是个灾难日,说什么也不能放你出去耍。"

我那时不知道灾难日是啥意思,接口问:"姐姐,灾难日是个啥日子,为啥就不能出去玩耍?"

肖肖姐不耐烦地说:"是个死人的日子,路上有野鬼,天上有黑云,你人碎福身浅,出去胡跑有鬼缠,只能乖乖地呆在家里听我们安排。"

我拗不过两个姐姐,只好委曲求全,闷闷不乐地呆在家里。晚上,姑夫爸爸和姑姑妈妈谁也没回来。

第二天天还没大亮,有人急匆匆地来接我回县城的家,并说家中有大事,让我速回。我磨蹭着不知回还是不回,回吧,对县城的家没感情不留恋,从心底不想回去,平时偶尔回家,也多是因为吃穿诱惑,亲情纠葛并不多,加之我没和他们生活相处过,对他们的威严很害怕,平时躲都躲不及,谁还愿意多见面。想到此,我一口咬定不回去,坚决不回去!

他们拿我没办法,只好说出实情,"孩子,你不要倔了,你爸爸出车祸去世了,你快点跟我回去给他守灵戴孝,看他最后一眼。"

按说,听到这个不幸的消息,我该痛哭流涕,大放悲声,可我听了没反应,还不知道出车祸去世是啥意思。心想,他出车祸去世与我有啥关系,为啥要叫我回去守灵戴孝，看他最后一眼？守灵戴孝是干活还是吃饭，我一点儿也不清楚。又想，为啥叫我回去守灵戴孝不叫两个姐姐呢？肯定没好事，好事轮不到我，姐姐不去我也不去。

来人焦急地说："这娃你还不快走磨蹭啥？你爸爸年纪轻轻地死了，满街人都去太平间点纸看望，你还犹豫啥呢，难道你就不想看你爸爸最后一眼？"

我说："我不信，我爸爸明明活得好好的你胡说啥呀！你为啥要咒他死，他碍你啥事了？"说完就回想着姑夫爸爸和姑姑妈妈的慌忙离去，难道爸爸真的……我闭上眼睛不敢往下想了，也不愿想了！到底哪个爸爸是我亲爸爸？

来人看我闭着眼睛不行动，一把将我夹在胳肢窝下就往外跑，任我怎样哭喊都无济于事。

回家后，感觉家里没了往日的生机与活力，洋妈妈和胖胖姐趴在地上哭得死去活来，谁都拉不起，谁劝也不听，同时还有好多亲戚和陌生人陪着一同哭，都哭得很伤心。看到这情景，我不但没有哭，还纳闷，这么多人都在哭，莫不是爸爸真的出了事？

因为我当时根本没有想到，爸爸的去世会给我后来的成长带来那么多隐患，也没想到爸爸对我的成长是那么重要，更没想到爸爸的去世，给妈妈和我们姐弟带来如此深重的灾难。

夜幕降临，我还哭着要回姑姑妈妈家去睡觉，姑夫爸爸不但不让我回去，连他们也没回去。没办法，我就极为别扭地和姑姑妈妈住在我不喜欢的县城家里。虽说这个家的条件和环境比姑姑妈妈家好，但我有种不习惯和不轻松的感觉。

那晚我失眠了，侧躺、平躺、趴下，咋睡都睡不着，使劲回忆着爸爸的一切。可人很怪，你越想把不该忘记的事情记得清晰，它越模糊得让你一点都记不清楚，唯一一

点记忆是我六岁那年,因为干旱,整个村子的水窖和蓄水池都渐渐干枯了,家家户户喂养的牲畜天天都有死亡的,大人们抱着死亡的牲畜像哭自己的孩子一样伤心。为此,男人们整天忙着到处找水、背水、挑水。可任他们走多远路程,寻找回来的水也是杯水车薪,解决不了根本问题。无奈,姑夫爸爸让我那工作的爸爸尽快找车拉水,不拉水全家人就吃不上饭揭不开锅了。不知道是工作的爸爸找不下车还是拉不上水,两天过去了还没把水送来。全家人被饥渴折磨得像热锅上的蚂蚁,惶惶不可终日,连鸡猪猫狗见人上厕所时,都跟在屁股后边仿佛哼哼叽叽地说:"你们快点尿,多尿点,尿下让我们喝,我们快要渴死了!"可人一天到晚都没水喝,哪来的尿让鸡猪猫狗喝呢?可怜的鸡猪猫狗和我们一样很失望。

第三天早晨,天还没亮,姑夫爸爸就起来背水去了,直到半夜才回来。不但没有背回一口水,还让人把水桶砸了,人也被打伤了。姑姑问他为何被人打,他既不吭声又不说话,眼睛直勾勾地盯着我们看,我们也不敢多问。这一天,家里没水做饭,全家人只好啃干馍。然而,毒辣辣的太阳专门和人作对,烤得人身上冒火嘴里冒烟,嗓子干得像针扎,谁能咽下干馍馍!姑姑妈妈担心我们不吃不喝会生病,心里非常焦急,但又没办法解决水荒带来的危机,就让我们去学校和村部要水喝,再顺便在塬畔上等候爸爸送水来。

那些天,全村人都不顾太阳暴晒,大地烘烤,坐在塬畔上等水,偶尔看到一辆送水的车从塬头过来,高兴得都当是自家亲戚来送水,心急火燎地跑着喊着去接水,心想,这下好了,总算有救命水了。可没等我们跑近,送水车辆却把水送到别处去了,那个失落和失望就别提了!

因为干旱造成的水荒威胁的不光是我被寄养的村子,

听说威胁到了华阳县北部山区十几万人的生命,幸亏当地政府重视,每天派出大批人力拉水送水。但缺水的区域很广,加之山区农民居住分散,喂养的家畜多,政府送来的救命水分到各家各户刚够应急,解决不了实际困难和根本问题。听大人们说,政府派车派人送来的那点应急水,还被掌权人克扣了不少。

连续多天的干旱,除了没水做饭没水喝外,让我不能忘记的还有龟裂的土地和晒死的树木!可怜的农民把种子种进田地不见禾苗出土,急得他们不停地刨土观看,不停地求神问卦,祈求老天下雨,给百姓赐点救命雨。老天爷好像在惩罚人,人越祈求它越狠毒,火辣辣的太阳晒得大地变成火炉与蒸笼。就这样,可怜的农民还不死心,还在等着神灵保佑小苗出土。

还有更可怜的村民们明知水窖干枯没有水,每天却要跑几趟去看有无奇迹出现。就连沟底那条咸水小溪也被太阳晒得咸水断流,泥土干裂。山头地畔上的野草全被烈日晒死,妇女做饭没柴烧,牛羊出山没青草,男人砍柴没处砍,娃娃渴得满村串,牲畜回家不进圈,大人寻水不见转,每天都有人贱卖自家家禽。老爷爷和老奶奶急得天天跪在门口求天下雨,求神开恩。可天一天比一天干,一天比一天旱!

第三天下午,爸爸终于给我们送来一车救命水。邻居羡慕得不得了,除了帮忙向水窖抽水外,还有提着水桶、端着脸盆来借水和要水的。爸爸不仅满足了他们的要求,还对姑夫爸爸说:"倒入窖里的水,省点吃够半月,剩下的这些水,分给邻居叫他们也救救急,完了我再想办法拉。"

姑夫爸爸笑着说:"还是你这干公事的人想得周到,水是大家都缺着而不是我一家缺,我不能只顾自己不想大

灾变

家。哥，你说得对，兄弟听你的。"

邻居提着分到的水，夸奖爸爸人好心好品行好，送水分水解饥渴。

水窖有水了，水缸水满了，困难解决了，心里踏实了。但人倒霉了喝凉水都塞牙缝。夜幕降临时，我突然觉得浑身燥热，口干舌燥很难受，跑回家里在水缸舀了半马勺凉水喝了。即刻觉得火也灭了，温也降了，渴也止了，上炕没脱衣服就睡着了。半夜，钻心的疼痛把我从甜蜜的梦乡疼醒，虽然睁开了双眼，却还以为在做梦，咽了口唾沫，确认是嗓子和脖子疼得像针扎，我只好用手捂住脖子，咬紧牙根坚持到天亮才告诉姑夫爸爸。姑夫爸爸跑到附近保健站买了一包消炎药和去疼片让我吃，越吃脖子越肿，越吃嗓子越疼。两天后，嗓子疼得吃不下饭，咽不下水，脖子肿得转不过向，说不出话，疼得我整天整天哭。直到半面脸肿得没法再扛时，姑夫爸爸才意识到不能再硬扛了，便把我连夜背到县城这个家。县城的爸爸和妈妈即刻将我送往医院。大夫没检查看了一眼就埋怨爸爸妈妈说："孩子明明患的是腮腺炎，为何不早早来治疗，化脓了才送来，得马上做手术，一分钟也不能延误！"

爸爸当机立断，即刻请大夫给我做了手术。妈妈因为演出忙，不便请假，只好让爸爸在医院陪护我。期间，爸爸对我的照顾无微不至。可我不知为什么，从内心深处总是害怕他躲避他，不希望见到他。即使他面对面地护理我，我也不敢与他的目光相撞，他问话我也不回答。在我手术后的第三天，他要忙着上班，不能全天陪护我，这样一来，陪护工作只好请姑姑妈妈来接替。姑姑妈妈在我身边我很放松，虽然伤口很疼痛，但心情很愉悦。渐渐地，伤口不太疼了，几天后就出院了。这就是我和爸爸相处时间最长的一次。

那天夜晚，家里的哭声一直不断，加上洋妈妈时大时小的哀嚎声，哭得我好怕好怕，怕得我一直想让姑姑妈妈把我紧紧搂在怀里，可她偏偏不搂我，还时不时地陪着亲戚和洋妈妈啼哭。无奈，我只好用被子把头蒙住盼天亮。

好不容易才熬到鸡叫，洋妈妈突然像疯了似的哭着往医院跑，亲戚们谁都劝不住拦不住，抱不住拉不住，且是谁拦打谁，谁拉掀谁，谁抱推谁，谁挡踢谁。我看见她不顾一切的反常举动，害怕得不知如何是好，拉着姑姑妈妈的手偷问："她是不是疯了，咋像疯子一样？"姑姑妈妈使劲捏了一下我的手说："不是的娃，你不敢胡说，你还小，不懂事，千万不要胡说！"

我看着昨天还那么温柔漂亮的洋妈妈在一夜之间变成这样，心里无比恐惧。

不一会儿，她终于挣脱开众人的阻拦，冲出家门向医院跑去。这时，我突然像长大了，会想问题了，原来她是想爸爸，想去医院陪伴爸爸。

一小时后，悲痛欲绝的她被人搀扶着回到家。此刻的她没了昔日的美丽风韵，痛苦的样子和伤神的眼睛刺痛了我麻木的灵魂，我突然知道陪着妈妈哭爸爸，知道给妈妈擦眼泪，给爸爸守灵了！

又过了一天，天刚蒙蒙亮，我就被二姨妈、小姨妈和姑姑妈妈叫醒说："起床吧娃，起来准备送你爸爸上路。"

记得那天的天气很阴沉，给爸爸送葬的人很多，公路边站着黑压压的人群，向爸爸遗体告别的人群排了好长好长的队。妈妈哭得伤心凄惨，不能自持。幸亏二姨妈力气大，一直搀扶着妈妈不让她倒下。

入殓时，妈妈哭得亲戚没法盖棺。

起灵时，弟弟那"爸爸……爸爸……咱们回家走"的

哭叫声震撼了所有送葬人。同事哭了,亲戚哭了,朋友哭了,路人哭了。所有送行的人,包括我在内,全都难以自控地流下了泪水。

我哭着被人抱着塞进一辆小轿车,接着,二姨妈上来紧紧地抱住我。路上走走停停,停停走走,有人不停地往路上撒纸钱,说是给孤魂野鬼的,不然他们会挡住去路不让通行。那悲凄场面,深深烙在了我幼小的心灵上。

越走山越大,越走坡越陡,越走路越窄,越走沟越深,越走人越怕。因为坡陡路窄,凹凸不平,好多路段犹如羊肠小道,崎岖难走,吓得我闭上眼睛不敢看。经过几小时的颠簸,爸爸的遗体终于被送回老家。

这是我第一次回老家。老家的条件比姑姑妈妈家条件更差更恶劣,喝的是沟泉水,吃的是石磨面,穿的是羊皮袄,睡的是羊毛毡,点的是煤油灯,烧的是沙打网,取暖煨的是牛羊粪,出行吆的是小毛驴。送葬人说:"这里人的生活条件还停留在原始社会。"到现在我都不相信那种环境会孕育出一位剧作家,令人不可思议!

爸爸的遗体被人抬进一个破草窑,妈妈拖着我们姐弟在爸爸遗体前长跪不起,还不时地抱住棺材哭一阵说一阵,唠叨一阵埋怨一阵。我记得最清楚的几句话是:"智文,我们夫妻一场,你咋把我扔下先走了?你不是说要爱我一生护我一世吗,咋突然就走了?你走了,娃娃这么多这么小,叫我一人咋拉扯呀?你咋一直在哄我,在哄我……"说到此,妈妈恨不得把棺材打烂,把爸爸揪出来问个究竟。

我们姐弟不忍心让洋妈妈这样拍打爸爸的棺材,一起拉住妈妈的胳膊哭,妈妈也立刻把我们姐弟几个抱得紧紧的,生怕我们飞了似的。

这时,养育了我七年的姑夫爸爸突然像变了个人似的，来到爸爸的棺材前问妈妈："嫂子，我哥就这么走了，你打算把婷婷咋办？"

妈妈被姑夫爸爸突如其来的问话问得怔住了，止住哭泣没有吭声。

姑夫爸爸又接着说："我这下再不给你带婷婷了，我也有一伙娃娃呢，加上两个老人，累得我实在顾不过来了。这下，你看谁给你带让带去，我是坚决不带了。"他边给妈妈打招呼边抓住爸爸的棺材哭骂："晁智文，你个没良心的家伙，我给你带了几年娃，你咋连一声招呼都不打就走了？你走得躲清闲去了，把你那碎先人抛下谁管呀……"他抹了一把眼泪后，又接着问妈妈，"嫂子，娃娃咋办哩，你快说句话呀！"

此时，妈妈趴在地上哭得缓不过气，说不出话。我一听没人要我了，心里很害怕，抱住妈妈不停地问："妈妈，妈妈，你听见了没有，我姑夫爸爸不要我了，你准备又把我放到谁家，我以后咋办呀？"我声嘶力竭地哭着，叫着，问着。

可能是我的哭声把妈妈的神志刺激清醒了，她突然一下从地上站起来，趴在爸爸的棺木上边打边哭诉："智文，你听着了没有，看见了没有？你悄悄地走了，把几个娃娃给我扔下，人家都不管了，你说让我咋办呢……"

听到妈妈撕心裂肺的哭诉，我一边哭，一边上前紧紧搂住妈妈。妈妈边哭边向姑夫爸爸哀求道："她姑夫，好兄弟，嫂子知道你和她姑姑这几年为带这个孩子吃的苦，操的心比我们做父母的多了几百倍，这个情我永远都忘不了。可现在，现在不是说这个事的时候啊！你若念起你哥生前有恩于你，求你先不要说娃娃的事情了。只要嫂子活着，有你说话的机会和时间。现在咱们先准备埋葬你哥的事，等把你哥埋葬了以后，咱们再慢慢说

娃娃的事情行不行?"

旁边的亲戚和守灵的一位家门哥哥,听了妈妈的话都帮着劝道:"他姑夫,你是个聪明人,也是个实在人,累不累,娃已经长大了,带不带,几年都带过来了,就算往后不带,也不在乎这几天吧?再说,你拉扯了几年,舍得一下推给别人吗?你嫂子把话都说到这份上了,你再不要为难她了,家有千件事,先从紧处来。眼下最当紧的是埋人,让死者尽快入土为安,你知道死人再不能放了!"

姑夫爸爸不是不讲理的人,在众位亲戚的劝说下,他答应先埋死者后说事。而妈妈却抱住我们姐弟趴在爸爸棺材前哭得不省人事。

第二天早晨,县城来了好多人,为爸爸举行了隆重的追悼会。悼词中,对爸爸的生平和工作业绩做了详细而全面的总结,给予了高度的肯定和评价。听到组织对爸爸工作的肯定,不但增加了我对爸爸的敬仰和热爱,更对爸爸的英年早逝感到万分惋惜。同时也悟出了做人的道理:人生在世,一定要做好人、做好事,做对社会有用、对人民有益的事,人民就会永远记住你!

爸爸,你的生命是短暂的,贡献是突出的,生活是清苦的,品德是高尚的。女儿为你没有虚度年华而自豪,为你努力实现自己的人生价值而骄傲,更为我今生今世能有你这样一位勤奋工作、才华横溢、忠孝两全的爸爸而荣耀。

爸爸,虽然你现在对我只是个空壳和称呼,虽说你对我没有完全尽到一个做父亲的责任和义务,就匆匆忙忙地离去,但我还是为有你这样一位爸爸而骄傲。唯一的遗憾是我今生没有机会接受您的培养和教诲了!

下葬时,不仅爷爷和妈妈争着抢着要替爸爸去西天,连我也想跟着爸爸一同前往,但我被两个姨妈抱得死死地不能行进一步，只好眼巴巴地看着爸爸的棺材被人吊下土坑，放进墓穴，埋在地下。此刻，我多想留住爸爸，多想再看一眼爸爸再亲一下爸爸，可人们用黄土一锨一锨地将爸爸埋在了土坑，压在了地下，而且埋他的土堆越来越大，越来越高。我不忍心他们这样用土把爸爸埋在地下，声嘶力竭地哭喊着："求求你们不要用土埋我爸爸了，你们为啥要用土把他埋住？埋住他我就看不见了！你们为啥不听话？为啥要这样对待我爸爸……"

很快，埋葬爸爸的地方堆成了一个小山丘，变成了一座新坟茔。按当地习俗，所有在场的人必须向这个新坟茔压三锨土，表示对死者的哀悼！轮到弟弟时，可怜的弟弟连个铁锨都拿不住，妈妈只好握住他的小手，让他握住锨把，帮弟弟为爸爸压上了珍贵的三锨土。

哎，人啊人！原来人的生命竟是这样脆弱，无声无息地化为黄土！真可谓赤条条来，空荡荡地去，一切皆空！活着时的激情奋进、昂扬向上、功名利禄、荣辱爱恨，到头来全是一场空！

可我还在想，花儿谢了来年为啥可以重开，房子倒塌了为啥可以重建，而亲人死了为啥就不能复活？

真是死者——埋了，看者——散了，来者——走了，忙者——回了，剩下我们孤儿寡母，趴在坟头上哭得不愿和爸爸分离。姐姐哭得把坟上的土堆刨了很深一个壕，手指头上渗出了殷红的鲜血，妈妈哭晕在坟前不省人事。我和弟弟虽然哭哑了嗓子哭肿了眼睛，但那时我们也搞不清楚是哭爸爸的离世，还是哭妈妈的可怜。

总之，一家人都哭得死去活来，天昏地暗。大舅舅看妈妈哭晕过去，立刻抱住掐人中穴。妈妈虽然被几个舅舅用土方法救醒了，但额头和手上全是血印。那一刻，我们一家人像从战场上下来的残兵败将，东倒西歪地被外公、舅舅、姨夫、姨妈们抬着、搀着、扶着、背着、抱着出了坟院。走到老家门前坡下，被姑夫爸爸和姑姑妈妈派来说事的表叔挡住去路问："表嫂，她姑夫和她姑姑让我问你，人已经埋了，现在把晁婷婷咋办哩？"

妈妈没听完就瘫倒在地上。这次，她表现得非常坚强，既没哭也没说话，只用眼睛盯着表叔看，看得表叔很尴尬，面部出现了异样的表情。看着看着，妈妈突然颤抖得不能自主。大舅看妈妈气得说不出话，背我的双手也发起抖来，接着走过去对表叔说："表弟，听说你是干大事的人，在这个节骨眼上不抓紧处理正事去，却来为难这些婆娘娃娃，这是不是与你干大事人的身份不相符？再说，你既然说娃的事，也得等把送葬的人打发走了再说不迟，把我们这些送葬的亲戚挡在路上说啥呀？你明知晁家百丁大户的，死了娃的爸爸还有娃的几个叔老子和爷呢，不找他们主事人去说，跑来逼这些落难的娘们是不是有点不近人情？回去告诉娃的那个姑夫和姑姑，为啥要把人挡在路上说呢！难道你们真的等不及了，真怕错过今天就没有说话的机会了？"

表叔碰了一鼻子灰，自觉没趣地离去了。

看着表叔离去的背影，舅舅把背在背上的我转过来抱在怀里看了看，眼泪溢出了眼眶。他急忙用手抹去，走到妈妈面前说："萍妹，起来吧，不要哭！哭是解决不了任何问题的，你向来是个坚强人，这时候需要你更坚强，这两天发生的一切你都看到了，这个家的担子没人替你分担，孩子没人替你看管，只能靠你自己，不要指望靠任何人了，靠人是靠不住的。为了几个娃娃，你千万不能垮，你要垮了这几个娃娃就得饿死。哥希望你为娃娃鼓起劲撑起天，给娃娃长精神给温暖。哥知道你心里很苦，但再苦再痛也不能一蹶不振地趴在地上哭。尤其在这个节骨眼上，千万不能倒下去！一定要咬紧牙关，打起精神挺过去。听话，不用怕，有哥在天塌不下来！往后，即使天塌下来有哥给你撑着！"

可能是大舅的安慰和承诺，给妈妈长了精神撑了腰，她在小舅和二姨妈的搀扶下，站起来牵着我们姐弟的手向家中走去……

饭后，县上有关部门负责人当场召开爸爸家人善后事宜座谈会。会上，有关单位领导再三询问妈妈："你有几个孩子，是男娃还是女娃？多大啦，都上学没有？一定要如实汇报，不能欺骗组织，这可关系着孩子的生活抚养费与以后的就业安置问题。"

领导把话说到这份上，妈妈当然很感激，一把鼻涕一把泪地不知说什么好。亲戚都希望妈妈相信组织，把寄养在别人家的女儿一并坦白出来，好让组织和领导妥善安排，提携照顾。亲戚们说："我们说了这么多，都是为你和娃娃好，你就如实说吧，今天不说，错过这个村子就没这个店了。再说，你一个人也拉扯不过来几个娃娃，赶快说，说了组织会帮你养活的！"

妈妈听了头点得像鸡吃食似的，亲戚以为她会说的，没想到她光点头不开口，始终保持着可怕的沉默。

姑夫爸爸看妈妈不表态，急得不停地让人给妈妈传话做工作，并说："她今天如果能问组织给婷婷要下生活抚养费了我还可以帮她带几年，如果不要的话我就彻底不管了，看谁爱管叫谁管去。"

从姑夫爸爸的话中听，他从心底不想放弃抚养我，只是担心没人交伙食费。这是贫穷所迫愚昧所致，不是他老人家小气抠门，因为农民的收入很有限，特别是我们西部干旱山区农民的收入，简直微薄得没法提！如我姑夫爸爸，一家人辛辛苦苦，勤勤恳恳，没日没夜地劳作一年，

灾变

收获的粮食只要勉强够吃就不错了,哪有多余粮食养活别人!常言道:添一个人丁,多一张吃饭的嘴。农民真养不起吃饭不交伙食费的人。

按理说,姑夫爸爸的要求是合乎情理的,不是苛刻过分和小气吝啬,对妈妈是个极好的选择。不是正愁我没人带吗,眼下有这么个好机会,应是求之不得,感激不尽的。可不知为什么,妈妈就是不吭声,显得镇定自如,胸有成竹。姑夫爸爸急得没办法,一会儿跑着找这个亲戚给她送信做工作,一会儿跑着让那个朋友给她讲道理。忙了半天,谁也没做通她的工作。没办法,大伙儿都是瞎子点灯白费油——拿她没治!

姑夫爸爸在百般焦急,万般无奈下,拉着让我自己说。我吓得边往人堆里躲边说:"我不会说,我不敢说,你叫我说啥呀?"

姑夫爸爸说:"你就说你是计划外生育的娃,现在是黑人黑户没饭吃,没人管,看你们组织管不管?"

我说我真不敢说,跑到妈妈面前眼巴巴地盯着妈妈看,希望妈妈能做出一个对我成长有利的选择,好让我有个落脚点和安身窝,像别人家孩子一样,背上书包进校门。

不论别人怎么说,不论亲戚怎么劝,妈妈就是不承认有我这个多余女,气得亲戚们干急没办法。这时,一位掌权亲戚把她叫到旁边偷偷问:"嫂子,说了半天,你到底有几个娃?你准备让组织解决几个娃的生活费?"

妈妈这才坚定而平静地说:"我有两个娃,一儿一女,人人都知道!"

听了她的口气我很失望,也令在场的所有亲戚和朋友惋惜。于是,有个别亲戚当场骂她是蠢猪笨驴大傻瓜,哪像个国家干部和名演员,脑子简直缺根筋。

有的骂她是白痴,哪是个女人和母亲,节骨眼上不顾娃！真是个冷怂和白痴。

有的骂她良心坏了，可能不打算在晁家待了，不然，对这个女儿怎么会如此狠心，看这个可怜的娃娃可咋长大呀！

还有人骂她本来就是个生娃不管娃的戏子匠，现在根本指望不上她……

其间，有一位亲戚指着我的鼻子说："这个碎怂没人管了快让饿死去，一天在别人家里把人能害死。"

也有好心人摸着我的头发捧着我的脸蛋说："婷婷，你爸爸死了你妈妈可能不要你了，看你以后咋办呀？要不这样，给我做女儿行吗？我没有女儿，保证会对你好的，你就别指望她了，她给你姐姐和你弟弟都要了生活费，为啥就不给你要呢？这是明摆着不要你了，你还指望她啥哩！快给我当女儿走，我会好好对待你的。"

看着说话的人我不知咋回答，脑袋里对生活费的概念一点不知，搞不明白为啥要问别人要生活费，生活费到底是干啥用的，为啥在场的人都让妈妈给我要生活费，我不知道问谁要。问他们他们说问组织要，问组织我又不知道组织是男是女、是老是少，是今天来的众多人中哪一个，我不认识人家咋开口呢？

他们说："认识不认识都得要，你个碎娃娃怕啥哩，再说，要不要都是要国家的钱，又不是要谁的家里钱呢！"

我说："那要不下了咋办？"

他们说："你尽管要，肯定能要下，国家不差这点钱，就看你要不要。"

我说："万一要不下了咋办？"

他们说："万一要不下了你就哭。刘备当年为了成就自己，都能把关羽和张飞的心哭软，我就不信你个没老子娃娃哭不软掌权人的心！人心都是肉长的，说不定你一哭就把他们的心哭软了，他们不但会给还有可能多给点。只要你今天能要下生活费，就不用发愁没人收留养活你。"

我说："你们说的是真的吗？"

他们说："我们红嘴白牙的，对你个娃娃能说假话吗？"

我果断地说："行，我现在就去要。告诉我，你们说的组织是今天来的哪一位，穿的啥衣服戴的啥帽子？要下了好说，要不下还把人羞死哩！"

有人接口骂道："锤头大个娃娃，知道啥是个羞吗？真是个碎妖精！"

我听后气得说："你咋骂人哩，说不过人了就骂人吗？骂得这么凶你不会骂着要去，为啥要叫我要哩？"

骂我的人听了接着骂："你是个啥东西还叫我给你要哩，你也不拿秤称一下，看你是个半斤还是八两，还想叫我要。好吧，那你就等着去，看把谁给等耽搁了！"

听了他不讲理的辱骂，我心里难受极了，也想争口气要下叫他们看看，可就是不敢要。再一想，妈妈都不要我能要下吗？既然妈妈不要，可能就是亲戚们说的不要我了，不然，白问人要她为啥就开不了口？她不开口我咋开口，万一我开口了她不承认可咋办？如果是这样还不如不要呢。

唉！看来她心里真没有我这个多余的女儿了！要不，从出生到现在，家里一出事为啥就拿我开刀？一遇到困难就说我是矛盾焦点，好像这个家里的任何矛盾都是因我而起，我到底咋啦，咋这么倒霉！

如果说当初妈妈给我问组织要下生活费的话，姑夫爸爸和姑姑妈妈肯定不会这么快把我扫地出门，也不可能那么绝情地说不要我就不要了！我们毕竟在一个家庭生活了整整七年。七年间，我一直把他们当作亲爸亲妈，他们也把我当作亲生女儿抚养。七年在人生的道路上虽然只是一瞬间，但对我们双方实在不易！

现在我才知道，因为贫穷和世俗，他们不要我的原因是害怕妈妈没能力支付我的生活费。因此，寄希望让组织解决。

会后，送走县上来的领导和亲朋好友，洋妈妈就像一滩烂泥，不吃不喝便睡下了。这一睡就是三天三夜，滴水未进，昏迷不醒，弟弟又高烧不退，啼哭不止，姐姐还不停地哭着往爸爸的坟茔跑，跑到坟茔就趴在坟头哭得叫不回来。

那几天，两个舅舅和二姨妈非常焦急，舅舅怕妈妈不吃不喝睡得出问题，便让我们轮流守护，陪她说话，听她诉苦。我因她没给我要生活费，产生了一种冷漠敌视情绪，加之年龄小，性子野，不懂事，不愿守护陪伴她，不怨恨她都不错了。只要她睡的窑里进来个人，哪怕是比我小的娃娃，我都会偷偷地领着他们一个劲地往外跑。可每次出去没跑多远就被人抓了回来，指着鼻子骂："真是个不听话没出息的娃。"我听了虽然不服气，但又不敢还口，只好用沉默来应对。

好不容易坚持到第三天，我们给爸爸扫过墓后，回到县城的家。我没在这个家里生活过，从心底觉得这个家不属于我。但由于姑夫爸爸和姑姑妈妈提出不要我，我不得已，只好委曲求全地住下来。

住下后，我感觉陌生、拘束、沉闷、不安，恐惧和害怕得要命。于是，我便不吃不喝地蹲在院子里不停地哭，哭得谁劝都不听。妈妈怕这样哭下去对我身心健康不利，捎话把姑姑妈妈叫来说："她姑姑，娃哭得我实在没办法，你先领回去在你家过年吧，等过完年上学时再决定娃何去何从。"姑姑妈妈虽然从心底不是太情愿，但最终还

是把我领回了家。

回到养育我七年的家,我心里没了从前那种踏实的亲近感。从姑夫爸爸提出不要我那天起,我就知道这个家从此不再属于我,也不会让我住多久了。

所有变化都因灾难降临而至,因爸爸去世而生。难怪长辈们说:父亲是山,母亲是海。山体塌陷,海水干枯,本身就意味着大灾降临。爸爸的去世给家庭带来了毁灭性的灾难,因他在世时经营的酒店不到半年就负债30多万,债主怕妈妈耍赖不认账或无力偿还,天天上门索债,有的干脆蹲在我家不走,也有的看妈妈实在无力偿还,便提出用酒店食品或财产抵账。妈妈只得一一答应。

那些天,债主逼得妈妈很狼狈,但她为了抵账还债,为了我们姐弟成长,顽强地支撑着。她说:"夫债妻还,天经地义,何况这是我们夫妻共同经营酒店时欠下的账,这些欠账都是人家的辛苦钱,也是别人当初信任我们,帮助我们的一片好意,我不能因为灾难降临而当死狗耍赖皮。只要我活着,就一定要还。如果我这一生还不清还不完,儿孙长大接着还,直到还完还清为止!"

为还账,有亲戚骂妈妈是按不住板的二杆子,人死了啥都完啦,为啥要替死人还债,真是能不够,看以后的日子咋过呀!

那些年,妈妈的日子真不好过,有些亲人因为世俗偏见对我们漠视疏远,对妈妈和我们姊妹打击很大。加之我是计划外生育的,妈妈因此被单位停职停薪,我家生活陷入了绝境……

第五章 换 寄

过完年开学时,我果然成了一个多余的人,自家回不成,养家又不要,年龄与个头又不允许我再刨土和泥玩锅锅灶,喂猪喂狗兼烧火。幸好妈妈在大事上不糊涂,小事上不计较。特别是她处在人生最低谷,生活没着落的那段岁月,始终在我上学这件事上思想很明确。尽管她那时很落魄很无助,没能力一下解决和安排好我的一切,但她整天把我上学的事情挂在嘴上,一天到晚不停地念叨:"咋办呀,咋办呀,孩子没户口入不了学咋办呀……"

那些天,她白天愁得吃不下饭,夜晚睡不着觉,她知道没户口的孩子上学是非常麻烦的,既没学校要,又无法办学籍。她急得整天给熟人打电话求助,给亲戚发短信告难,求这个联系学校,求那个代买书本,还想把我留在她身边上学,说这样便于她管教,也能让我的身心有归属感和踏实感。

遗憾地是,计划外出生的孩子既没户口,又没出生证明,纯粹一个黑人黑户,哪敢让我在她身边上学读书,如果硬要留在身边,就是不打自招。与其这样,还不如继续隐瞒,可隐瞒到何年何月是个头。

不得已,妈妈决定把我寄养到遥远的三姨妈家去读书,这是三姨夫提出的帮助我们的建议。

三姨妈虽然是个典型的贤妻良母,但也是个老牌高中毕业生。因为高考时的3分之差,她被拒之大学门外。为此,她发誓要不惜一切代价把孩子培养成大学生,让孩子

去圆自己未能圆的大学梦。

　　为了实现梦想，三姨妈在培养孩子上吃了不少苦，流了不少泪。婚后多年，她买不起一件新衣，老穿着我妈妈和二姨妈给她的旧衣服。随着两个孩子的相继出世与成长，她家生活越来越艰难，常常是吃了上顿没下顿。为生计，她整天奔波在小镇上的大街小巷、工地饭馆及集体、个人办的一些小工厂，干活挣钱供孩子上学。

　　尽管她累死累活、没日没夜地在拼命，日子还是穷得叮当响，经常把娃娃饿得哭鼻子，但是把外公外婆捎来的馍馍放得发了霉，自己也舍不得吃一口，为的是攒下让娃儿们吃饱肚子好上学。

　　幸亏三姨妈家的孩子听话争气，懂事上进，个个表现得优秀出色。这给三姨妈和三姨父节省了大量搞副业挣钱的时间。

　　2009年，她家好事不断，喜事连连。乔迁新居，轿车进户，接着又是金榜题名的喜讯。状元是儿时给我们做"领导"、当指挥的郭凯表哥，他以优异成绩考了甘肃省公安系统面向全省公开招考公安刑警的第一名，可谓"十年寒窗苦用功，金榜题名在今朝"。

　　揭榜那天，不知道郭凯哥的心情如何，我都高兴得不知说啥好。三姨妈更不用说，为儿子圆了自己的梦而欣慰自豪。

　　真是一份耕耘，一份收获，一份付出，一份结果。恭贺三姨父和三姨妈的辛劳付出有了回报。

　　我是在艰苦环境中成长过来的90后，深知贫困山区的父母和单亲爸爸妈妈的艰辛。希望看到我这部作品的哥哥姐姐、弟弟妹妹们，一定要给自己制定一个回报、孝敬、体谅、关爱父母的计划，千万不能在日常生活中奢侈浪费，千万不能不孝敬父母。在此，我特别提醒从农村贫困家庭走出来的伙伴们，以及与我身世和处境相似的同龄人，当咱们在学校或社会上把握不住自己，把持不住消费欲望的那一刻，不妨常回家看看，看看父辈们为咱们的成长付出的代价是何等的大，再看看底层人的生活有多么清贫，想一想，咱们到底该如何回报父母的养育恩。

当妈妈决定将我送往她家寄宿读书时，我心中的不乐意和无奈难以言表。但面对当时的环境和现状，不乐意又能怎么样。我只好哭着向姑夫爸爸和姑姑妈妈求情，向哥哥姐姐们保证，并发誓：只要留下我，我一定少说话多干活，家里的零活我全包，再不惹他们生气，请他们相信我，宽恕我，给我一次机会。

可惜世上的事情不是我想得那么简单。人，不论城里人还是乡下人，一旦被贫穷和饥饿折磨怕了，就会被眼前的蝇头小利蒙住双眼。正如在我上学这件事上，任我怎样哭诉求情，怎样发誓都未能打动姑夫爸爸一家人。

希望破灭了，彻底破灭了！在唯一的希望破灭后，我的心几乎要碎了，欲哭无泪，只能任凭妈妈发落。

从那时起，我的心灵又蒙上了一层沉重的阴影。

但毕竟是天真无邪的孩童，正处在阳光灿烂的年华，随着车辆飞驰行进的颠簸，心中所有的愤怒和怨恨很快一扫而光。看到柏油马路是那么宽敞平整，路边的景色又是那么新奇好看，我心情好多了，不停地问："妈妈，那边的学校是个啥样子？除了教学生认字数数外，还能教学生干什么？学校有没有家里自由好玩？学校能让学生吃饱肚子穿暖衣服吗？"

妈妈告诉我："学校不是吃饱肚子就玩耍的地方，也不是让娃娃自由散漫躲清闲的场所，学校是让学生学习知识的园地，除了教学生认字数数外，还教学生画画写文章、感恩做好事，教学生做一个有知识、有理想、有抱

负、有信仰的人。学校是有严格纪律的，上课要求学生认真学习，认真听讲，下课才能自由活动，放松玩耍。去了学校就不能像在家里那样，自由散漫，随心所欲。家里农活多，熬人累人不说，日复一日地干着同样的活计，重复着同样的生活，没盼头没意思。学校就没有那些烦人的活计。学校只要求学生打扫干净校园和教室卫生，在宽敞明亮、干净整洁的环境中学习，条件肯定比家里好得多。"

我问："怎么个好法，好在啥地方？"

妈妈说："它的好处可多了，有操场，有鲜花，有楼房，有树木，有国旗，有图书。有管教学生的男、女老师，还有专门供学生学习的教室、黑板、课桌、凳子。有好多好多跟你年龄差不多的小朋友，你们在一起学习玩耍，会特别愉快。除此之外，学校附近的街道两旁还有许多小卖部和商店，只要你有钱，不怕买不到你想要的东西。"

我被妈妈说得心情激动，热血沸腾，真想坐上飞机飞到那个环境看看。

当我心里不停地想着，到达目的地后先看啥后看啥，先玩啥后玩啥，先吃啥后吃啥时，汽车忽然停下不走了，妈妈说："下车吧女儿，你三姨妈家到了。"我们下车后，妈妈一手抱着弟弟，一手牵着我，边走边说："从今往后，你就住在你三姨妈家上学读书，妈妈有时间就来看你。"

接着，我们被热情好客、温柔贤淑的三姨妈迎进家门。没想到，她家里就开着一个小卖部。小卖部里果真有我喜欢吃的卜卜星、方便面、巧克力、麻辣条、锅巴、火腿肠等各种各样的零食，真是一应俱全。我心想，妈妈果然没骗我，这就是我梦中的圣地、理想的家园。

不知是缺吃少穿的缘故，还是天生贪嘴，从进门，三姨妈就不停地给我变着花样发吃的，可我咋都吃不够，越吃越香，越香越想吃。妈妈怕我吃多积食，一个劲地阻止三姨妈。而我却嘴里吃着，手里拿着，眼睛还不停地咕噜咕噜地搜寻着，心里希望再多给些，今天吃不完攒下明天吃。

过了不大一会儿，小舅、二舅妈、小姨妈、大姨夫、蕊娜表姐等，都来到三姨妈家。进门后大家全向我涌来，这个说婷婷来了，那个说婷婷长高啦长乖啦，一个劲地嘘寒问暖，问长问短。那一刻，我心里好温暖。没想到新环境让我感觉如此温暖！这不是我一直在渴望的吗，趁此机会，我就像小羔羊似的依偎在人群里，尽情地享受着亲人们的疼爱。

究起根源，是因平时缺少母爱。因此，这份温情让我备感珍惜，同时希望这份温情永驻我心。

从记事起，这温情少之又少！本来我是带着一种陌生、害怕、委屈、别扭、不情愿、不痛快的心态来到这个环境的。哪料想，在这个陌生环境中，让我从一开始就感受到了一种特别的温暖，我感到新环境中每个人都是那么善良，那么厚道。

一会儿工夫，三姨妈和小姨妈就把香喷喷、油汪汪的手工鸡蛋臊子面端上了餐桌，这可是外婆传下的手艺。但我早被零食填饱了肚子，臊子面虽然诱人，我却一口也吃不下去。

饭后，三姨妈又让郭凯表哥把电视打开让我看，电视机和妈妈家的一样，都是彩色电视。图像很清晰，不像姑夫爸爸家的黑白电视，不知道电视上人穿的是啥颜色衣裳。就是那个电视，还被包村干部折成计划生育罚款没收了。

看了一会儿，妈妈催着让我们关电视睡觉，她明早还要返回县城办事。虽然我们心里不乐意，可谁也不敢挽留她。

躺在炕上,我一点睡意也没有,既担心天亮前妈妈走掉,又害怕我一个人在这异地他乡生活不习惯,更怕想家、想姑夫爸爸与姑姑妈妈。毕竟是新环境,人生地不熟,离家又太远。

三姨妈家的房子建在公路边,路上车声人声噪音不断,让人一时难以适应。我忽然又产生了回姑姑妈妈家读书的念头,但没钱他们是不会要我的,主要是养不起。我盘算着能否把妈妈的钱或三姨妈的钱偷些拿给他们,有了钱他们肯定会继续收留我的,但又不知道妈妈和三姨妈有没有钱。即使有,放在哪里,如何才能偷上?想到此,我悄悄爬起来跳下炕偷翻妈妈的包。翻来找去,钱虽找到了心却跳得不知拿了好还是不拿好。要是拿了,立马就会变成一个名副其实的贼娃子。从此,人们会把我当贼防,当小偷看,可能就没人跟我玩耍了,说不定被妈妈知道后会剁了我的手,敲断我的腿。可是不拿吧,错过今晚就没机会了。

那一刻,我心里很矛盾,犹豫着拿还是不拿,可在瞬间又想起了外婆的叮嘱:"人活在世,再穷都不能偷,哪怕开口问人要,都比偷强。"真是一语惊醒梦中人,差点拿钱变成贼。外婆的话让我醒悟了,何不张口问妈妈要,何苦偷钱当小偷。于是,我决定问妈妈要,理直气壮地要,光明磊落地要,要得下要不下都得要,谁让你生我呢!生下我就得花钱养活我,不能老把我寄养在亲戚家。

到了深夜,路上的车辆和行人少了,噪音也不大了,我渐渐地进入梦乡。奇怪的是不到凌晨5点,我就早早地醒来了,翻身一看,还好,妈妈还在我身边睡着,我心里踏实了许多。

可瞬间的踏实替代不了内心的紧张害怕。好不容易煎熬到五点半,妈妈准时起床了。她一边轻手轻脚地梳洗，一边让三姨妈快给弟弟穿衣服，说要赶六点的车，千万不能误点，并叫三姨妈和弟弟不要说话，小心把我吵醒来哭得她走不了。

听到此，我眼泪不由自主地流了下来。妈妈啊妈妈，你哪里知道，你这个既可怜又多余的女儿早已醒来看你多时了。只是害怕你醒来走，才没敢翻身吵醒你罢了。本来，我不想在妈妈面前啼哭流泪，不想让她看到我的脆弱，还想让她见识见识她这个多余女的厉害，让她知道多余女的适应能力有多强。可睁眼一看，钟表在分分秒秒地向六点逼近，六啊六，人们平常都视你为吉祥数，可你对我咋成了一个难分难舍的伤心数！

听到妈妈急着装东西的声音，我再也憋不住了，跳下炕，连鞋都没顾上穿就跑到妈妈面前一头扑在她怀里放声大哭，边哭边说："妈妈，你不能把我扔下走，我爸爸死了，我姑夫爸爸和姑姑妈妈不要我了，我现在就剩下你这一个亲人了，你不能丢下我不管呀！妈妈，我求求你，求求你，求你不要把我丢下不管……"

妈妈被我的哭求声震撼了，跟着也哭了，边哭边把我抱住说："婷婷，乖孩子，听妈妈话，你不要哭了，把鞋穿上听我给你说，妈妈这样做不是不要你，是让你先在你姨妈家住一段，等政策松了，风头过了，妈妈会想办法接你回去的。"

我抢着说："什么政策不政策，办法不办法的，全都是哄人的鬼话！你说，我是不是你生的？只要你说我不是你生的，你就立马走人，我不要你管，如果你承认我是你生的，就不能把我寄养在这个陌生的家庭。"

妈妈看我坚决而强硬的态度，不知如何是好。

我又哭着乞求道："妈妈，好妈妈，亲妈妈，你如果真是我的亲妈妈，就求你替我想想，想想我的可怜，我对

这儿的环境不熟悉,对这里的一切不习惯,还没有认识的小伙伴,我怕你走了我想你了咋办?"

妈妈说:"乖孩子,好孩子,听话的孩子,你不用怕,我们会随时来看你的,你三姨父和你三姨妈也会对你好的,还有你表哥表姐,他们会陪你玩耍的。"

我说:"不行,你不要哄我了,我虽然是个娃娃,但我是人不是物!你不要把我当物品似的想放哪儿就放哪儿,想寄谁家就寄谁家!既然你把我生在人世,就该给我一个开心的环境、熟悉的人家。要不,就让我回姑姑家吧,姑姑家是我习惯、熟悉、留恋的家。家里有我玩耍的伙伴,有拉扯我的亲人。"

听完我的话,妈妈将我抱得更紧,哭得更伤心了……

"妈妈,我求求你把我带回吧!你不能把我寄养到这儿,我想你,想我姑夫爸爸!再说,你不能一直偏心地光顾姐姐和弟弟而不顾我呀!姐姐和弟弟该享受的都享受了,该得到的都得到了,为啥不让我也得到一点?为啥不把他们两个寄养在三姨妈家,而偏要把我寄养在她家呢,你这样做不觉得偏心吗?从我出生到现在,你为啥一直要这样待我,这到底是为什么?"我越说越气愤,便放开嗓门吼叫着说:"你所做的这一切,何止偏心,实在是太不公平了,小心我长大不认你这个妈!"

妈妈被我说得哑口无言,只是痛哭流泪。她越哭得伤心,我越说得不停,"你再不答应带我回家,我长大了不但不认你,还要告诉天下所有人,你是咋隐藏寄养我的,咋对我不公平!我们姐弟三个同是你生的,但你为啥心疼姐姐娇惯弟弟,而让我吃苦受罪呢?今天啥都不要说,说啥我都要跟你回家,回我熟悉的家!"

妈妈的情感防线被我的哭诉声彻底击垮了,她哭得抱住我不知如何是好。我也不知我是在妈妈面前要求回家,还是争取儿女间的公平、姊妹间的平衡。总之，那天我在妈妈面前表现得理直气壮，啥话都敢说，啥理都敢讲，啥事实都敢摆。说得妈妈不停地哭，好像除了哭就再没有解决问题的办法了。

我一直想，人虽然年龄有大小，但应享受平等的待遇。可我为啥从出生到现在，就享受不到平等，得不到儿女间和姊妹间的同样待遇！这究竟是为什么？

"妈妈，我要问你，你们大人犯下的错误，酿下的苦酒，为啥非要女儿来承担？"

妈妈让我问得哑口无言，伤心地推开我提起行李、抱上弟弟准备硬走时，我理直气壮地跑过去站在门口挡住她。任她怎么哭劝解释我都不听，反而对她发出了疯狂的挑衅和恶毒的咒骂。我骂她："你是个啥妈妈，是个狗屁妈妈，是个坏心肠妈妈，是个偏心眼妈妈。你的心不但偏而且偏得厉害，你把老大和老三生下都能放在家里吃好的、穿好的、用好的，偏偏把我放在穷死人渴死驴的家里受罪。你知道我这些年吃的啥苦，受的啥罪吗？我既然这么多余，你当初何必要生我，生下又不养我？不养我为啥不送人，而要留下叫我受这份洋罪，这到底是为啥？你给我说，说清楚了我放你走，说不清楚我就不放你走！"

说着说着，我突然哭得说不下去了，跪在妈妈面前，抱住妈妈的双腿不让她走。

此刻，妈妈痛苦得难以自抑。我感到她全身都在发抖，差点跌倒，脊背上的行李掉在地上，放下弟弟抱起了我，我不但不要她抱，还像发了疯似的挣扎着。

最终，她强把我抱在怀里边哭边安慰，"婷婷，不要哭了，冷静点，妈妈今天不走了，陪你住一天明天走行不行？"

那一刻，我认为她说的每一句话都在骗我，非要叫

她把我带走不可。妈妈无奈地说:"好娃,你今天说啥都行,提啥条件妈都会答应你满足你,唯独带你回家的事妈不能答应!"

我着急地大声质问:"为啥不能答应,为啥?"

"只因我一只手擎不起天,一个弱势人摆不平那么多事啊!"

"屁话屁话,天要你擎吗?看把你说得伟大的,你是观世音菩萨还是玉皇大帝?"

"我既不是观世音菩萨,也不是玉皇大帝,我只是一个女人,是你妈,有些事情现在不能给你说,说了你也不懂!"

"为啥现在不能说?"

"只因你太小,说了也白说,听了也不懂,等你将来长大后,自然就明白了。"

"将来,将来是几时?现在都过不去,能等到将来吗?"

妈妈听了气得不说话了,沉默了半天,抬起泪眼盯着我说:"娃呀,人在做,天在看,老天可长着眼睛,我当年费了那么多事,吃了那么多苦,担了那么大风险,把你生在世上,留在家里,已尽到我的最大心力了!至于寄养,我也不想这么做,可我不做没办法,我现在做的这一切,都是为你和家庭好。"

当时,我哪能听进去她说的那些道理,只是看她有了向我妥协的意思,便得寸进尺,以死来要挟她:"既然是为我好,今天就带我回家,你今天不带我回家,我就死给你看!"正好门前的路边有个大石桥,石桥下边是条河,我边说边从她怀抱挣脱下来向石桥跑去,吓得妈妈跟在后面追赶着,声嘶力竭地喊叫着。不知是跑得太快,还是心急,她突然绊倒在地上不动了。我心疼得想返回去拉她起来,又怕她起来把我强行带回姨妈家,只好站在桥边心疼内疚地边看边想对策。

这时,三姨妈和小姨妈顾不得管我了,把妈妈扶起来搀回去了。突然,小舅出现在我面前厉声喊道:"往下跳,往下跳,跳下去让我看!"

我吓得盯住舅舅不敢跳了!

小舅紧逼着说:"跳呀,快跳呀,咋不跳了?锤头大个娃娃,哪来这身坏毛病!看这个家还不乱,看你妈还不可怜吗?还火上浇油来添乱,是不是想逼死她?逼死她对你有啥好处?"

说实话,这些坏毛病全是我在姑姑妈妈家学的。人都说父母是孩子的启蒙老师,我在姑姑妈妈家经常淘气不说,隔壁的左邻右舍家,也常为一些鸡毛蒜皮的小事大动干戈,争执不休。今天不是张家丢猪丢鸡丢猫丢狗了,明天就是王家丢菜丢羊丢农具了,后天又是李家多占了孟家一溜溜地,孟家要吆上牲畜吃李家地里庄稼而闹得不可开交。还有个叫小花阿姨的邻居,小两口一吵架小花阿姨不是拿绳子去上吊,就是跑到水窖边去跳窖,吓得她丈夫经常给她下跪说好话,告饶不惹她,啥都依着她。我想,小花阿姨都能用上吊跳窖的办法唬住她丈夫,我就不信用跳河的方式吓不住妈妈。

没想到,我的那点雕虫小技竟被舅舅当场识破揭穿,以后可咋面对他和妈妈及三姨妈和小姨。唉,都怪自己不该在大人面前自作聪明,学他人坏毛病,现在被人识破多难看。

就这样,妈妈被我连骂带哭气倒了,我却被舅舅降住领回去了。此后,只要一见小舅,我不是躲藏就是回避,总不敢面对他。

折腾来折腾去,目的一点没达到。无论我咋哭泣、诉说、乞求，最终还是被寄养在三姨妈家。

我不得不在三姨妈家开始新的生活。面对新的环境，真有些陌生和别扭。

妈妈那天真没走，陪我住了一天。第三天早晨，妈妈照常是五点半起床，坐六点的车返家，因为家中有好多遗留事情等她回去处理。

妈妈走后，我心里异常空旷，无限失落，心慌得简直没法形容，走出走进不知想干什么。尽管三姨妈不停地用玩笑话和幽默话来安慰开导我，跟我套近乎，还有意让我帮她干零活找东西，可就是分散不了我想家、想妈妈、想姑夫爸爸和姑姑妈妈的注意力。

三姨妈看在眼里急在心上，不知如何能使我尽快忘却烦恼和痛苦。姨妈越安慰我我心里越难受，越开导我我越想哭鼻子，哭得自己伤心委屈不说，惹得三姨妈全家都不开心。我边哭边闹边喊叫："妈妈，好妈妈，亲妈妈，你怎么丢下我走了？我心慌，我心急，我想家，想养育我的家……"

哭喊的同时，我不顾一切地冲出房子，跑向回家的公路，心想赶天黑一定能跑回县城，跑回寄养我的那个家。为了这个目标和信念，我根本不管后面追赶的三姨妈，只是拼命地跑，直跑到累得实在跑不动时才放慢了脚步。三姨妈追来时，我累得上气不接下气地哭不出声，嗓子疼得像针扎。三姨妈抱住我也哭了，边哭边说："前世里造的什么孽，今世要娃受这罪！"

我一听，终于有理解和同情我的人了，又忍不住哭了。

三姨妈帮我抹去脸上的泪水，拍打掉身上的泥土，把衣服和鞋给我穿整齐后说："婷婷，乖孩子，听姨妈话，姨妈会像你妈妈一样疼你爱你的，再不要哭了不要跑，路远得你根本跑不回去！走，跟姨妈回家去。"

我哭着说:"姨妈,求你不要带我回你家,我想回我自己家,我想家想妈妈,想姑夫爸爸和姑姑妈妈!"

三姨妈说:"乖孩子,听话,你想家想妈妈,想你姑夫和姑姑的心情我理解,但你家远得你跑不回去呀!忍一忍,住几天就习惯了,姨妈保证你在我家我会把你当亲女儿疼爱保护的。"

我接着说:"姨妈,你根本不知道我心里这会儿想的啥,要的啥,这不是保护不保护,疼爱不疼爱的事,关键是我不想在你家生活,不想在你们这个陌生环境中念书。"

三姨妈无奈地说:"娃,生不生活,现在都不是你和我说了算的。你不在姨妈家读书还能到哪儿去呀?你还小,有些问题和事情不是你想得那么简单,现在回到你妈妈身边,不但没学校给你报名上学,还会给你家带来许多麻烦和后患。你知道你妈妈为啥要把你放在我家读书吗?"

"不知道,你告诉我,我正想知道此事呢。"

三姨妈说:"最好不要知道了,知道了又能咋。真要想知道其中内幕,就等你将来长大了问你妈去。但你记住,天下没有不疼爱自己儿女的母亲。像你妈妈,对你的疼爱不知有多深,尤其在你爸爸刚刚去世的这个节骨眼上,她从内心舍不得让你和她分开,还渴望你永远陪在她身边。可惜不分不行啊!她现在采取的一切措施,都是没办法的办法,你再不要怨恨她了,往后,你想她时,姨妈会叫她随时过来看你的。"

我接过话茬翻着眼睛说:"我不信,你骗人!我妈妈倔得谁的话都不听,还能听你的话?"

三姨妈坚定地说:"相信我,不骗你,她会听我话的。"

我摇了摇头表示不相信,但眼睛一直在盯着三姨妈。

三姨妈看懂了我的神情,接着说:"不信的话,这周末就叫她过来看你,让你看看她听不听我的话。"

我半信半疑地说:"但愿你不要哄我,现在说了不算,她来了才算。"

三姨妈说:"我半辈子都没哄过人,也见不得说话不算数的人。你放心,我不会骗你的,只要你再不哭不跑,过些天我还会送你回去看她们。"

听了姨妈的话,我立即擦掉眼泪伸出小拇指说道:"拉勾上吊,一百年不许变,谁要变,成小狗。"

三姨妈边拉勾边说:"好好好,不变不变,保证不变,谁要是变了,就让谁变小狗。"

顷刻,我心情平静了许多。

就这样,我被三姨妈劝着领回了家,开始了我在第二个家的寄养生活与读书生涯。

第六章　读　书

　　寄养与寄读是我童年生活中的一个重要阶段。
　　在寄养的家里生活，一切都得从零开始。由于没有户口和学籍，就没有资格预订课本，加之我又是开学后才来报名上学的超生户，一时半会儿还报不上名，只得耐心等待，等待学校接收我这个没有户口的"黑人"读书，直到第四天早晨，三姨妈才把我送进学校。
　　清晨，金色的阳光洒满了大地，同学们排着队来到校园的操场，秩序井然地站在各自位置上等待着升国旗。生性好奇的我，拉着三姨妈的手说："快走快走，走近点让我看看升国旗。"
　　升旗仪式开始，全校同学肃立，看到鲜艳的五星红旗在雄壮的国歌声伴奏下冉冉升起时，我心里有种说不清道不明的激动。
　　于是，我暗下决心，一定要好好学习，天天向上，争当一名好学生，长大后报效祖国。
　　看完升国旗，三姨妈把我带到缑玉华校长的办公室。缑校长是一位和蔼可亲、平易近人的中年人。没等三姨妈开口，他就爽快地说："这孩子是超生族群的一员，目前在我们国家是个庞大的群体，属于无户口无土地无家长敢公开承认的'三无'人群，尽管她们啥都没有，但她们生存与求学的权利还是有的。经过我们慎重考虑，决定破例接收她在我校读书。原因是如果哪个学校都不接收这一群体中的娃娃读书，耽误了孩子前途不说，不远的将

来,社会上又会出现一群新型文盲,那会给国家和社会带来危害的!"

三姨妈听了非常激动,接过话茬说:"缑校长,谢谢你理解,谢谢你对国家和孩子的负责,你真不愧是一位人民的好老师,说得实际,看得透彻,解决问题又很及时。现在,社会上这类'三无'孩子很多,如果国家把这些人的户口和学籍问题处理不好,正如你所言,害的不仅是娃娃,而是国家和社会。"

缑校长说:"正因如此,孩子的一切我已全部安排好了,你就放心地让娃娃先在我们学校读书吧,至于后面有什么麻烦事情出现,我会及时通知你的。你现在就把孩子带到一年级的慕老师班去上课。"

我们告别了缑校长,找到这个班时,一个活泼可爱、着装艳丽的小女孩上前问道:"请问,你是刚来的新同学吗?"

我不说话。

三姨妈说:"是的,小朋友,你咋知道的?"

小女孩说:"班主任让我在这儿接你们。"

三姨妈说:"是吗,那就谢谢你了小朋友,等急了吧?"

小女孩说:"不急,我也刚出来不大一会儿你们就来了。"

三姨妈说:"那就好,那就好!哎,小朋友,你叫啥名字?"

小女孩说:"我叫欧阳凯丽。"

多好听的名字啊!我从没听过有叫四个字的名字,从内心觉得她的名字和她本人一样美丽可爱,光彩照人,就主动地对她说:"我叫晁婷婷。"

她冲我笑了笑说:"欢迎你,晁婷婷同学。"便拉着我的手走进教室,和她坐在同一张桌子上,"这是慕老师安排好的,让你暂时跟我坐,下学期再重新排坐位。"

于是,我俩成了暂时的同桌。闲谈中,欧阳凯丽告诉我,她老家也在万县县城。去年,由于她爸爸工作调动,一家人都跟着搬到这边,问我是跟谁来的,是爸爸妈妈还是爷爷奶奶,离开老家到这边习不习惯。

我摇了摇头,表示不习惯。

欧阳凯丽接着说:"刚来肯定不习惯,走到哪儿都是生面孔,不过,你不要害怕,慢慢就习惯了,咱俩是一个县的人,又在一个学校一个班,还是同桌,落下的课我帮你补习,想家了我陪你说话,想耍了我陪你玩耍,生活上我会尽力帮助你的。"

几句话说得我心里热乎乎、暖融融的,顿时,激动得热泪盈眶,说不出一句感谢话,真是"乡党见乡党,两眼泪汪汪",便前进一步握住她的小手表示感谢,没想到进校门的第一天就遇到了乡党,遇到了好伙伴。她不仅理解我,还体贴我。

上课铃响了,教室里走进来一位年轻漂亮的女老师,苗条身材高个头,瓜子脸形白皮肤,弯眉花眼樱桃口,乌黑短发精干样。她步履轻盈地走上讲台说道"同学们好",显得优雅大方,彬彬有礼,让人一看就知道是个知识分子。她,就是我一年级的班主任和启蒙老师慕玲娟。

慕老师的音容笑貌一下子就印在了我的脑海,我心里暗想,但愿有朝一日,自己也能像慕老师一样,走上讲台,教书育人,做名合格的人民教师。

慕老师教语文,说着一口普通话,加上她生动的讲解,我听得津津有味。不知不觉,下课铃响了,同学们蜂拥般地跑出教室。我是个好动贪玩的人,自然能与活蹦乱跳的同学玩到一起。她们将我围到小圈里,问东问西,问

这问那,格外亲热。眨眼工夫,上课铃声响了,我们又一窝蜂似的跑进教室上课。

中午放学时,三姨妈亲自到学校接我回家吃饭。她拖着我的手边走边问:"咋样,感觉学校好不好?"

我说:"学校好,老师更好。"

三姨妈听了满意而欣慰地说:"这下你可要安心地住在姨妈家读书,在学校要团结同学,尊重老师,特别在老师讲课时,一定要注意听讲,不能分心,分心就是不尊重老师,你知道不尊重老师意味着啥吗?"

我问:"意味着啥?"

三姨妈说:"不尊重老师就意味着不尊重知识,不尊重知识就是不尊重人才。历朝历代,不尊重知识的国家就强大不了,不尊重人才的团队就很难成功。因此,学生一定要尊重老师,才能学到知识。"

回到家,我边吃饭边向三姨妈讲述在学校的所见所闻,讲得兴奋时,还傻乎乎地说:"姨妈,我咋觉得你们这边的学校比我们万县县城好。"

三姨妈笑着说:"是吗?那你就要安心在我们这个学校上学念书。把书念成了,不但你本人好就业,有饭吃,还能给你爸爸妈妈增光添彩,减轻负担。"

我反问:"姨妈,学习是我个人的事,与我爸爸妈妈有啥关系?再说,我爸爸不是已经死了吗,还增啥光添啥彩呢?"

三姨妈听后沉默了片刻,接着长长地叹了口气。

吃过午饭,我的同桌欧阳凯丽和另外两位同学到家里叫我一同上学,并让三姨妈再不要接送我,她们每天叫我去学校。三姨妈自然乐意我和同学融入一起,免得整天哭哭啼啼地思家想娘。

路上,同学们都羡慕我的衣服和鞋独特漂亮。听到同学的赞美夸奖，我心里乐滋滋地有种说不出的自豪与荣耀。因为妈妈不仅对自身着装讲究，给我们姐弟买的衣服也很别致好看。

今天，最后一节课是体育课，带体育课的老师有事，安排我们自由活动，尽情玩耍。但他再三叮嘱，不准我们调皮捣蛋，惹是生非，一定要以安全为第一。

同学们听后高兴得跑着、追着、唱着、跳着，竟然兴奋得不知玩啥好。有的同学提议跳绳、打沙包，有的说踢毽子、跳皮筋，有的说抓羊儿、丢手绢，有的说捉迷藏、补裤裆，有的说老鹰抓小鸡，或翻绞绞、斗膝拐……

说来说去，意见不一。再看男同学，就是果断干练，说玩就玩，除个别几个滚铁环外，其他人全在篮球场上打篮球，我们却定不下玩什么。最后，终于确定玩老鹰抓小鸡，一会儿老鹰把穿绿衣裳的小鸡抓去了，一会儿把穿红衣裳的小鸡抓去了，扮演老鹰的张梅梅很聪明，发现扮演老鸡的欧阳凯丽稍不留意，就扇着翅膀，睁大眼睛，盯着一只麻痹大意的小鸡抓了去，一只、两只、三只、五只，心疼得"老鸡"呱呱地直哀叫，就是保护不住自己的儿女。

尽管这些都是我们乡下孩子玩的老游戏，但我们异常快乐。我感受到，在校读书，其乐无穷。它不仅能让我们玩得开心，笑得舒心，耍得尽兴，还会让我们学到知识，学会做人。

周末，三姨妈没带我去山上玩耍，而是带我到外婆家吃桃子。外婆家的桃树虽多，但桃子太小，那些桃树长得不高不大，不粗不细，吃桃子不需要上树摘，站在树下就能摘到。虽说我摘了一小筐桃子，但因为太小，吃着不过瘾。突然想起上庄表叔家的那棵大桃树，不但桃大肉厚，还是利核子桃呢。我把改华表妹和昊昊表弟召集起来，悄

悄商量着一个"秘密行动",改华表妹神秘地说:"那个桃树特别大,结下的桃子特别香。"

我说:"那咱就去偷几个回来尝一尝。不过,谁要是把这件事情说出去,谁就是叛徒和小狗。"

昊昊表弟自信地说:"我是男子汉大丈夫,我不说,坚决不说。"

改华表妹跟着说:"我虽然是女生,我更不说。说了把你们出卖了事小,把我也暴露了。不信咱们拉勾,谁要是说了谁就是小王八。"我们几个的小手不约而同地拉在了一起。最后决定,昊昊放哨,我上树摘,改华在树下等着接桃子。

商定后,我们三个准备出发摘桃子。昊昊突然提出:"你们稍等一下,让我先去看一下再走好不好?"他边说边一溜烟地向苞谷地里跑去。

我们焦急地等待着……

他看了后跑回来说:"报告姐姐,桃树跟前连个人影子都没有,只有几只鸡娃在树底下歇凉着。"

我说:"机不可失,时不再来,赶快出发!"

我们几个不声不响,蹑手蹑脚地溜到树下。那是棵又高又大的老桃树,结了一树大桃子,好多树枝都被桃子压弯了,叫人看了直流口水。于是,我把鞋一脱,双手抱住树身往上爬,爬到树杈上,缓了口气,骄傲地对改华和昊昊说:"咋样,看姐姐厉害不厉害?你们谁能上来也上来吧,我拽你们好不好?来来来,你们干脆都上来吧。"

改华表妹急得用手把嘴挡住说:"我们不能上来,你赶快摘桃子呀,一会儿被人发现了就摘不上了!快摘呀,我们等着接桃子呢!"

对了,我的任务是摘桃子,差点忘啦。抬头一看,唉呀,真带劲,我一边摘一边往下扔。

昊昊高兴地说："姐姐，慢点，慢点，让我一个一个接，不然摔烂了。"

我摘了一个最大最红的扔下去，昊昊没接住，反而打在他鼻尖上，只听他"哎哟"一声，捂住流血的鼻子蹲在了地上。

忽然，苞谷地里有脚步声传来，改华和昊昊像两只小猫，跑得无影无踪。

我气得心里暗骂：真是两个没用的胆小鬼，一点风吹草动人就跑了，要是上战场打仗，见了鬼子不当逃兵才怪呢！

接着，我从树叶的缝隙间看到，表叔妈提着一只大筐，大步流星地向这边走来。坏了，想跑都来不及了，只好一动不动地把身体贴在树身上，等表叔妈离开了再溜走。没想到，我踩的那根树枝咔嚓一声断了，差点儿把我摔下去，响声被表叔妈听见，抬头看见了我。我心咚咚咚地直跳，心想完了，这下完了，准备挨打吧。

表叔妈边向桃树走边问："谁，树上爬着谁？下来吧，赶快下来，小心摔下来。"

糟糕，她咋来到树下了，这下不挨骂才怪哩。唉！为了嘴，骂就骂吧，已经做下挨骂的事了还怕人骂，只要不挨打就很好了。我只好战战兢兢、磨磨蹭蹭地从树上溜下来，耷拉着脑袋，站在她面前等着挨骂。

然而，表叔妈不但没骂我，还摸着我的头说："娃，咋是你呀？想吃桃为啥不给表叔妈说，让表叔妈给你摘，你还小，上树摔一下咋得了！"说着，进院子取来筐筐，端来板凳，踩上去摘了半筐桃子让我带回去吃。我羞愧地站在树下，不好意思接受了，沮丧的心情也无法言表。

表叔妈看透了我的心思，知道我尴尬，便拉着我的手

75

摸着我的头说:"没事的,娃,桃子结下就是让人吃的。吃几个桃子算个啥呀,不要往心里放,这又不是钱买的,这是咱们树上结的,你啥时想吃啥时来摘。听话,赶快把这提回去吃,吃了明天再摘新鲜的。"她边说边把盛桃子的筐筐往我手里塞。

此后,我每次去外婆家,见到表叔妈就会脸红心虚,不好意思照面。而表叔妈却像没事似的,待我还是那么好,那么亲。

一周、两周、三周、四周,时间很快一天天过去了,我不仅学会了几十个生字,还学会了十位数以内的加减法。下午放学或周末,我们五六个同学凑在一起玩上课游戏。大家谁都想当老师不愿意当学生,没办法,只好轮流着玩。轮到我当老师时,他们都很认真,因为这个游戏是我发明的。学生有二年级的和一年级的,也有没上学的,不好教。但我很自信,模仿着班主任慕灵娟老师的举动,一手拿教鞭,一手拿课本,有时还将两手背到身后,俨然一副老师的模样。

学生们都很认真地坐在房门前的砖头台上,瞪着眼睛,看得我心发慌,手发抖,双腿不停地颤抖。但我还是鼓着勇气,继续模仿老师在学生面前行走的模样,然后又带领他们读拼音。他们读得认真卖力,整齐动听。我满意地点点头,露出了自豪的笑容。接着又读生字,读生字时,他们有的还在读拼音,急得我把教鞭在黑板上重重一敲,想吓唬吓唬他们。哪料,柳树条条做的教鞭被我敲断了,学生们果真吓得瞪着惊慌失措的眼睛看我。我却装着生气的样子大声训斥道:"你们刚才咋搞的,咋不读生字读拼音去了?开口不整齐,声调不一致,听起来乱七八糟地像啥。"没等我把学生训斥完,不争气的红布裤带突然掉了下来,惹得学生指着我的裤带哄堂大笑,羞得我差点掉下眼泪，抛下书本和教鞭，捂住脸就往房背后跑。

跑到房背后把裤带系好，重新回到黑板前，学生们都坐在原地等我讲课，我又接着继续上课。"1+1=2"，我在黑板上边写边读，学生在下面跟着我读。"3+1=4"，刚写好，一位同学站起来喊，"报告老师，你写错了。"

我紧张地问："哪儿写错了？"

她说："老师，明明是2+2=4，你咋写成3+1=4呢？"惹得同学们开怀大笑，我也笑弯了腰。待我解释清楚后，她不好意思地坐下不开口了。

这就是我童年生活中的几段故事，也是我和小伙伴们玩耍的乐趣。正是这些有趣的故事，使我从上学那天起，就立志长大后当个好老师，为祖国和人民培养出更多更好的老师。

一天，有一节音乐课，这是我上学以来上的第二节音乐课。不知是有遗传基因还是什么，小时候的我就特别喜欢唱歌跳舞当老师，尽管在唱歌时不懂歌词的含义，不会表演动作，但胳膊与腿的协调性特别好，总爱边唱边舞。在学校上学，老师教的歌我很快就能学会。带音乐课的杨老师发现我唱歌音准腔圆有天赋，激动得像发现了金子，再三询问我父母的名字及从事的职业。我如实地告诉了杨老师。杨老师听后高兴地说："原来你是张锦莹的女儿，难怪你这么有灵气和悟性，你妈妈可是一位名演员啊！"

听了杨老师对妈妈艺术成就的赞扬，我心里十分激动，感到万分荣耀，没想到我的老师都知道我妈妈。杨老师接着说："你妈妈是个非常难得的好演员，你既是她女儿，为什么不跟她学艺演出，继承她的艺术事业呢？不过，老师希望你先努力学习文化知识，基础打好了，加上爸妈的遗传基因，你将来肯定能继承他们的事业。"

从那以后，我就更加喜欢上体育课和音乐课了。这两门课都能发挥我的特长，也能让我释放出从母体中带来的好动、爱唱、爱跳的艺术元素和性格特征。可以说，我对这两门课是情有独钟。真是"瓜子头上有青天"，多余女遇到了伯乐，庆幸啊庆幸！

小学读书五年，音乐老师杨君婕一直把我当一个艺术人才重点培养着。我也信心百倍地朝音乐、舞蹈方面努力奋斗着。一天，班主任在班里宣布我被选为文体委员时，我高兴地合不拢嘴，激动地神经在跳跃，没想到一个被家庭嫌弃多余，不敢见人，隐藏了七年的多余女，居然还有艺术细胞和特长。这些优势没被搞艺术工作多年的爸爸妈妈发现，反而被乡村老师发现并认可，培养鼓励，不知这是谁的悲哀。

不论谁的悲哀，首先得感谢母校，感谢母校的缑玉华校长，在我无处容身、没学校接收的无助时刻，顶着各方压力，冒着被组织问责的危险，接纳了我这个"三无"幼女；感谢班主任慕玲娟老师的教育和培养；感谢母校的音乐老师杨君婕，用她敏锐的职业眼光发现了我，鼓励我走向艺术殿堂，继承和弘扬了父母未竟的事业。

还要感谢我同窗五年的全体同学，是他们陪我度过了孤独的童年，和他们在一起读书玩耍、唱歌跳舞，是我童年生活的最大乐趣；感谢我的爸爸妈妈，是他们给了我生命，给了我灵魂，给了我一个健全的躯体和艺术天赋，让我拥有学习艺术的优越条件。

最后，特别要感谢我姑姑妈妈和姑夫爸爸、三姨父和三姨妈，没有他们在危难之时的收养教育、包容呵护，就没有我的今天！

渐渐地，天气变冷，夜长昼短。

冬天来临了。上学路上，刺骨的寒风迎面而来，纷纷扬扬的鹅毛大雪像仙女散花般洒向大地。我情不自禁地伸手接了一朵雪花。啊，真漂亮！那六角形的花瓣，不知是哪位天使裁剪的？可能是九天仙女，也可能是王母娘娘，要不就是救苦救难的观世音菩萨。

我贪婪地张开嘴巴，任雪花飘进我口中。嘿，味道真甜，比我们山沟里的泉水和商店买的矿泉水还香甜。

不一会儿工夫，大地就像穿上了洁白的婚纱，变成了一个银装素裹的世界。路边两排落光了叶子的白杨树上，挂满了亮晶晶、银灿灿的冰条。校园中那些四季常青的松柏树，在白雪覆盖下，宛如一座冰雕玉刻、玲珑剔透的宝塔。麦田里的麦苗，盖着这厚厚的棉被进入了甜甜的梦乡。几位须发皆白的老爷爷，望着白茫茫的大地，乐得翘起胡须，眼角泛起菊花似的笑意，嘴里喃喃说道"瑞雪兆丰年"。从他们喜悦的神情中，仿佛看到了明年小麦丰收在望的喜人场景。

路上的雪，脚一踩就留下深深痕迹，并发出咯吱咯吱的响声，宛如一首美妙的乐曲，颂扬着苍天的赐予和恩施。白雪啊白雪！你的降临让人这么欢欣，我真不忍让你溶化，把你踩在脚下。

下课后，操场上顿时沸腾了。同学们尽情地玩了起来，有的打雪仗，有的堆雪人，有的盖雪房，有的玩雪球，有的还把雪捏成疙瘩啃着吃。几位男同学还跑着溜冰，他们双脚一斜，"嗞"地一声滑了好远。几个小同学乞求大哥哥拉着他们向前滑，没滑多远全部摔倒了。虽然摔得很疼，但他们抱成一团，笑得前俯后仰，坐在雪地上半天起不来。

堆雪人的同学堆起了"圣诞老人"和"志愿军叔叔"。他们给"圣诞老人"和"志愿军叔叔"用毛笔画了鼻子、眼睛、耳朵、嘴巴，还给"圣诞老人"用毛线做了

胡子和眉毛，给"志愿军叔叔"用木材和废报纸做了冲锋枪，款式大气，样子形象。

　　打雪仗的同学，打得非常激烈。雪球和雪花在头顶飞来飞去地谁也不肯相让，可惜等不得雪球落到身上就散了！不过，打雪仗特别费雪球，捏雪球的同学虽然捏了许多，但还是供不应求。踢雪球更可笑，脚不用劲踢不动，脚用劲它就散。雪粒还钻进踢者的鞋袜和裤腿，冰得他们转圈圈，打颤颤，只好用手滚着玩。虽然把手冻得通红通红，可同学们就是不想放弃这个游戏，反而更加尽情地滚着、玩着。

　　盖雪房的同学把雪房盖好没人住，怎么办？他们商量后，用雪堆了一个"大熊猫"，并说熊猫是国家重点保护动物，必须得有房子住。所以，就让那个"大熊猫"住进了雪房。然后，高兴地跳着拍手称道："太好啦，太好啦！我们的国宝终于有房子住啦！"

　　我们正玩得开心起劲时，上课铃响了，热闹场面和欢乐氛围顿时被打断了，同学们不得不你拥我挤地向教室跑去。

　　大家虽坐在了教室里，心却还在操场上，脑海中不停地浮现出在操场上玩雪的情景。

　　四十分钟后，下课了，放学了，我们排着路队，唱着儿歌，伴着"咯吱咯吱"的声音回家了。

　　人说有阳光的天气心情是灿烂的，笑容是绽放的。那么，阴云密布、寒风刺骨的隆冬，肯定会给人的心情蒙上一层阴影，尤其在年关临近之际，又勾起了我对姑姑妈妈和姑夫爸爸的思念，恨不得展翅飞回想念的家。那些天，真有度日如年的感觉。每天放学回来，都渴望妈妈或姑夫爸爸来看我，不，最好是来接我回家，回到属于我的家，好让我这颗孤独凄凉的心多少得到一点安慰。可惜，每天放学归来，不是失望便是沮丧。一气之下，我不是埋怨妈妈心狠性硬，就是怨恨姑夫爸爸自私无情。想到这些，伤心的泪水像断了线的珠子，难以收敛。

这时，我又想得更多了，不停地问自己，多余女啊多余女，你前世在哪里隐身造孽，为什么今生非要到这个世上受罪？你来到这个世上为啥这么倒霉？同是父母生育的，为啥姐姐和弟弟就能得到社会和家庭的认可，得到爸爸妈妈的疼爱呵护，而你为啥就得不到应该得到的一切？这到底是社会不公，还是父母对你不好？或是老天对你前世造下孽债的惩罚？我想不出眉目，找不到答案，只好把思念的泪水化为煎熬的等待和期盼。

尤其是快放寒假的那几天，我更是日有所思，夜有所梦。白天想念养育过我的土山土路、土窑土炕、土地土院、土食土饭，夜晚梦见拉扯我长大的姑夫爸爸和姑姑妈妈。天天都能梦见同我玩耍的那些和我年龄一样大，一样调皮捣蛋、爱流鼻涕、爱用黄土戏耍的小伙伴们。在晴朗的夜晚，我们手拉手地站在山头数星星，一颗、两颗、三颗、五颗……越数星星越多，越数星星越稠，咋数都数不清楚，这又让我想起了我们熟知的一首儿歌：

  天上的星星亮晶晶，天上的星星数不清，
   越数越多越糊涂，越数越多你在走……

天上的星星数不清，不但数不清，它们还像孙猴子的眼睛一样盯着我，一会儿跑到这儿，一会儿藏到那儿，要么就一闪一闪地消失了，让我感到神秘和好奇。

当我好奇地凝视着星空时，一颗星星突然从天空掉了下来，我赶紧撩起衣襟想接住它，可胳膊咋都动不了。我拼命地挪啊挪，动啊动，结果三挪两动地醒了！原来是做了一场梦，非常遗憾没在梦中接住那颗星星，万一它掉到

深沟悬崖咋办?

好不容易熬到放寒假,妈妈因为弟弟小、工作忙,脱不开身子来接我。但让我意想不到的是前来接我的人不是别人,正是我朝思暮想的姑夫爸爸。

看见姑夫爸爸,我惊喜而激动,"爸爸"一声刚喊出口,眼泪就不由自主地淌下来。恍惚间,不知是梦还是真。

想着想着,想到在姑夫爸爸家的七年间,姑夫爸爸给我的爱抚呵护、同情理解,比姑姑妈妈多了许多。不用说,我对姑夫爸爸的感情也更深。

今天,在我等待和期盼了整整一个学期后,他能代替妈妈来接我,让我悲喜交加,热泪盈眶。我边哭边扑到他怀里埋怨道:"坏爸爸,恶爸爸,狠心的爸爸……不不不,爸爸,我说错了说错了,你在我心中不是坏爸爸恶爸爸,是好爸爸亲爸爸!爸爸,这么长时间没见你,我实在想你啊!"

姑夫爸爸把我紧紧抱在怀里一言不发,泪流不止。

我接着说:"爸爸你咋才过来呀,你知道我多想你?"我也哭得说不下去了。

我哭了一会儿又说:"你为啥在我最需要你疼爱的关键时刻不要我了?既然不要了,为啥又要来接我?接我就是想我,对吗?不想的话,是永远不会接我的对不对?"

姑夫爸爸边哭边点头。我心里多想让他说出他想我的话。但他就是不说!急得我用手边拍头边抵着他胸脯问:"你今天咋啦爸爸?是哑巴啦还是不想说话,真急人!"

姑夫爸爸这才哭着说:"好瓜娃呢,我能不想吗?不想你我花钱坐车来这儿干啥哩,我又不是钱多得没处花,爸爸就是想你想得忍不住了才来接你的。"

我一听心里踏实了,一边撒娇一边说:"谁要你想哩,谁稀罕你想哩,我才不稀罕你想你接哩,你快不要哄我了！"

　　姑夫爸爸说："看这娃说的，想就想嘛，有啥哄头呢？不想你我能掏上路费接你吗？大忙的天我又不是吃饱撑得没事干！"

　　我听了高兴地说："既然想就快说，是嘴想头想鼻子想，还是心里真的想，到底是咋个想？"

　　姑夫爸爸说："我不但嘴想头想鼻子想，连眼睛和耳朵都想得不行了，更别说心有多想了！想起你这个碎娃，我就像《红楼梦》中的林黛玉，不是哭鼻子就是淌眼泪，人家林黛玉哭鼻子是女人，而我是七尺汉子大丈夫呀！常言道，男儿有泪不轻弹，可我为你流的眼泪几大缸都装不下。有时，我也气得想，我前世到底欠你多少债，今生为啥还不清？七年前，我贴了力气和时间不说，七年后，为啥还要贴眼泪？我是哪哒挖得不合适了，还是吃上五谷不消化了，放下清闲不清闲，自在不自在，硬要扑天挖地地抢着受这份洋罪。按理说，你爸爸死了你叔父就应该抚养你，他不但是你爸一手带大和供帮成才的，连安排工作娶婆娘和买房子的事情，都是你爸一手包揽的。这些事情别人不知道，我姓慕的心里可有一本账。可他这个王八羔子是吃水忘了挖井人，啥事都不管，啥心都不操！当初说不要你是我在试探他，想看他是啥反应，结果他像花椒把气闭了，一句话都不说。"

　　我说："你说了这么多，在梦中想过我吗？"

　　姑夫爸爸说："说天天梦见你是哄人的话，一个月至少梦见五六次倒是真的。"

　　"你梦见我做啥着，惹没惹你生气？"

　　姑夫爸爸说："有时梦见你和一伙伙精尻子娃娃在玩锅锅灶；有时梦见你用牲口槽里的雨水在洗你的黑脖子和黑爪子；有时又梦见你在抱柴烧炕喂猪娃；有时梦见你偷

吃奶粉和馍馍。有一次还梦见我要出远门,本来很急,你却挡住不让我出门,非要跟我一块去,我咋说你都不听,气急之下,朝你尻子上溜了两巴掌,你哭得那个伤心和难过,让我后悔了多半天。最后,门也没出成,事也没去办,把你抱上哭了一前晌。"

"哈哈!那你就要长记性,打我我受疼痛不说,让你啥都弄不成还要哭鼻子,多不划算!"

姑夫爸爸说:"娃,你不知道,我的身世和命运比你好不了多少,甚至比你还难说。"他边说边抹泪。

我天真地问:"爸爸,你们大人还有痛苦事吗?我以为只有碎娃娃有。"

爸爸抹了把眼泪说:"瓜呆子,你咋这么傻,大人咋能没有痛苦事哩,大人的痛苦事要比你们娃娃多得多。你们娃娃有难事了有大人给你们担着,大人有难事了靠谁,还不是自己硬撑,撑不住自杀的有多少!爸爸曾经也差点自杀了。"

我吓得忙问:"爸爸,你为啥要想到自杀,以后再不许你有这个想法好不好?"

"娃,你不知道爸小时候有多恓惶。爸也是被家庭和父母看作多余的人!相比来说,你比我强多了,你是你父母为了生一个儿子才把你藏在我家的,爸爸是被亲爹亲娘送给别人的人!"

我惊奇地望着姑夫爸爸不知说啥好,觉得姑夫爸爸真的好可怜,如果他今天不说,我永远都不知道他的身世。难怪在姑姑妈妈和哥哥姐姐打骂我时,他总护着我,有时,还给我添帮对付他们哩。

姑夫爸爸又说:"给人当娃也不容易,别人家婆娘毕竟没怀、没生你,不知道生娃肚子疼是啥滋味,老看你这儿不顺眼那儿不称心,时间一长,人成了两家人,心成了两颗心，心里的疙瘩越结越大，隔阂越来越多。你走了这段时间差点儿把爸想得上了吊！"

我说："真的吗？没有你说的那么悬乎吧？"

姑夫爸爸边抹眼泪边说："真的，娃，爸爸都几十岁的人了，哄你个娃娃做啥？"

我又傻乎乎地问："既然这么想，当初为啥那么做？你知道这半年我有多想多恨你，想你想得我几乎发疯，恨你恨得我差点去死。"

姑夫爸爸说："是吗，就那么恨？我不信。"

"不信算了，我说的也是真的，没骗你！"

"算了咋哩？真是那么恨了就给爸爸说，是心恨还是嘴恨，是真恨还是假恨？我想除了恨肯定还有想，对吗？"

我硬着嘴皮说："不想，一点都没想！不过，千恨万恨让你今天这一来全给抵消了。"

姑夫爸爸高兴地说："此话当真？"

我说："当然是真，不信可以让老天作证。不过，求你告诉我，你那时为啥不要我？我到底哪儿不得人爱，不讨你喜欢？"

姑夫爸爸说："娃，听爸给你说，到现在都没人说不爱你，不要你是政策和贫穷所逼，不是人心所为，真的！"

我生气地接过话茬反驳道："啥政策不政策，人心不人心的，政策是个啥东西嘛把我缠住不放，谁招它惹它了？再缠我小心我叫我伙伴收拾它！"

姑夫爸爸无奈地说："秀才遇到兵，有理说不清！现在我没时间跟你磨牙斗嘴说过去的事。你就说你今天跟我回不回去？回去就赶快收拾东西走，不回去就拉倒让我走，再磨蹭待会没车啦！"

是啊，说归说怨归怨，主意还是不能乱。既然他来接我走我还磨蹭啥,再磨蹭一会儿真的走不起身呢!我匆忙装好书包向三姨妈打了声招呼就拉着姑夫爸爸向门外跑。三姨妈还急地在后边喊着:"等一下等一下,稍微等一下,饭马上熟了,吃过饭了再走不迟。"

路上,倒换了三次车,步行了10里路,才回到养育我的高山旱塬。这个塬虽然山大沟深、坡陡路窄、黄土浑厚、行走不便,但我一点不陌生不嫌弃,觉得眼前的一切是那么亲切熟悉,爱恋期盼。真是"离家多日今回还,养育之地更亲恋"。

姑夫爸爸边走边问:"婷婷,乖孩子好女儿,给爸爸说说你离开家的这半年时间想我了没有?"

我说:"好爸爸哩,能不想吗,可我再想有啥办法,没办法解决你提出的条件,你说我再想有啥用。"

姑夫爸爸被我说得低下头蹲在一边不吭声了。

我也不忍心再说那些让他自责和难堪的话了,可我心里很憋屈。

姑夫爸爸看我不说话了,抬起头说:"婷婷,接着说吧,话是开心的钥匙,你今天就敞开心怀把压在心底的话全说出来,今日说了以后就再不要提这伤心事了行吗?"

我说:"行,以后不说就不说,但今日必须说清楚,不说把人还憋死哩,但我说出来你可不准恼。"

姑夫爸爸说:"娃,你说吧,爸爸保证不发火,你就放心地说,只要把你心里的怨气能撒出来,就证明你不再记恨我了,只要不记恨爸爸比啥都好!"

"那我就给你说实话,你今日能这么远地跑来接我,我做梦都没想到!我虽然天天都在盼你,可一想到你当时不要我的态度,就觉得憋屈,就怨恨你,多少回,我都想忘掉你和那个家,但就是忘不掉,因为我毕竟是有心有肺的人,我不但想,而且非常地想,不论白天黑夜,心里总有一种特别的说不清、道不明的思念……"

本来，还有好多心里话想给姑夫爸爸倾诉，说到此我却哽咽得说不下去了，姑夫爸爸便抱着我失声痛哭起来。此刻，我们父女俩头对头、脸贴脸地哭了好长一阵后，姑夫爸爸捧起我的脸蛋说："好孩子，爸爸的乖女儿，求你以后不要说这气人的话了，也不要揭爸爸的短了行吗？都怪爸爸当初自私，不该给你原本受伤的心上撒盐。你太缺少爸爸妈妈的疼爱和呵护了，从今以后，爸爸一定会肩负起抚养你的义务，再不让你受一点点委屈和伤害了！"

他边说边抹泪，我依偎在他怀里哭得更伤心了。

姑夫爸爸替我擦去眼泪后说："娃，就让爸爸给你说我当初为啥执意不要你的事吧，我是怕你妈不给生活费，要我提上清油唱灯影，便下狠心放弃了对你的抚养与保护，这一切全是爸爸的不对，是爸爸自私，求你不要放在心上好吗？人心难打一颠倒，你反过来替我想一想，爸爸作为一家之主，我有我的难处！"

我说："哎哎哎，不对就不对嘛，前面明明承认是你不对，现在又为啥要找借口说难处呢？"

姑夫爸爸被我问得张口结舌，面红耳赤，边摆手边说："不说了不说了，事情已经过去半年了还提它干啥！好在我试探你叔父他没反应时，你三姨父和三姨妈能挺身而出收养你，这也是你的造化！就这一点，你亲妈和你那几个叔老子都做不到，你为啥不怨他们光恨我呢？"

"不怨他们是我从心底没承认过她是我亲妈，真的，到现在我都一直认为你们是我亲爸亲妈，她是我后妈。至于我那几个叔老子，从来都没管过我，哪能指望上？"

姑夫爸爸听了激动地说："娃，啥都不说了，天不早了赶快回家吧，家里人都很想你，都等着你回来哩。特别是你涛涛哥，听说我今天接你回家，高兴得早早起来等你

回去耍哩。耍到寒假满了再回去好好念书,爸爸有时间就去看你。说了一大堆,都是我的错,但我还是为你好的,懂吗?"

我听后又不高兴了,生气地反驳道:"好啥好?你左一个好右一个好,东一个好西一个好,好来好去都不好。既然为我好,为啥要拿我做交易?交易不成,就翻脸不认人!还口口声声说对我好对我好,再不要割了糜子叫雀儿——领空头人情了,我又不是三岁小孩听不来话。"

姑夫爸爸说:"你说话不要亏人心噢!"

"咋亏你心了?你不承认咱们今日就把话说完,但在我话没有说完之前你不准打断我话头。"

姑夫爸爸说:"好好好,保证再不打断,你快说,我等着听哩,看你还能说些啥。再说,你总是我姓慕的屎一把尿一把地拉扯大的吧?"

我说:"爸爸,你拉扯我是事实,这谁都不敢胡说,但在你心中,亲生娃与寄养娃是有区别的,亲生的到啥时候都是娘的心头肉,爹的打心锤,家里的稀奇勾勾与宝贝蛋蛋。寄养的到啥时候都是抱疙瘩,在钱与人之间,我是那样一文不值,可怜无助!"

姑夫爸爸被我说得没法回答,低头不语。

我说:"爸爸,你还记得你在我爸爸棺材前说不要我的事吗?记得让我要生活费的事吗?急得我顶撞了你几句,你却骂我是没良心的白眼狼!气得我没办法,只好用道理和你辩解,你辩不过我就当着众人面将我骂了个狗血淋头。"

姑夫爸爸听了生气地说:"不是说好不提前边的事了吗,咋又提起这婆婆妈妈、没完没了的鸡毛蒜皮的事了?"

我说:"就是那些鸡毛蒜皮的事,让我想起来就怨,提起来就恨。"

他说:"恨就恨吧!你要恨我也没办法,八八九九地解释了半天,你不听我有啥办法。这就是人们常说的那句话,咬人的狗都是自己喂下的,吃人的狼是自己救活的!难怪你那些大大都不管你,看来人家不管你是对的,管了落不下好是小事,还得挨骂受气被指责,看来你那些大大比我聪明。有本事咋不找他们算账论理去?偏偏揪住我这个冤大头不放,我真把先人亏了,让自己喂下的狗把自己咬得心口疼!"

我说:"爸爸,不是说好你不打岔不生气吗,咋还把我比成狗了?我是人不是狗,请你不要胡骂人。"

姑夫爸爸气愤地说:"骂了你怕天不下雨吗?你凭啥要恨我呢,我为你付出得还少吗?是谁把你生下后寄养到我这个穷家的?又是谁在你爸爸去世后,不给你争取国家明文规定给干部子女的抚养金呢?你还小,太幼稚,根本不懂世情的变迁和人心的叵测。再不要胡恨了。你妈她那么年轻那么强,而且还不是咱们本县人,又干着演员工作,谁能保证她不改嫁,不傍上大款跟人胡乱跑呢!"

我说:"那倒不一定。"

姑夫爸爸说:"啥一定不一定的,你个娃娃懂个屁,再不要和我争犟了,不信咱们走着看。只要她穿上旗袍不跟人跑到国外去,都算你晁家的先人烧了高香埋了好坟!再别指望她了,她管不管你姐和你弟我说不上,反正是不会管你的。"

我听得将信将疑,无话可说了。

姑夫爸爸看我不说话了又接着说:"我们当初那样做,就是怕她改嫁跟人跑,商量来商量去才商量了个两全其美的办法。一是想用此法制裁她,二是想给你们姊妹几个留条生活后路,万一她跟人跑了或改嫁了,好让你们有

个生活保障！但我们没想到，你妈犟得跟牛一样，谁也拿她没辙，一伙人的计划被她一个人给搞黄了！你想我们心里能平衡能服气吗？我们只好将错就错。因为我们是大老爷们，是七尺汉子大男人。男人就不能把理输给一个寡妇娘儿们，懂吗？

没想到，你妈这个娘儿们不好驯服，在那么难的困境中，她不但不向我们妥协求助，反而比我们更倔强更坚定，逼得我们没法下台收场，只好横下心说不要你。这就是你问我当初为啥不要你的原因，希望你听清记牢，以后再不要胡怨恨了。"

我说："说来绕去，还是钱比人重要。我今天才明白，当初我在你们眼中为啥连个小猫小狗都不如！原来你们都爱钱不爱人，都是钱的爸爸和妈妈。"

姑夫爸爸生气地说："晁婷婷，我把你个碎坏怂，我好心好意地给你说了半天道理，你咋连一句都听不进去？你这么大的人了咋分不来好坏，辨不来饭香屁臭？你把我当谁？我是拉扯你长大的爸爸。你嘴上奶水还没干哩，咋敢顶撞我？看来一学期的书把你念成个二杆子了！真是啥蔓蔓结个啥蛋蛋，都是些瞎怂坏种！"

我一听姑夫爸爸不但在骂我，还在侮辱我的爸爸妈妈，更加气愤地说："你没有权力侮辱我爸我妈，更没有权力辱骂我，要骂回去骂你亲生的去，凭啥要骂我？再说，我早就把你们的骂挨够挨怕了！告诉你，现在的我可不是当初你不要的我了，我现在是有处吃、有处住、有学上的人了，再骂我就不回去了！"说完我便掉头就跑，跑向哪里心中没数，只是吓唬吓唬姑夫爸爸而已。

可怜的姑夫爸爸居然信以为真，紧张得三步并作两步追上来把我抱住就说好话。

娃娃毕竟是娃娃，姑夫爸爸的三句好话我就开心得当钱使唤了。就是姑夫爸爸的宽容、谅解、爱抚、纵容,将我一下惯上了头,那个寒假,我更加骄横无理,肆无忌惮。

　　回去的第二天,姑夫爸爸就叫人杀年猪。杀年猪是小孩最期盼的事,因为我们早就馋得想吃肉了。可杀猪时,听见猪的哀嚎声,我却吓得心软了,又不想叫人宰杀它。但人们辛辛苦苦喂一头猪,不就图个过年有肉吃吗?请来的杀猪屠户真狠毒,等帮忙的人把猪从圈里拉出、绑好、抬到案上后,一刀捅进了猪的心脏,疼得猪扯开嗓门嚎叫着,把我们看热闹的娃娃吓得捂住耳朵偷着用眼看,猪的血像喷泉一样,哗哗哗地流入早已备好的大洋瓷脸盆。接着又是一刀,猪突然不嚎叫了,也不动了,血也流得不快了。等刀客把刀子从猪脖子抽出时,鲜血不仅染红了刀刃,还把刀客的手染得血红血红的,让人看了浑身打颤。刀客不但不害怕,还翻来覆去地看刀子,之后自豪地笑着对我们说:"娃娃们,看见了没有,这就叫白刀子进红刀子出。希望你们以后不要和人打架骂仗,不要做伤天害理、伤风败俗的事情,免得像猪一样被宰杀!"

　　此后,每当吃肉时我就会想起姑姑妈妈家那头猪被屠户宰杀的情景,心想:人对牲畜为啥那样凶狠残忍,牲畜的生命为啥在人的面前那样脆弱渺小,到底是人太残忍,还是家畜的生命低贱?我至今想不通,想不清楚,可我心里永远在想着这件事。

　　年猪一宰,姑姑妈妈更忙了,既要剁肉、蒸肉、炸肉、腌肉、炖肉、烧肉,又要给我们炒肉吃。这几样活中,数炒肉最简单,腌肉最麻烦了。因为腌肉要好几道工序,若有一道工序做不到位肉就会坏掉。为了腌好肉,姑姑妈妈忙前忙后地将蒸出的肉晾凉,之后还要用清油炸一遍,炸肉的火不能过大或过小,火大了会把肉炸焦炸干,火太小又会炸不熟炸不透。因此,腌肉时的烧火人很重要，因为姑姑妈妈家烧的是柴不是煤。肉炸好后晾凉，再用食盐裹住放进缸里。裹盐同样很重要，少了，肉会发霉变臭，多了又咸得发苦吃不成。所以说，腌肉除了麻烦，技术很关键。虽说姑姑妈妈的速度慢了点，但她腌的肉醇香可口，余味无穷，可放一整年。

腌罢肉还得做豆腐。做豆腐也很麻烦，第一道工序是用石磨把黄豆拉成瓣，磨成浆，然后用布袋过滤除渣，再把豆浆倒在锅里煮沸，然后用石膏或卤水点好脱水成形。为吃新鲜豆腐，我们表姊妹还为贪嘴抢食红过脸呢。

做完这两样麻烦的年食后，就开始蒸馍馍炸油食。姑姑妈妈做的油炸食品花样多、味道好，如油饼、麻花、馃馃、撒子、糖角角、荞面圈圈。除了油食，姑姑妈妈还要蒸馍、蒸花卷、蒸糜面馍馍、蒸包子等。姑姑妈妈不仅心灵手巧，还特别节俭。她在做饭上又特别讲究，每逢过年，光包子都要蒸好多样，糖包子、肉包子、洋芋包子、豆腐包子、红萝卜包子、粉条包子、芹菜包子、白菜包子、地软包子等。一直忙到腊月二十九夜晚，年食才算基本办妥。但姑姑妈妈身上那浓浓的油烟味熏得我们都捂着鼻子远离她、取笑她，气得她边说边骂："崽娃子还嫌我难闻，不是我这个老保姆给你们从早到晚忙着办年食，你们都喝西北风去吧，还过啥年哩！"

说归说，笑归笑，剩下一天就要过大年了。为了喜迎大年，姑夫爸爸和姑姑妈妈从自身做起，不说我们不骂我们，要求我们表姊妹也不能吵架闹矛盾，并说神鬼都有三天年，何况人呢！要求我们高高兴兴过大年，欢欢喜喜迎新岁，谁要惹是生非，过罢年就处罚谁。

可我们毕竟是娃娃，没有自控力，本来在一块玩得很开心，瞬间就为一些鸡毛蒜皮的事或一句玩笑话，吵得脸红脖子粗，真是"娃娃的脸像伏里的天，说变就变"。

现在想来，不仅可笑，而且有趣难忘。

可怜的姑姑妈妈把年食办好后，还得领着我们打扫灰尘，洗刷污垢，她不住地喊："快干快干抓紧干，干不完就要过脏年。"

到了大年三十，姑夫爸爸起床后先在大门外放了一串鞭炮，接着就开始贴对联和门神。下午，吃过拉魂面，男人们忙着去给祖宗上坟烧纸，女人们便在家里准备年夜饭。而我们娃娃不是放鞭炮就是在点花花，要么就是捉迷藏和踢毽子，一直玩到晚上吃团圆饭才停止。

坐在炕上，我们个个盯着姑夫爸爸的钱包不眨眼，焦急地等他发压岁钱。当一张新崭崭的五毛或一元钞票发到我们手中时，高兴得我们饭也不吃水也不喝地玩起了扑克牌，直玩到凌晨一点左右才脱衣睡觉，要不是大人催促，我们会玩到天亮的。

一个年就这样过了，我的心又开始发慌发愁了，剩下几天就要开学了。虽说学校有我的老师、同学、伙伴，可我还是喜欢呆在姑姑妈妈家，不受约束，没人管教，加上人熟地熟环境熟，干啥都逍遥自在。上学就不同了，老师管，家长管，上课管，下课管，放学管，连吃饭和睡觉都被管，管得实在让人厌烦。我渴盼自由自在的生活，不愿作笼中的鸟，而愿像一只活泼好动的小鹿，喜欢在草原上自由奔跑。

唉！愁归愁，怯归怯，学还得上，书还得念。不念书就当不了老师圆不了梦。开学前一天，我要求姑夫爸爸送我回三姨妈家。姑夫爸爸说他实在忙得顾不上，叫我回去让妈妈送，并说："我接你，你妈送你才公平合理。不然，我心里也不平衡。"

"我不管你平衡不平衡，我只记着这样一个理，谁把我接回来谁就得把我送过去。"

姑夫爸爸说:"天底下哪有这个理,我偏不送,看谁给我判个啥罪呀?"

我一听姑夫爸爸态度坚决,就用我在他面前惯用的杀手锏要挟他:"你不送我就不走,哪怕这个学不上哩,谁让你接我呢!"

姑夫爸爸知道我性子倔强,硬来不行,只好妥协,第二天就把我送回了三姨妈家。临走时,我抓住他的衣服后襟不放他走,因为我舍不得他,想让他永远陪伴在我身边。任他咋说咋承诺我都不听,反正就是不放他走。姑夫爸爸看我铁了心不放他走,只好甩脱我就跑,我拼命在后边追赶……

可小孩就是小孩,哪能追赶上大人!当姑夫爸爸坐上汽车的那一刻,我知道自己追不上了,就扯开嗓门声嘶力竭地哭喊:"姑夫爸爸,你等等我,等等我,你走了我想你咋办呀……"

本想用哭喊声留住他,可他一去不复返,留下的是飞扬的尘土和空旷的公路。我便垂头丧气地跟着三姨妈回到她家。

进门后,我努力想用一些开心的趣事忘掉刚才的不快,可咋都忘不掉。想起姑夫爸爸和家人,我泪如泉涌,难以自控,无尽的孤独和思念在心里蔓延。直到三姨妈把饺子煮熟端来说:"婷婷,快吃吧,哭了半天了啥都没吃,肯定饿了。"

听了姨妈的话,我心里更加难受了,眼泪和着饺子一块吃了下去……

第二天报名时,看到同学们兴高采烈的样子,我很快就和他们打成一片,追逐打闹,喜笑颜开,心里的不愉快忘了许多。

随着时间一天天地流逝,大地复苏,春天来了。

第一场春雨轻似牛毛，细如针尖，无声无息地从天而降。我信步走在上学的路上，呼吸着新鲜空气，接受着春雨的洗礼，心情格外舒畅，边走边哼着姑姑妈妈家的奶奶教给我的一首古老童谣《春姑姑》：

　　春姑姑，春姑姑，脱袄袄，换裤裤。
　　送花来，送草来，送来一只花布谷。
　　花布谷，叫咕咕，催爹种豆又种谷。

雨，静静地下着，驱走了寒冬留下的痕迹，使春天变得格外美丽，分外滋润。

瞧！农民叔叔开始下地耕耘了，有的扛着铁锨，有的扛着镢头，有的担着粪筐，有的吆着黄牛拉着毛驴，有的推着架子车，都忙忙碌碌、紧紧张张地在田间劳作，整个乡村充满了朝气与活力。小鸟儿尽情地飞翔着，叽叽喳喳地唱着歌。

大地沐浴着春光，万物生机盎然。杏花开了，桃花开了，接着梨花开了，散发着淡淡清香，粉红色花瓣，金黄色花蕊，美丽极了。不久，苹果花也不甘落伍地跟着开了，毛茸茸、水莹莹得像少女的脸庞，散发着醉人的芳香。春风吹拂下，黄澄澄的油菜花也争相绽放了，像一块黄绒毯铺在地上……

听，布谷鸟儿叫了，可爱的小燕子从南方飞回来了，它们在屋檐下尽情歌唱，在天空自由飞翔，用她那剪刀似的尾巴为春天裁剪云锦，用灵巧的嘴巴为山川涂染色彩。

我背着书包，愉快地走在上学的路上。进了校门，就成了另一个世界，我周围有许多同学，由于家境不同，性格迥异，同学之间有时友爱，有时闹矛盾，时而好得分不开，时而吵得不可开交。但无论多大的矛盾，对我们小孩来说，谁也不会放在心上刻在脑海，质朴的感情让我终生

难忘。如欧阳凯丽因她爸爸工作调动而转学，我俩手牵手、头对头地长时间拥抱啼哭，难分难舍。

她走后，我心里很空，对她的思念不亚于对姑夫爸爸和姑姑妈妈的思念。无论干啥都像失去了一只手，总觉得打不起精神。慕老师发现我情绪低落，思想不集中，就把我和刘洋安排成同桌。

刘洋同学个子不高，身体偏胖，圆圆的脸上流露着天生的聪慧和霸气。最引人注目的是他两道浓眉下的一双大眼睛，机灵得会说话。有时，炯炯有神，光彩照人；有时，暗淡无光，闭目不言；有时，一眨一瞪地令人生畏，让人害怕；有时，却眯着眼睛喜笑颜开，幽默风趣。记得好多次，他用粉笔头在桌子中间画了一条分界线，警告我以此为界，互不侵犯，还说："谁要侵犯，谁就是小狗。"我说："行。"但我写字姿势不规范，常常在不注意的情况下就越过了分界线，他看都不看我一眼，用胳膊肘狠狠地捣我两下。虽然很疼，我却不敢吭声，只好默默忍受。

还有一次，我正在写作业，他却歪着头使劲地盯着我看，看得我有点丈二和尚摸不着头脑。我看见他那愤怒的目光好像在说："你咋又侵犯了我的领土，谁让你侵犯的？谁给你惯下这个毛病，动不动就想吞食别人的地盘，你也太不守信用了！"吓得我又屈服了，赶紧向他说："对不起，我不是故意的，请谅解，别生气，气坏身子没人看我了我会心慌的，以后保证不犯就是。"他这才回过头去写自己的作业。

又有一次，我因为数学作业中错误多，被老师打回来重做。我正在重做数学作业时，他用胳膊肘捣了我一下，作业本上立刻出现了一条"长尾巴"。我气得向他反击，厉声叫他赔我作业本。谁料他不躁不恼、不急不火地看了我几秒钟后,笑嘻嘻地说:"自认倒霉吧,谁叫你常常侵犯别人的领地呢?这就叫人不犯我,我不犯人,人若犯我,我必犯人。"

我听了气不打一处来,立刻用笔在他本子上也划了几个"小尾巴",随之而来的就是争吵,无休止地争吵……

从那天起,我和刘洋同学经常为超越界线而吵闹不休,分界线成了我们两个互不相让的标志和导火线,弄得我心情不悦,神经紧张。

随着时间的推移和年龄的增长,我们班的好人好事层出不穷,天天有人受表扬戴红花。如拾物交公,给残疾同学补课,给缺少劳动力的同学家帮忙掰苞谷、收荞麦、给田地送粪,给孤寡老人抬水背柴等,虽说这些都是一些小事,但对培养学生的素质和品德尤为重要。为此,学校专门设立了奖罚制度。

偶然一次,我在厕所门口捡到五元钱,交给老师后,老师不仅给我戴了小红花,还给我奖了一支铅笔和一个生字本,并在全校师生面前表扬了我,让全校同学向我学习。那一刻,我觉得自己存在得太有价值和意义了,也觉得一个人的思想品德比啥都重要。

放学后,我回忆着捡到钱的矛盾心情。事情经过是这样的:下课铃一响,我因急于小解,第一个冲出教室跑向厕所。快跑到厕所时,看见距我不远的地面上有一张五元纸币,折得方方正正地丢在厕所门口,我激动地跑上去弯腰一把抓起。当时的惊喜和兴奋无法言表,捏钱的手也不知放哪儿好,抬高了怕人看见,放低了怕掉在地上,藏在后边又不放心,放在前边还不自如。想来想去,只有揣在怀里最保险。

为确认五元钱里边有没有卷着钱,我心跳加速手发抖,前后观察没有人,跑进厕所打开一看,里边没有卷更多的钱,只有这五元,我顾不得厕所的脏臭气味,把钱捏得紧紧地捂在胸口上享受着天上掉馅饼般的喜悦。

虽说在大年三十晚上,姑夫爸爸和亲戚发过这么多压岁钱,但那只能在当晚睡觉时放在枕头下边压一晚上而已。天亮后,就被大人全部没收等着开学交学费。

没想到,今天的好事让我这个倒霉蛋撞了个正着。这不是应验了人们常说的那句话吗,"运气顺当,不怕睡到后晌"。呵呵,看来我今天的运气挺顺当,但愿财神爷爷从此跟着我,好让我改变一下倒霉命运。

我把钱拿起来看了又看,想了又想,内心矛盾地不知是交公还是私吞。虽然只有五元钱,可五元钱对于穷汉家娃娃是很多的。如果是富人家娃娃丢的倒不要紧,若是穷汉家娃娃丢的,那把他们不急死才怪呢!真是人家急得在跳呢,我却拿在手中发笑哩。

平心而论,换寄后的生活条件不算差,不缺五元钱,五元钱对我不是太重要。毕竟妈妈挣着工资,姨妈开着小卖部,再穷,每天有进账,月月有收入,年年有盼头。

经过激烈的思想斗争,我毅然决定上交这五元钱。不交,就对不起姑夫爸爸和姑姑妈妈对我七年的拉扯抚养,对不起老师和洋妈妈的叮嘱教诲,对不起三姨妈的监督关爱。再者,做人见利忘义老天是会惩罚的。就在我转身去交钱的瞬间,突然犹豫地迈不开步子,再次把钱拿起来看了看想了想,心想何不把它悄悄藏下,等过些天再拿出来花呢?我又开始盘算这钱咋花,一角一角地花还是一元一元地花,是一天一花还是两天一花,是到商店花还是地摊上花,反正不能在三姨妈家的小卖部里花。

总之,五元钱折磨得我心焦毛躁不踏实,老觉得不劳而获的东西不敢用,也不能用,何况还是捡到的。为此,我矛盾得不敢出厕所,站在里面像作了贼似的紧张害怕，一时半会儿又不知如何处理这让人既喜爱又不安的五元钱。

想了想，干脆装上算了，又不是偷的为啥要上交？多少年才捡了一次，装上不交谁知道。

当我决定私吞时，上课铃敲响了。说来也怪，那天的上课铃声特别清脆响亮，好像在警示我："小朋友，人可不能见钱眼开，因小失大。做人要光明磊落，不能见利忘义。瞧，五元钱把你弄得鬼鬼祟祟的，像偷了东西似的不自在，何苦哩？"

刹那间，我便急速向教室跑去，边跑边告诉自己，这钱一定要上交，决不能见钱眼开。正好慕老师走进了教室，我喊了一声"报告"，即刻上前向慕老师交出这五元钱。慕老师将钱接在手里，高兴地拿起一朵小红花戴在我胸前，拍了拍我肩膀让我归位上课。

下午放学站队时，慕老师及时对我进行了口头表扬。

钱交了，表扬得到了，心里也安宁了。在交与不交之间，让我选择得好难——难怪现在那么多高官要员，在钱的面前做了俘虏和阶下囚。

第二天早晨，我背着书包、哼着小曲自豪地走进了教室，看到那条分界线，不由得从内心深处感到惭愧和可笑，立刻觉得这行为与老师的表扬不相符。那条刺眼的分界线，不仅让我们同学之间失去了友情，也不符合老师对我们的教育和要求。我暗问自己，为何就不能做一个团结友爱的好学生，而要这么生分多事呢？于是，我立即用袖子擦掉了那条分界线。

刘洋同学看见后笑着说："我画的，我来擦！"

我说："谁擦都一样。"

他不好意思地伸出胖乎乎的小手，我们两双手紧握在了一起。

擦去分界线后,我轻松了许多,心中的不愉快也消失了。我们之间不仅有了从前的友谊,还学会了相互尊重、相互理解、相互帮助。

常言道:光阴似箭,岁月如梭。但是孩童时代,总觉得日月过得太慢。好不容易才盼到我的生日,生日的前一天晚上,妈妈领着弟弟匆匆忙忙地从县城赶了过来,还特意给我订做了一个生日蛋糕,甭提我有多高兴了。

中午一放学,我嘴里哼着小调,手中提着水瓶,连蹦带跳地向家中跑去。刚进家门,香喷喷的饭味扑鼻而来。院里的石头饭桌上摆满了好多菜,中间放着那个奶油蛋糕,我盯着蛋糕直流口水,这可是我平时最爱吃又吃不到的高级食品。妈妈看到我的馋样,催着让我的小伙伴赶快就位开席,并给我们排起了座位。于是,凤凤姐、凯凯哥、蕊蕊姐、成成弟、洋洋弟、牟园园,我们几个小孩坐了一桌。妈妈帮我点燃了蜡烛,哥哥姐姐、弟弟妹妹们又给我唱了生日歌,然后叫我许愿。其实,我的愿早都许好了,那就是"祝愿我早日回到姑夫爸爸家"。

许完愿,我们边吃边聊,心情非常激动愉悦,偶尔还发生抢菜吃的场面。凯凯哥抢不到自己爱吃的菜,就笑着将那盘菜端走,躲开大伙准备独吞,惹得我们几个放下手中筷子,将他团团围在中间准备夺菜。谁料,凯凯哥端起碟子把仅有的一点菜全部塞进嘴里,憋得他咽不下菜,说不出话,惹得我们捧腹大笑。

那个淘气劲儿和开心劲儿,简直用语言无法描述。妈妈还不住地给我们分菜夹菜,三姨妈不停地为我们炒菜端菜,并叮嘱我们慢慢吃,吃饱吃好。我当时真的快乐极了!

这个生日过得不但让我开心快乐,也让我终生难忘。

不知不觉间,酷热的夏天来临了,我和牟园园、张蕊娜、张成成、张鸭鸭、郭静静、刘洋、王花花等好多小同学，一放学就想去三姨妈家门前的那条小河玩。那条小河的水清澈见底，离家又近，玩耍方便，还无危险。小河里的黑色蝌蚪在清澈见底的水中无忧无虑地畅游着、嬉闹着，时而晃动着尾巴浮上水面，时而又像懒虫躺在水中一动不动，我们还没走近它，它就摆着尾巴一溜烟似的逃跑了。牟园园和张蕊娜叫嚷着嫌我动作慢，一把夺过我手中装蝌蚪的罐头瓶子说："你动作太慢了，拿来让我们去捞。"

我心里虽不服气，但罐头瓶子已被人家夺去，我只好跟在她们屁股后面，走过去跑过来地盯着每一条小蝌蚪的行踪。忽然，蝌蚪排了个三角形队伍在水中向我们发出了挑战，似乎在宣告："你们几个黄毛蛋还想抓住我们，没门！看我们现在给你们怎么布阵。"我们几个也立即摆开了应对和围攻它们的阵势，八个人站成一个圆圈，将它们团团围在中间，不信抓不住。

结果我们只抓住了两条，大家很不服气，商量后决定转移地方，瞄准对象，抓它个二三十条，看它向哪儿跑往哪儿钻。很快，我们便从下游跑到了上游。嘿嘿，上游的蝌蚪可多了，一群一堆得太好抓了，不一会儿工夫就抓了好多条。我们几个满怀喜悦的心情，迈着矫健的步伐，唱着儿歌准备回家庆贺。

走到下游时，张成成突然说："把咱们抓到的这些小生命放回河里去，它们也有妈妈和爸爸，咱们把它们抓走，它妈妈和爸爸晚上等不见它们回来着急咋办？咱们干脆行行好，给它们一条生路，让它们与它们的爸爸妈妈团聚行不行？"

于是，我们将抓到的几十条蝌蚪全部放生了。

就这样，我们几个小伙伴经常是上游抓住下游放，下游抓住上游放，从不杀生害命，不让它们爸爸妈妈着急。

可为了玩耍和乐呵，我们天天都去抓，把抓蝌蚪当作夏天的主要游戏来玩。童年时的天真烂漫、无忧无虑，让我现在都向往、留恋。现在只要去外婆家，我还经常去那条小河抓蝌蚪，想找回童年的记忆。

不知不觉间，夏天过去了，秋天迈着优雅的步伐来到了人间。大地在秋风的包装下换上了迷人的秋装。秋风一吹，树叶纷纷落下，有的像蝴蝶一样翩翩起舞，有的像黄莺一样展翅飞翔，有的像舞蹈演员在舞台上翩翩起舞，轻盈旋转，大地像铺了一层五颜六色的地毯。

原来，秋天和春天一样美丽，甚至，秋天比春天更有诗意。

秋天是成熟和丰收的季节，田间地头的镰刀声、笑谈声和机器发出的隆隆声响融为一体，谱写出一篇丰收的乐章。连菊花都开得那么鲜艳热烈，像在迎接丰收的硕果。看那黄、白、紫、奶油色的菊花，一朵朵迎着秋风，争奇斗艳，喷芳吐香，把黄土高原的山川打扮得婀娜多姿，五彩缤纷，美不胜收。

啊，秋天！秋天收获，秋天喜庆，秋天欢笑，秋天陶醉。秋天，你好美啊！

在秋季的一次测验中，我数学仅考了86分，在班上排倒数第二名。我心里很不舒服，心想为什么大家上学一起去，放学一块回，玩耍一起乐，但我的分数没别人高？而且人家的分数竟比我高出了十几分。越想越不平衡，越看越不服气，想着想着，想出了一个"妙招"，干脆涂改分数吧，改了就和他们一样了。于是，我就用最快速度把8和6用小刀刮得改成两个0，前面加个1，不也是100分吗？回家给三姨妈看时，我还挺自信骄傲的。

谁料，三姨妈一眼就看出了破绽，笑着问："婷婷，说实话，这分数是不是你自己改的？"

我顿时慌了手脚，胆颤心惊地不敢正视她。可为了不伤我自尊，她不再往下追究了。我却强词夺理地喊："我没改，你为啥要冤枉人？"

三姨妈依旧笑着说："没改就是好孩子，可惜你已经改了，改了就改了，只要下不为例，仍然是好孩子。为啥在事实面前不承认，反而要强词夺理，坚持维护错误的行为呢？"

我仍然狡辩地说："没改就没改，你为啥要冤枉人呢？"

三姨妈气愤地说："你没改难道是我改了的？老师不可能不会加减乘除法吧？小公式上明明错了几道题，不扣分行吗？扣过之后，总分能是100分吗？你自己看，是老师打错了分，还是你涂改了卷子？"

我被三姨妈问得哑口无言，低头不语。三姨妈摸了摸我的头说："你知道'十朵花，九个瓜'的童谣吗？"

我摇头表示不知道。

姨妈说，那我就说给你听：

"瓜藤藤"开花花，开出了十朵大花花。
可是结了九个瓜，那朵为啥不结瓜？是"谎花"。
开谎花的不结瓜，说谎话的没人夸，没人夸。

姨妈说完后问我："能听懂这话的意思吗？"

我说："能，它是让人不要说谎话，说谎话的人大家讨厌不喜欢。"

姨妈拉住我的手说："这就对了！姨妈一直认为你是个诚实懂事的孩子，没想到在学业上这么不诚实不懂事，还浮躁虚荣，这是自己哄自己呀！"

我惭愧地低下了头。

姨妈停了停又接着说："我说了半天，目的是啥你明白吗?"

我胆怯地说:"明白了姨妈,我错了!"

姨妈说:"明白就好,知错就改,希望你记住今天的教训,以后不要犯同类错误,做个听话懂事、诚实守信的孩子!"

我羞愧地边点头边流泪,心里很感激三姨妈的不处罚。

三姨妈看到我羞愧自责的样子将我搂在怀里,用她那温暖的手抚摸着我的头说:"婷婷,今天的事不要往心里搁,不论大人娃娃,遇事要拿得起放得下。只要你知错改过就是好孩子。姨妈保证不会把今天的事情告诉任何人,包括你妈妈在内。"

我听后感激得不知说啥好,我需要的正是姨妈的这个承诺。在后来的几年中,三姨妈不光在这件事上守口如瓶,还在好多事上为我保守秘密,给了我好多改过的机会,让我从中懂得诚信和改错对孩子的成长有多重要。因为人性中最本质的需求就是渴望得到理解与尊重,包容与信任。不论老小贫富,我相信心理渴求是一样的。就像我第一次在学业上所犯的错误,姨妈不但没有责备和处罚我,还用鼓励我的教育方法使我吸取教训。

一年级的学业完成了,我通过考试顺利升到二年级。眼前面临的又是寒假和过年,我对寒假的去留又开始煎熬了。谁让我家多父母多呢,别的孩子只有一个家,而我同时面对着三个家。说实话,这三个家我最想回的是养育了我整整七年的姑夫爸爸家。在那个家里,没人催我学习做作业,没人唠叨我洗头洗脸讲卫生,也没人叫我早睡早起讲礼貌,我想跑了就跑,想玩了就玩,想吃了就吃,想睡了就睡,生活得开心自由,舒适自在,无忧无虑,无拘无束。

妈妈为了让我收心听话,静心学习,放假后就没让我回家。她在电话上说,她放假了就回外婆家过年,让我乖乖待着,好好听话,抓紧写作业,她回来时给我买新衣服和好吃的。

腊月二十五,妈妈果然领着姐姐和弟弟回到外婆家。她既没给自己买新衣服,也没给姐姐和弟弟买,唯独给我买了套大红色的衣服,胸前和裤腿边上还印着大唐老鸭和小唐老鸭的图案,太让我高兴了。妈妈边让我试大小,边说红色象征着吉祥和喜庆,不论男女老幼,大人娃娃,谁在本命年的大年三十穿上红颜色的内外衣,来年一定吉利和顺。弟弟看了唐老鸭图案后,喜欢得用手摸了又摸,然后嘟着小嘴说妈妈偏心,光给姐姐买新衣服不给他买。

妈妈被弟弟问得没话回答,抱起弟弟严肃地说:"你是男子汉,不应该像女娃娃那样贪恋衣裳,懂吗?"

弟弟说:"凭啥女娃娃要穿新衣裳,男娃娃就不能恋衣服呢?"

除夕临近,我们小孩最渴望的就是穿新衣、放鞭炮、领压岁钱、吃丰盛的年夜饭。不知为啥,一向节俭的妈妈自从有了弟弟后,每年春节都要买好多好多鞭炮,有五十响、一百响、三百响、五百响、一千响的。今年更不例外,不仅给我们几个买,还给改华表妹和昊昊表弟一同买,而且买的种类和数量一样多,谁看了都没意见。

到放鞭炮时,改华表妹和昊昊表弟就变成了胆小鬼,等不得我把鞭炮点燃就捂着耳朵向远处跑,生怕鞭炮炸伤自己,偶尔间,点响一个小单炮都吓得抱头捂耳朵。而我和弟弟就不同了,觉着响单炮不过瘾,就把五十响的小鞭炮用高粱秆挑上,扭头伸胳臂,弯腰捂耳朵,让它尽情地响。噼里啪啦,火花乱溅,炮皮乱飞,烟雾缭绕。可为了在他们姐弟面前表现出我们的胆大厉害,管它火花咋溅、炮皮咋飞,一直坚持响完才罢休。看得改华表妹和昊昊表

弟一边拍手一边叫好:"你们真行,你们真棒,你们真胆大……"

结果,在他姐弟俩的鼓励与夸奖声中,我和弟弟把鞭炮放完了,到三十晚上没放的了,听到别人家的鞭炮一家比一家响,一家比一家亮,我们却连一个都没了。只好把改华表妹和昊昊表弟的鞭炮哄来接着放,虽说是妈妈给他们买的,实际上多数让我和弟弟给放了。

过罢年,我们开学的时间一天天临近,妈妈的上班时间也到了。临别时,外婆哭,妈妈哭,舅舅哭,姨妈哭,都哭得泣不成声,难以自控。我不明白他们好端端地为啥要哭,大正月的,哭得人心里怪难受的。直到妈妈提着行李,背着弟弟,领着姐姐上车离去后,外婆才哭着说:"咋办呀,路那么远,娃那么小,跟前又没个亲人照管,一个女人身单力薄的,啥时候把几个娃娃拉大呀!"我才知道外婆在哭女儿的惆怅,舅舅在哭姐姐的可怜,姨妈在哭妹妹的命苦。还是亲人好,亲人能理解亲人的苦衷,亲人能体谅亲人的难肠!

妈妈临走时再三叮嘱我好好学习,好好听话,按时到校,按时回家,按时完成家庭作业,对学习决不能放松。我听了妈妈的话,按时完成家庭作业。

小学的生活是绚丽多彩的。在一个阳光明媚、暖风习习的星期天早晨,我被杨老师通知到学校准备参加"六一"儿童节的文艺节目排练。这不但是我的强项,也是我最喜欢做的事情。听同学们说,学校每年的"六一"儿童节,都要用自己编排的各种文艺节目和体育比赛来庆贺。这年的"六一"儿童节给我留下了难忘的印象。

首先是我们这帮被老师选进文艺组的小伙伴,穿着各自的新衣服和新鞋袜,梳着各式各样的发型,扎着五颜六色的头花,别着绚丽多彩的发夹,五个一群、三个一堆地说说笑笑、蹦蹦跳跳地等待着老师召唤。

"快瞧，排节目的老师来啦！"张蕊娜表姐的喊叫声镇住了所有同学的喧哗，我们不约而同地把头转向她指的方向。

只见杨老师打扮得像仙女一般，迎着我们的目光，迈着轻盈的步伐姗姗走来，第一声就问晁婷婷同学来了没有。

小伙伴们齐声喊道："来啦！"我心里咯噔一下，这么多人咋就问我一个，我今天可没犯啥错误呀。

杨老师望着我说："晁婷婷跟我来。"

接着，小伙伴们推着我说："杨老师叫你哩，快去快去！"

我揣着一颗忐忑不安的心，紧随老师身后走进教室，不知所措地站在杨老师面前等候发落。那神情与举动比做了贼还紧张和可笑，头不敢抬，手没处放，连气都不敢大声出，把双脚并得齐齐的，抿着嘴唇直挺挺地站着等老师训话。

杨老师看出了我的拘束，非常和蔼可亲地问："晁婷婷，你知道我叫你有啥事吗？"

我小心翼翼地摇着头说："不知道。"

杨老师说："你不要害怕，我又不吃你，看把你紧张得。你放松一下身体和情绪，我再告诉你好不好？"

杨老师越让我放松身体和情绪我越紧张，心跳加速，双腿颤抖，便捏着衣襟不知所措。

杨老师看我如此模样，走到我身边摸了摸我的头笑着说："你是不是今天干啥坏事啦，不然，咋会紧张成这个样子？快把头抬起来听我说。"

我提心吊胆地把头抬起，心里的害怕和紧张还是让身体放松不下来。

杨老师接着说："《咕咚》那篇课文你朗诵得不错，

缑校长叫定一个演出节目让你朗诵。希望你下去好好把普通话再练练,到时参加演出。不知你有没有胆量和信心参加?"

我高兴地说:"有!杨老师,我保证朗诵好。"

杨老师满意地看着我说:"有就对了,我还怕你没有这个自信心,今天叫你来就为这个,看把你吓成啥了!另外,有两个舞蹈节目还需要你参加,普通话回家了再练,不能影响其他节目的正常排练,记住了没有?"

那会儿,我也不知自己能不能完成任务,只想尽快逃离,便向杨老师保证:"请杨老师放心,我一定能完成任务。"

杨老师说:"好,这才是我想看到的晁婷婷,任务不但要完成,而且要完成得好。去吧,下去好好准备准备。"

说起《咕咚》,那还是小学一年级的事。一次,慕老师叫我朗诵课文,我就大胆地朗诵起来,刚开始还有点紧张,朗诵到后面就好多了,特别是朗诵到最后两句时,同学们还给我鼓了掌。慕老师也满意地边点头边说:"没想到晁婷婷同学的模仿力这么好。"

得到老师的认可,我心里甜得像喝了蜜糖似的。从那以后,慕老师就频繁地叫我朗诵课文。每个月,校长和教导主任及各班的班主任,都会定期来听我们班的课。一次,我们刚好复习到《咕咚》那一课,慕老师就安排我用普通话把这一课朗诵给校长和各位老师听。

接受这个任务后,我的心都提到嗓门眼儿上了,七上八下地跳个不停。校长可是管老师的老师,我要是出丑了咋办?那个紧张和害怕就甭提了。刘洋坐在我旁边看着我,那眼神好像在说:"不要怕,有大家给你助威。"眼看上课时间到了,我紧张得浑身直哆嗦。没办法,我就用牙把食指咬住让自己尽快镇静。

上课铃一响，缑校长就率领教导主任及各班的班主任一起走进教室。班主任慕老师给缑校长和其他老师讲的啥课，我一点都没听，只一门心思惦记着自己的任务。慕老师讲完自己的汇报课后，接着介绍我给各位领导和老师朗诵一篇课文。我站起来啥都不顾地给大家朗诵起《咕咚》这篇课文来……

当时，我心里只有一个信念，这次朗诵只许成功不许失败，若失败了，不光班主任脸上不光彩，整个班的荣誉都可能毁于一旦。就是这个信念鼓舞、激励着我。因此，好多句子我都是按照老师的要求，带着感情在朗诵，所以朗诵得声情并茂。

朗诵结束后，缑校长带头给我鼓掌，并对我们班主任慕老师说："把这篇课文的朗诵，定为今年'六一'儿童节的一个文艺节目参加演出。"

这就是《咕咚》被搬上舞台的全过程。

经过半个月的紧张排练，到节目正式演出的那天，我们文艺组的同学，个个打扮得跟小天使一般。大家相互欣赏着，赞美着。

杨老师嫌我们说话声调高、嗓门大，不停地用手势示意我们小点儿声。可我们哪能控制住兴奋和喜悦的心情，杨老师暗示一下，我们静一下，杨老师一转身，我们又开始喧哗了。杨老师生气地说："谁再高声喧哗，我就用胶布粘住他的嘴巴。"这才把我们吓得不敢高声喧哗了。

岂不知，小孩的天性就是调皮捣蛋与好动，聚在一起更捣蛋。碍于杨老师的警告和管制，我们虽不高声喧哗了，却用肢体动作来代替。于是，我们又像一群练武的小武士，你推一下我，我还你两下，你踢我一脚，我还你两拳地打闹、推玩起来。

"注意啦,注意啦,马上就要开演了。"杨老师的喊声一下把我们全给镇住了,我们只得按演出次序列好队准备演出。

王悦悦同学穿着一套白色连衣裙,像个白天鹅似的拿着话筒走上舞台。那一刻,她非常漂亮,异常优雅,像一个贵族家的娇小姐,又像童话故事中的白雪公主。她小巧玲珑的身材和着轻盈矫健的步伐,犹如仙女下凡,伴着甜润的嗓音和灿烂的笑容及迷人的酒窝,为我们主持了这次演出。

我的朗诵是第四个节目。当我拿着话筒走上舞台时,第一眼就看到了舞台下边的三姨父、三姨妈和小姨。他们不仅坐在舞台下边的最前面的正中间,还不停地给我拍照,准备留作纪念。可惜后来由于操作有误,忙忙碌碌地拍了半天,居然没有洗出一张像样的照片。

节目一个接一个地表演、进行着,表演形式五花八门,异彩纷呈。有舞蹈、歌曲、快板、体操、拳击、诗歌朗诵和小朋友迪斯科等,不仅让小朋友看得开心愉快,还让整个镇子上前来观看演出的爷爷奶奶、叔叔阿姨、哥哥姐姐们都看得拍手叫好,赞不绝口。

演出结束后,缑校长、杨老师、慕老师都表扬我朗诵得好,心理素质也好,形体动作很协调,是个跳舞唱歌的好苗子。

听了校长和老师的夸奖,我高兴得有点飘飘然。三姨父和三姨妈也满脸笑容地夸我朗诵得好。小姨激动地说:"没想到我们的小婷婷还有这方面的天赋。从今天起,就别念书了,干脆跟你妈妈学唱戏算了。"

我接上小姨的话茬说:"那你赶快给我妈打电话说好不好?我真的喜欢唱歌跳舞演节目,我们校长和老师都夸我了。"

小姨笑着说:"没问题,等你小学毕业了,我一定让你妈妈教你唱戏演戏去。"

第一次上台演出,就能得到校长、老师、观众及三姨父、三姨妈、小姨对我的肯定与表扬,给了我一种无形的力量和鼓励,为我后来去圆戏剧艺术之梦想打下了坚实的基础。

接着,小姨把她给我们带的娃哈哈、红苹果、糖果饼干等从提包里掏出来,让我和她的宝贝女儿张蕊娜表姐吃。我们高兴地拿上这些食品笑着对小姨说:"小姨,你干脆把你们家商店搬来算了。"逗得蕊娜表姐捧腹大笑。小姨还不住地问:"你俩还想吃啥尽管说,我请客。"我们表姐妹高兴得商量了一下,回答道:"吃凉皮。"

小姨笑着说:"你们今天演出很辛苦,特别是婷婷的朗诵很出色。本想给你们吃顿肉表示祝贺和奖赏,你们却偏要给我省钱吃凉皮,那就放开吃,十碗八碗尽管吃,吃好了来年继续演,我们继续看!"

吃饭时,小姨激动地把这个喜讯打电话告诉了妈妈。我虽然没听见妈妈那边说啥,但从小姨的面部表情中可以知晓,妈妈此刻的心情绝对和小姨一样兴奋。

果然不出我猜想,妈妈听后高兴地要与我通话。我接过电话还没开口,就听见妈妈带着喜悦的口气说:"婷娃,辛苦了!累不累?听你小姨说你今天的表演很成功,妈妈很高兴。祝贺你演出成功!妈妈希望你再接再厉,继续努力。这会儿想妈妈吗?"

我却调皮地说:"不想!"

妈妈问:"为啥?"

我说:"不为啥!"

妈妈激动地说:"我挺想你的!"

我说:"你甭骗人了,既然想我,为啥要把我寄养

在别人家呢？寄养在别人家里又反过来说想我，我才不相信。以后不要虚伪地说想我的话了好不好，我不爱听假话！"

妈妈不吭声了。小姨挂断电话，满脸不高兴地说："婷婷，想不想听你妈寄养你的原因和故事？"

我看了小姨一眼说："想听。"

小姨说："想听了我给你说，免得你心里一直纠结怨恨。寄养你是因为形势和政策以及环境逼得你妈不得不这样做，你为啥老要计较，你个碎娃娃咋就不听话？这么长时间了，跟你妈通一次电话就不知道说点开心的，你以为她把你寄养到别人家她好受吗？她比你更难受！可不寄养你，她就被单位开除，开除了咋挣钱供养你们姊妹上学吃穿，你一天天地长大了，人又聪明伶俐，懂事听话，好好睁大眼睛看看，全国上下，跟你一样被家长不敢公开露面而寄养在别人家的娃娃有一大群，不是你一个。这是因为政策制约，家长观念没有转变，思想又不开放带来的社会隐患，不是你妈她一个人的错误知道吗？"

听了小姨的话，我心里很不乐意，接过她的话茬说："小姨，既然你嫌我计较了，那你们大人做事的时候，想没想过我们娃娃也有长大的一天？你既然嫌我计较了，想没想过我计较的这一切是谁造成的？难道是我造成的？你们大人造成的恶果你们不承担，反过来还嫌我计较了，我还嫌你们胆小怕事不讲理呢！张口一个政策闭口一个政策，政策与我有啥关系？动不动就拿政策压制我哄骗我，我才不怕它呢！我是吃五谷一天天长大的，又不是吃麦草哄大的，以后少给我说政策的事，我不爱听也不想听。"

小姨说："爱听不爱听我都得说，政策是国家制定的，如果一个国家没有政策，就像一个家庭没有家规，那这个国家必然要乱套，人民就会遭殃！你不懂我给你说，你妈是为了生你和你弟弟违反了国家计划生育政策。这个秘密一旦被人告发，让组织抓住是要开除公职的。我来问你，你是希望你妈妈上班挣钱养活你们哩，还是想叫组织把她开除了领上你们要饭呢？"

我说："当然希望我妈上班挣钱养活我们哩。"

小姨说："这就对了，要想叫组织不知道，就得把你藏在别人家，不藏就生不下你弟弟。没有你弟弟，谁给你晁家传宗接代，顶门立户？你妈老了谁来养，死了谁送终？我话说得虽刺耳，但事实确如此。因为咱们生活在山区，摆脱不了山区的世风民俗，没有人传宗接代是不行的。你可能还要问，弟弟生下了为啥还要继续藏，因为你的出生从来就没向外人透露过，所以还得藏。我今天如实告诉你，希望你以后不要纠结和埋怨你妈妈了，天下没有一个当娘的不爱自己的孩子！"

我听得云里雾里，只是低头不语。

小姨接着说："娃，你这么聪明，相信你会明白这些道理的。从事实看，你妈确实把你一直寄养在别人家，而且换了两个家，让你过着寄人篱下的生活。但两个家庭都不是旁人呀，都是自家的亲戚，因此，你不要整天想着自己多倒霉多不幸，世间的事是越想越痛苦，越想越烦恼，越想越倒霉！"

小姨看我不吭声接着说："娃，你不知道世上比你可怜的娃娃有多少，有好多娃娃一出世就被狠心父母直接遗弃不要的，也有为了钱财卖掉的。比起这些娃你多幸运，不要身在福中不知福！再看流落街头的那些娃，为了一口饭，让人抓住了往死里打，多恓惶！远的不说，就说你的同桌刘洋吧，那么乖的一个儿子娃，一天在干啥你比我清楚吧？他才是真正没人管的娃！"

三姨妈接过话题说："婷婷，你小姨说得对，你应

该庆幸你来到这个世界有这么多亲人在用不同的形式关爱你,以后不要把那些不愉快的事情记在心里,挂在嘴上了。以前没人给你说你不知道,今天你小姨全给你说了,你就不要怨恨你妈了,你妈也够可怜的,年纪轻轻地就死了丈夫,你们姊妹又多,她肩上的担子不轻啊!"

　　听了小姨的劝告,我心里五味杂陈,不知是何滋味。低头看了看没吃完的凉皮,早被小姨说得没了食欲,放下筷子不知如何是好。想问妈妈,妈妈那边早已挂断了电话。再看小姨,小姨这边又嫌我提说此事,我只能低头宽慰自己,别想了,想也想不清楚想不明白。大人们说的政策不是我们这些小孩能够想明白的。

　　儿童节一过,暑假又临近了。我的心早已飞到了姑夫爸爸家。尽管在三姨妈家我过得也很开心,但总觉得没有在姑夫爸爸家畅快。

　　期末考试我的成绩基本理想,语文比数学高出十几分,三姨父问我咋回事,我说我不爱学算术。

　　三姨父说:"那咋行,你小小年纪,才上到二年级就不爱学算术,那上到初中和高中了咋办?小学一点不敢偏科,两门主课一定要同步并行。以后,下午放学了少跑到河里耍,好好把乘法口诀背熟吃透,算术就好学了。再说,你算术又没落下课程,只要抓紧复习,会赶上去的,千万不敢偏科!"

　　从姨父的话中隐约听出,暑假他们可能不让我回去了,如果是真的就惨了,我可做梦都想回姑夫家玩。

　　果然不出我所料,妈妈来电话了:"婷婷,你干啥着?最近听话着没有,想妈妈没有?"

　　"我不但想你,更想我姑夫爸爸和姑姑妈妈。"

　　"你姑夫最近很忙,顾不上过来看你,我周末过来看你。为了让你收心学习,这个假期就别回来了,好好呆在你三姨妈家复习功课，我抽空过来看你。"

我听了嘴上没说啥，心里却在想，既然不要我回家，我就要玩得气死你，谁让你不理解我的心情！

那个暑假，我根本就没有复习功课，除了帮三姨妈干点家务活外，就是玩，不停地玩。有时玩得连饭都顾不上吃，有时饭还没吃完就想出去玩，整得三姨妈没一点儿办法。就这样，小伙伴还挤眉弄眼地不让我走。如果我硬被三姨妈拉走，第二天他们立即不和我玩了。那种失落感大人是体会不到的。

为了玩耍，我请蕊娜表姐给我说和。她既是我同学，又是我表姐，不用说，在调解我犯忌的事情上特别尽力。

三天后，我和小伙伴们和好如初，商量了一个家长找不到、寻不见的方案继续玩。

由于我的顽皮和贪耍，凤凤姐和凯凯哥不像从前那么喜欢、包容我了，动不动就冷落不理我，弄得我既尴尬又别扭，可就是没办法克制贪玩的陋习。

虽说这个假期没能回我想回的家，但回去未必有在这边玩得开心尽兴。玩归玩，耍归耍，学校布置的家庭作业还得按时完成，在临开学的前一周，我们不敢尽情玩耍了，各自蹲在家里赶做暑假作业。

开学了，老师要求我们把心收回来认真听讲，好好学习，上课不准做小动作，不准交头接耳。可我上课偏偏不专心听讲，思想爱开小差，手里还不停地做小动作，玩小游戏。

一天，我正低头用手在桌子下面折飞机，老师"啪"地一声用教鞭狠狠地敲了一下课桌问我："你在干啥？"随即向我投来了严厉的目光，我吓得盯着老师不敢吭声。

老师又问："你手里拿的啥玩意？"

我顺手把没折成的飞机扔在桌底用脚踏住。

老师又让我把手伸出来给她检查,我只好颤颤巍巍地把藏在桌子下面的双手伸起来让老师看。

老师看了半天,啥也没发现,这才转身走上讲台。

我长长地舒了一口气,为自己的反应快和手脚快而暗暗庆幸。

从那以后,我在课堂上注意了许多,老师也表扬了我,说我有进步,希望继续保持。

转眼秋天又来了,从初秋到深秋仿佛是一夜之间的事。淘气的我经常将蕊蕊姐、成成弟、董微波、张昊南、刘梅梅、张军军、牟园园几个爱玩耍的小伙伴,带到三姨妈家的柴房里一起玩一种新游戏。

那时由于地域环境制约,气候条件限制,天气一凉,我们西北农村小孩玩的游戏就少了许多,像上树、爬山、掏鸟窝、打水仗、溅水花、捞小鱼、逮蝌蚪、捉蚂蚁、漫水泉、修水渠、和泥捏娃娃、玩锅锅灶等都玩不成了,只好与伙伴将姨妈扫回煨炕的树叶,堆成一个小山丘,然后跳上跳下、翻来滚去地玩。尽管这个游戏很脏,玩过一个回合后,头上身上沾满了树叶和尘土,看上去就像个讨饭的叫花子,但为了玩耍,我们顾不了那么多。它不伤人,躺在上面软酥酥的,既像跳跳床,又像席梦丝,感觉挺美挺舒服的。

后来,三姨妈知道我们玩这种游戏,不但没有责备我们,还给我们找了几个空麻袋,让我们铺在树叶上玩,这样,既不弄脏头又不弄脏衣服。

寒冷的冬天到了,我穿着外婆和三姨妈缝制的红色绸缎棉袄、黑色条绒棉鞋,戴着妈妈为我编织的毛手套和八角帽,在上学的路上观赏着漫天飞舞的雪花,它既给山坡披上了银装,又给草地盖上了厚厚的棉被。啊!好美妙的白色世界,愿世界和人心永远这么洁白无瑕,一尘不染!

岁月如梭,来去匆匆。在玩耍中,我升到了三年级。老师说,三年级对一个小学生来说至关重要,是小学学业的转折点。她要求我们一定要把三年级的所有课程学懂学通,学精学好。可淘气惯了的我们是大错误不犯,小错误不断,气得老师不停地叫家长,不停地叫我们写检讨。

检讨虽然写了,表现和行动却没改进,常常是今天写了明天犯,后天接着继续写。反正犯的错误又不是原则性问题,老师也对我们无可奈何。

随着红棉袄、黑棉鞋、毛手套、八角帽被换下,春风把大地从沉睡中唤醒,我和我的那几个伙伴又成了百花丛中的彩蝶。与其说我们淘气顽皮不听话,不如说我们是春天的使者,是春风派往人间的开路先锋,我们几个走到哪里,哪里就有欢声笑语。尽管家长对我们的顽皮淘气很头疼,可同学们很羡慕,不停地有新伙伴加入我们的团队,弄得人家家长找过校长。我们为此挨过批评,受过指责,作过检讨,饿过肚子,偶尔还得到过家长严重的惩罚——痛打,但这些都没阻拦住我们的玩兴。

就这样,我们在玩耍中又迎来了美丽的夏季。尽管三姨妈家门前的那条小河被酒厂和当地住户倒垃圾而污染了下游,但上游的水是清清的、缓缓的、静静的,不停地流淌着,具体要流到哪里谁也不知道。

当上游的水流至下游,看到阻拦它前行的石头瓦块、烂鞋酒瓶及各种颜色的塑料带和废弃物时,它无奈地哭了!它为人类不保护它而哀伤,为世人不重视它的价值而悲愤,它伤感落泪,呐喊挣扎,"不要挡住我的去路,不要污染我的本质!"

为了排遣小河的哀伤、委屈、无奈、痛苦,我们在各自家中扛来铁锹和垃圾桶帮它开道,没想到,越清理垃圾

越多，越清理心中越气愤，只好从旁边绕道清理。

一周后，终于清理开一条小道，我们兴奋地喊道："堵塞的小河打通了。"接着我们从下游跑向上游玩耍。从此，小河的上游又成了我们玩耍的天地。我们常常唱着童谣中的《量词歌》：

> 一张桌子两杯茶，三棵柳树四朵花，
> 五条鱼儿水中游，六只鸭子岸上耍，
> 七本书，八幅画，九面彩旗呼啦啦，
> 十个娃娃排排坐，滴滴嗒嗒吹喇叭，
> 吹呀么吹喇叭，吹喇叭，吹喇叭。

难怪被姨妈叫过来的妈妈看得开心地笑了，最后还领着弟弟陪我们玩了整整两天。

玩着玩着，一年一度的"六一"儿童节又被我们玩来了，这也是我们渴盼和等待了一年的盛事。它不仅是我们孩子自己的节日，也是每个孩子发挥特长，展示自我才艺的机会。今年的"六一"儿童节，我不但成了文艺组的小主角，还参加了多项体育比赛。因此，我被老师任命为学校的"小喇叭"播音员。这可是从全校几百名学生中挑选出来的！那时，只有老师才有资格当"小喇叭"播音员，学生根本沾不上边，而我今天不仅沾上边了，还成了铁的事实。这让我热血沸腾，热泪盈眶，激动得我中午回去吃不下饭，连跑到小河上游玩耍的兴趣都没了。

昨天下午放学时，杨君婕老师将我留下来，吓得我以为被同学告了黑状，就乖乖站在教室等着接受批评。没想到杨老师拿了根冰棒进来说："给，把它吃了，好好背首唐诗让我听。"

我受宠若惊地看着杨老师不知如何是好。

杨老师接着说："吃吧，这是我专门给你买的，抓紧吃了赶快背，一会儿同学走完了学校要锁门。"

吃罢冰棍，我用手把嘴擦干净，接着给杨老师背了一首《春晓》。

背诵中间，杨老师不停地让我声音大点再大点，调子高点再高点。我尽力按杨老师的要求背诵。背诵了两遍后，杨老师盯着我长时间不说话，紧张得我抬头也不是，低头更不是，不知她在看我什么。她越看我越心慌，越看我越紧张。心想，她到底在看啥，是我今天的脸没洗净还是头没梳光，看得人多不自在。我在心里暗叫，老师啊老师，学生要是有做错的地方，你要打就打，要骂就骂，何苦花这时间盯着看。

看罢，杨老师说："晁婷婷，我咋看你都是个聪明孩子，从你五官长相上看，你将来绝对会有出息的。既然这么聪明灵气，为什么就不好好学习、做作业，老要那么调皮任性地贪玩呢？"

我低头不语，心想，原来她在看我五官和长相，还把我紧张得不知她在看啥！

杨老师又说："你以后少到河里去玩耍，小心发洪水把你卷走。还有，每天要按时把作业做完。"

我虽然点头答应着，心里却不敢保证，原因是我贪玩，怕今天保证了明天犯，那可就麻烦啦！

接着，杨老师又给了我一份稿子说："你今天下午回去把作业写完后不要出去耍，抓紧时间把这篇文章念熟。不，最好是背下来，背得滚瓜烂熟，争取明天早上在学校的小喇叭上给全校师生播音。"

我当时惊讶得以为我听错了，咋都不相信自己耳朵，呆呆地看着杨老师不敢开口，心想，刚才的话是杨老师说的还是我在做梦？她说让我当小喇叭播音员有可能吗？

杨老师看我神情痴痴的，便问："怎么啦？为啥这样

看着我？是怕背不过，还是不愿意当播音员？"

我说："不，不，不！我能背过，一定能背过。我愿意当小喇叭播音员，愿意在小喇叭上播音。"

杨老师说："记住，一个字都不能背错，而且发音要准，朗诵还要规范流利，带着感情，把标点符号和句子中的抑扬顿挫、轻重缓急都要背得分明、清晰，千万不能结巴。明天早早来，我审查后再定夺，看你有没有这个勇气和信心。"

我一听乐坏了，这可是我从未想过的事情，杨老师却这样信任我，我一定要加油，哪怕挣死牛，也不叫翻车。这分明是杨老师给我提供的实践机会，对我来说是千载难逢的一次机遇，我一定要加把力、鼓足劲，哪怕今晚不睡觉，都不能辜负杨老师的期望。

于是，我背着书包跑步回家，匆匆忙忙地写完作业，饭都没吃就开始念稿子。念的过程中，一会儿站着，一会儿坐着，一会儿走着，一会儿蹲着，一会儿摇着头，一会儿闭着眼，一会儿声音大，一会儿声音小，一会儿激动，一会儿沉静。不知反复了多少遍，到睡觉前，我已经能背得滚瓜烂熟了！

为了给三姨妈一个意外惊喜，我回家没告诉她真相。她看我如此认真，觉得有点反常和惊讶，问道："婷婷，你今天是挨批了还是受罚了，咋用功得连饭都不吃？"

我高兴地说："我今天不但没挨批，还有喜事等着让我做呢！"

三姨妈说："啥喜事呀？说出来我听听，看你能做不能做。"

我自豪地偏着头说："不告诉你，你自己猜，看你能猜出来吗？"

三姨妈说："我可不是诸葛亮，肯定猜不出，你快告诉我，让我也分享分享你的喜悦。"

我看着姨妈笑嘻嘻地说："你知道我要当学校的啥啦？"

姨妈说："三好学生绝对轮不上你，你一天调皮捣蛋连作业都写不好完不成，还能当个啥！"

我说："完不成作业不等于当不了小喇叭播音员。我要当咱们悦乐小学的小喇叭播音员啦！要在学校的小喇叭上播音，你说算不算一件喜事？"

三姨妈半信半疑地看了我一会儿说："你在骗人吧？你那么调皮贪玩不用功，还能当个小喇叭播音员？"

从姨妈的口气中，能听出她对我的质疑。但我明白这一切都是我自己造成的，怨就怨我平时顽皮不守纪律，不听老师和家长的话，才有了今天被人质疑和不信任的结果。

小孩子就是这么怪，当你在学习或其他方面有了显著进步时，能被老师及时发现鼓励，赏识认可，不但能使自己劲头十足，信心百倍，还能自觉地克服自身的毛病，纠正身上的缺点。现在，全社会都在提倡赏识教育和挫折教育，这不仅迎合了孩子的这种心理，还能激活孩子内心深处一种原有的美好素养和潜能。我就从杨老师对我的赏识和鼓励、培养与信任中产生了动力，增强了信心。第二天早晨，没等三姨妈叫我，我就自己起床了，边叠被子，边温习老师给我布置的作业。嘿，没想到用心背下的东西竟是这么牢固，一句没漏、一字不错地全记住了。看来世上没有攻不破的难关，怕就怕人不用心去攻。

梳洗完，我拉着三姨妈的手，叫她无论如何要早早到学校来听我播音。三姨妈答应了，我才愉快而兴奋地向校园跑去。

刚进校园，杨老师就迎面而来，微笑着问我："怎么样，晁婷婷，背熟了没有？感觉有不顺口的地方吗？"

我说:"没有,全部背熟了,请老师放心!"

杨老师说:"那快抓紧背一遍让我听。"

我大胆地用普通话给杨老师背诵。奇怪的是,那一刻我没了平日见老师的拘束和紧张,好像是在正式场合背诵一样,感情充沛、激情饱满地按老师的训练和要求,一字一句地背诵着。背诵结束,杨老师激动地拍了一下我肩膀,握住我双手说:"好样的,好样的,你真是个聪明孩子!等会儿在播音时就用刚才的感情和声调朗诵!"

同学们陆续到校,校播音室的喇叭里播放着《我们的祖国是花园》《学习雷锋好榜样》等歌曲。预备铃响了,杨老师很严肃地把我带进校播音室,然后让我站在话筒前,开始了我的小喇叭播音。杨老师捧着另一份底稿站在我身边,比我还紧张。她除了给我助阵外,是怕我中途忘了或停住了,她准备提词接应。还好,算我争气,全程没忘一个字。播音轰动了全校师生,从此,母校的小喇叭播音员一直由我担任,直到我毕业。

我在小喇叭成功播音后,老师总夸我聪明灵气,还有老师说我是天才,我稀里糊涂地听着,飘飘然地乐着,自豪地享受着老师对我的赞誉和夸奖。

同学们听到老师对我的赞赏和夸奖,羡慕地把我当天才看待,也跟着凑热闹。那一刻,我觉得自己是世界上最厉害的人。但三姨妈和妈妈却不这样认为,她们一直说我是"瞎雀碰了个烂谷穗,瞎猫逮了个死老鼠",让我不要骄傲自满,更不要把尾巴翘上天去。

这个小小的成功,是我读书生涯中最大的收获。它来自我的伯乐、恩师杨君婕老师的慧眼,如果没有杨老师的精心培养和鼓励,我就不可能迈进艺术殿堂。

上小学三年来,尽管我有文艺方面的特长,但从未当选过先进,今年学校却破格授予我"优秀红领巾小喇叭播音员"称号,给我颁发了荣誉证书和一支珍贵的钢笔。这支钢笔妈妈至今仍帮我收藏着,并说:"等你将来学业有成的那一天,再把标志着你进步的那支珍贵的钢笔带在身边,走向社会,记录下你的成长经历。"

多细心的妈妈,啥事情都能为女儿想到,难怪在我上学期间,多次索要钢笔她都不给。我心里一直怨她抠门管闲事,我的东西为啥就不能由我自己支配使用?一个当妈的啥都管,连支钢笔都要管,管得也太宽了。但今天,我终于明白了妈妈当年保存这支钢笔的良苦用心。

现在,她觉得我长大了、懂事了,也到用这支笔写文章讲故事的时候了,便拿出来让我带在身边用。我反而让妈妈继续为我收藏保管,等我在文学创作上有了起色后再使用。

妈妈听了会心地笑着说:"看来我女儿真的长大了,妈妈希望你不要辜负这支笔和对你寄予厚望的所有人。"

说实话,若不是妈妈当年为我收藏保管这支笔,恐怕它早被我用坏或遗失了。不知咋回事,上小学的五年间,我经常买一支新笔用不到两天不是丢了就是坏了,要么就是墨水漏得不能用。其实,我每次拿到新笔都很小心谨慎,但越小心越容易损坏,越谨慎越容易丢失!粗略估量,小学五年间我连丢失带弄坏的钢笔不下十五支,气得三姨妈说:"可惜世上的铁匠不焊笔,如果焊笔的话,我一定叫他给你焊支铁笔让你用,看你还能弄丢弄坏。"

记得颁奖那天,我带着灿烂的笑容从缑校长手中接过红艳艳的荣誉证书和金灿灿的带盒子的钢笔时,心里的激动和高兴用语言难以表述,真有"春风得意马蹄疾,一日看尽长安花"的感受。

之后,我走路身轻如燕,气爽目明,脚下生风,精神抖擞,上课认真听讲,下课尽情玩耍,写作业十分用心,打扫卫生积极主动,吃饭按时按点,起床睡觉不用人催,

上学放学不要人接送,干啥都劲头十足,信心百倍。

　　望子成龙,望女成凤,是天下所有父母的美好心愿。可每个孩子的条件、爱好、追求、志向、性格、成长环境、家庭教养等都是不一样的,今天,我要告诉天下所有的父母,当孩子在犯错时,恳求你们不要只看缺点不看优点,只看犯错时的可恨不看上进时的可爱,不要只打骂不表扬,只否定不鼓励,更不要把自家孩子和别人家孩子拉在一起做比较,这样最容易刺伤孩子的自尊心。

　　由此,万万不可用统一标准来衡量并要求孩子。当孩子的情绪出现问题时,应该先了解孩子心理是否出现了什么问题,发生了什么变化,遇到了什么困难,严重到什么程度,试试用爱心和耐心帮助孩子克服困难,调整心态,或用鼓励来激发孩子的自信,唤起他内心深处对学习的激情和热情。千万不能羞辱、怀疑或用激将法。最好的良药是信任、鼓励、包容、理解、发掘。当然,这个处方不一定对所有孩子都有效,关键还在于家长的爱心和耐心。

　　随着小喇叭的频繁播音,我这个让父母整天愁肠煎熬的多余女,一下引起了妈妈的极大关注。暑假,她哪儿都不让我去,亲自接我回她身边给我补课。

　　回家后,我发现家里的房屋和家具虽然陈旧过时,可被妈妈打扫得一尘不染,摆放得井然有序,她要求我吐痰、扔纸屑、上厕所、丢果皮、挂衣服、放书包、写作业等都要有固定的地方,哪儿取的东西用罢要放回原位,不能乱摆乱放。不然,她会絮絮叨叨、喋喋不休地唠叨个没完没了。

　　每晚睡觉前,不仅她自己洗脸洗脚,还要求我们姐弟这样做。我当时真想不通,谁家人在睡觉前还洗脸洗脚呢?洗那么净睡到炕上谁看呀?水那么缺,香皂那么贵,硬要浪费!还整天嚷着叫我们节约节约,自己都不节约还有嘴说娃娃？真是城里人不知乡下人的吃水难，大人不知道娃娃的懒习惯。

　　除此之外，她还不允许我们剩饭，还说谁碗里有剩饭渣子，长大后，男娃会娶个麻子脸媳妇，女娃会跟个麻子脸女婿！我们听了都信以为真，不敢剩饭渣，害怕长大跟麻子女婿、娶麻子媳妇。她还教育我们说，碗里的每粒粮食都是农民伯伯用血汗换来的，没有他们的辛勤耕耘，就没有我们的温饱，因此，我们要珍惜他们的劳动果实，浪费粮食就等于浪费他们的力气和血汗，他们知道后，会怨恨我们的。

　　此后，我们姐弟改掉了剩饭的坏习惯，没了浪费粮食的坏毛病。

　　还有，妈妈睡觉前不允许我们吃东西、说闲话、看电视、玩扑克，乱七八糟的一大堆不允许，让人听了很讨厌。她还要我们按时作息，谁想多看一分钟电视，多睡半分钟懒觉是绝对不行的。原因是她本人的作息时间很规范，由此，对我们也同样严格，谁想溜出去玩一会儿都没门。那时，我和弟弟真恨家中那个大铁门和大铁锁，等不得人抬脚，它倒先报警。一般情况下，没有妈妈的允许和陪伴，我们想要私自开门出去玩耍，那是绝对不可能的。即使我们轻手轻脚地把门弄开出去，不到两分钟，她会像侦探似的将我们抓回来。我们气得没办法，盼望她生病，可她生病了也不放过我们，下班时把我们看着，上班时锁着，我们想飞也飞不出去。虽然她给我们买了跳棋、象棋、五子棋、玻璃球、弹力球、水枪、沙包、皮筋等，但老让人玩这些，时间长了就玩腻了，觉得玩得不过瘾，没意思。于是，妈妈前脚走，我后脚就跑到院子找玩具。

　　找着找着，突然看见一只小雀雀，落在我家院子的房檐上东看西瞧地不知在找啥，用小眼睛不停地搜寻着。我

用手扬了几次想赶它飞走,它却像钉子钉在那儿不动弹,似有回家的温馨感和踏实感,又有"我就不走"的傲骨和胆量,似乎在说:"你凭啥赶我?我不但是你妈妈欢迎的客人,还是她请来的贵宾。这里有我盖下的房子,筑起的小屋,还有我的孩子和丈夫,你个毛娃娃凭啥赶我?不赶了咱们可以作罢,再赶,小心我找你妈妈告状!"

嘿,我不但没赶飞它,它还叽叽咕咕的仿佛在数落我!那就等着瞧吧,住在我家不讨好我还骂我,看我咋收拾你!我便叫出弟弟准备逮它。弟弟忙喊:"姐姐,不敢逮,不敢逮,这可千万不敢逮,它可是妈妈最欢迎的稀客。它来咱家已经三个年头了,妈妈一直拿它当亲人看待,当儿女喂养。它也陪我和妈妈解了不少闷,给我带来了许多乐趣。"

我听了纳闷地问弟弟:"一个碎雀雀能给你带来个啥乐趣,说出来给姐姐听。"

弟弟说:"姐姐,你不知道,妈妈每天上班走了把我一个人锁在家里多孤独,我害怕的时候就把房门锁上,用棍顶住,盼着妈妈快下班。心慌了就把房门打开站在院子里看雀雀咋飞咋唱咋衔食,雀雀真的通人性哩,它看我孤独时,不但同情我理解我,还不停地给我说话壮胆。尽管我听不懂它说的话,但它的嗓门大,音调高,态度好。可爱的是它说话时,一会儿头朝左,一会儿头朝右,一会儿头朝天,一会儿头朝地,一会儿嘴很快,一会儿嘴又慢,还不时地展一下翅膀让我观看它焦红的胸腹和漂亮的羽毛。它真的很乖很听话。在我闲了逗它玩耍时,它也不忙着跑出去寻食或进窝睡觉,就停在原地陪我解闷聊天。"

我好奇地说:"啊?没想到雀雀这么通人性!"

"是的,姐姐,你看它这么听话这么乖,你忍心赶它走吗?你要不听我劝赶它走,就是头往马蜂窝里塞。你不知道妈妈有多么疼爱它！"

"我咋能知道呢，我除了知道妈妈疼你爱你惯你外，今天才知道她放下我这个女儿不疼爱，却要疼爱一只碎雀雀！那咋不让雀雀给她当女儿，为啥要生我？简直是吃上五谷没事干。"

"真的，姐姐，我一点都没哄骗你。"

"你骗我的话我心里还好受点！"

弟弟接着向我讲述了妈妈如何爱护小鸟的故事。他说："不论春夏秋冬，酷暑严寒，只要妈妈在家，每天都给雀雀换水放食物，从不间断。还经常把她自己舍不得吃的食物撒到院里让雀雀吃，并让我不准欺负追打它，说雀雀通人性，懂感情，能辨别好坏与善恶。它既然在众多家户中选择了咱家，咱们就要用心保护它，善待它。每年的这个季节，它都要来咱家大房的烟囱筒子里下蛋孵蛋。不信你爬上去看，这个烟囱筒子里边就有它盖的窝，说不定还有它下的蛋呢。"

我说："是吗？"

弟弟说："就是的，为了这只雀雀，妈妈三年都没给大房炉子生火了，也没拆这半截炉筒子，是专门留下让它下蛋孵蛋、睡觉休息的。"

我盯着炉筒子看了一会儿想，那里面一定有鸟蛋，便拉着弟弟的胳膊说："那咱们上去看看，看它是个什么样的窝，再顺便看一下有没有鸟蛋，听说鸟蛋炒熟比鸡蛋好吃。"

弟弟说："那么高，咋上去？既没梯子又没路，恐怕上不去。"

我说："端上几个板凳摞上。"

弟弟听了转身跑进房子端出两个椅子和一个小板凳。我还没准备好上呢，他却踩着摞好的板凳上去了，伸手一摸,激动地说:"姐姐,快来看,鸟窝里有四个蛋。"他边说边捧出了鸟蛋,高兴地说,"姐姐,鸟蛋还热着哩,敢不敢收完?"

我说:"收上一个,放回去三个。"

弟弟很听话,按我说的放回去三个,拿下来一个。

嘿,人说鸟蛋乖,它当真俊秀乖巧;人说鸟蛋小,它当真比鹌鹑蛋还小,但比鹌鹑蛋的皮光滑,色好看。粉红色蛋皮就像少女的脸,娇嫩细腻,光滑亮丽。我爱得拿在手中摸了又摸,看了又看,咋都看不够。

弟弟站在我身边急得说:"姐姐,你看了半天了,让我也看看!"

我说:"你别看了,咱们干脆打烂看个仔细好不好?"

弟弟说:"好,就按姐姐说的办。"

我"啪"地一声将鸟蛋摔在地上,本想摔开看个究竟,没想到,展现在我们面前的是一个小生命在蛋壳里蜷着。天哪,我咋闯了这么个大祸,把个小生命在不经意间摔死了。我后悔、内疚得难以言表!可怜的小生命,你爸爸妈妈知道后,有多伤心多痛苦……我和弟弟愣愣地站着看了半天商议说:"赶快跪下给它磕头求饶,求它原谅我们,给我们一次醒悟的机会,好让我们以后不干坏事,不破坏小鸟的生存居住环境。"

于是,我们姐弟两个并排跪在地下,不住地给它磕头赔不是,"小鸟啊小鸟,实在对不住,我们不是有意的,真不是有意的,我们只想把蛋壳摔破看看里边的蛋黄是个什么样,没想到犯下这不可饶恕的罪。小鸟,请听我给你说,虽说我们同在一片蓝天下,同住一间房,但我们从来没有红过脸吵过架,没有理由杀害你。再说,你又是我妈妈欢迎喜爱的座上宾,我们姐弟哪敢杀害你!我们刚才的举动只是出于好奇,真不是有意要杀你,不信我们可以对天发誓。"

弟弟抢过话题说:"就是的,雀雀,我姐姐说的全是真话,我们无冤无仇的,真不敢杀害你。这么多年,你妈妈住在我们家里,不光我妈妈喜欢她,我们一家人都很喜欢她,我妈妈为你妈妈冬天连火都不给我们生了,我们不但没怨言,还跟着我妈妈喂养、保护你妈妈。求求你看在我们全家往日对你妈妈好的份上,原谅我们,不要怪罪我们。"

正说着,听到邻居家的孩子在我家大门口玩得热火朝天,我和弟弟立刻从自责中解脱出来,恨不得一下把院墙推倒、大门卸了跑出去跟他们一块玩。但这个院墙和大门虽然不是铜墙铁壁,却也是砖墙铁门,不好推,不好卸啊!

弟弟听了一会儿,跑到房檐下把凳子搬到门口,摞起来站上去和他们说话。我这时也不由自主地想起了我的小伙伴,情不自禁地流下了泪水。

我越想越气愤,越气愤就越想得多。中午,我们本来一点睡意都没有,妈妈却非要逼我们上床睡觉,还搂上弟弟哼着催眠曲:"噢,噢,娃娃乖,睡觉觉,睡醒来,要馍馍……"渐渐地,弟弟睡着了,而我没有一点睡意,她却哄我说:"睡吧,女儿抓紧睡,睡习惯了到时自然想睡。睡午觉和吃早餐对人体健康特别有利。"

我听了气得偷偷地骂:"利个屁的健康,还不是在哄我们陪你睡觉哩,骗谁呢?我长这么大,中午从没睡过觉,还不是好端端的,分明是不想叫我们玩耍,找啥借口呢!"

还有学习和作业,她天天唠叨,时时检查,唠叨得我实在有些讨厌。有时,我趁她不注意,偷偷地用指头指她,用唾沫唾她,用眼睛瞪她,用恶语咒她。有时,她突然转过头来看我,吓得我装作若无其事的样子继续听

她唠叨。她看我如此认真地听她唠叨，反倒不唠叨了。但不论我怎样烦她怨她，都改变不了她对我写作业的监督和唠叨。

正是在妈妈的督促唠叨下，这个暑假，我破例提前半月完成了所有家庭作业。如果一张作业里边有两个错字和一道错题，妈妈都要盯住让我重做。有时，我心里不情愿，就试探着说："妈妈，老师叮咛我们，不准随便撕扯作业本上的纸。"

妈妈说："这规矩我知道，我们上学时老师也是这么要求的。可对你就要例外，谁叫你不用心做作业呢？叫我说，多撕几回是好事，不仅让你这不用功的懒学生在下次写作业时格外注意，还会用心完成老师布置的所有作业。"

我看了看妈妈，心想，她咋能把我心理活动摸得一清二楚呢？莫非她跟孙悟空一样，长着一双火眼金睛，能看穿人的内心世界，能猜透人的所思所想？真不简单，看来以后还真不敢在她面前偷懒，如果再叫她抓住，可能就不是另做或重做的事了，说不定还会被重罚的。但在重做时，她不停地唠叨我写字坐姿不好，执笔手法不对，字写得难看，笔画也不规范，好像我就没有一点长处或是做得正确的地方。她一边唠叨一边纠正，为让我练字，还给我买了钢笔字帖，让我每天在字帖上写两张，练习本上练两张。有时写得我好烦好累，心想，我咋能摊上这么个多事的妈，一天净给人没事找事，字嘛，会写就行了，写那么工整好看能当饭吃吗？真讨厌！

除了做作业、写字帖外，妈妈还要求我学着记日记、写作文，把她在工作中组织给她奖励的塑料皮笔记本，从木箱子拿出来对我说："这是我多少年没舍得用的几个本子里面最好的一个本子，送给你，希望你能珍惜它，用它来记录下你的生活经历和童年趣事。"

当我从妈妈手中接过那个笔记本的瞬间，心中萌发了一种说不清的感受，她自己舍不得用的东西为啥要给我？是否意味着信任、希望与鼓励？我爱得用手摸了又摸，紧紧揣在怀里怕丢失。

弟弟在一旁看了看说："妈妈，我也要，我也要！你为啥要把好本子送给丑女子不给乖儿子呢？"弟弟边说边跑来抢，我怕他抢去不给我，双手把本子举得高高地让他摸不着。

拿到笔记本后，我实实在在地按妈妈的要求做了。不过是有兴趣了天天记，没兴趣了隔一天或两三天记一篇。有时，还在日记里骂妈妈太严厉、太冷酷、太干净、太唠叨、太爱抓人学习了，并给她起了个"爱管闲事的妈妈"的外号。当然多数时候还是记录我们孩子间发生的一些趣闻轶事。

说实话，我记日记的习惯就是妈妈从这个假期培养下的。写这本书时，好多故事都是从这本日记里记的故事写起。可惜，写着写着，日记本不翼而飞了。这让我找了好多天也没找到。我怎么都想不通，未出宿舍门的本子咋能丢失，它不仅把妈妈对我寄予的希望和信任丢了，还把我童年经历过的酸甜苦辣一起丢了。

上到三年级，自然而然地有了作文课，写作文是我最愁的作业。妈妈知道后，立即把姐姐用过的作文书和童话书找出来让我看，我却偏偏不爱看这些书。妈妈便强行逼着我看，有时还让我抄写背诵书中的好词好句好段落，然后给我讲解这篇作文的特点和主题思想。讲完又让我模仿着写，写完后，她又耐心批改。批改完让我再抄一遍，抄写完还要提问，直至我回答得令她满意为止。

就这样，这个暑假虽然压力大，任务重，但我在学习上有了明显的长进，同时还帮妈妈看了一假期弟弟。唯一遗憾的就是没玩好,特别是没和我们"玩耍队"的那帮小伙伴见面,甚是想念。

开学时间一天天临近,我庆幸自己将像小鸟一样飞出牢笼,回归大自然。三年来,我除了在文艺、体育、朗诵、演讲、播音方面有特长,受到过老师的表扬和奖励外,在学习上成绩一般,从未受到过老师的表扬。可这学期开学刚三天,我就受到了老师的表扬。这对我来说,是个极大的鼓励。老师首先对我写字的进步给予了充分肯定,并将我的语文作业发到全班传看,还问我:"晁婷婷,你是否在假期练习过钢笔字帖?"我说:"练过,是我妈妈让我练习的。"老师爱抚地摸了摸我头说:"好样的,你妈是个负责任的好妈妈,按她的要求去做,你将来一定会成为一个优秀学生!"

老师的肯定和表扬,像一股暖流注入了我心田,给了我向上的力量,我暗暗发誓:一定要争气把学习搞上去,绝不辜负老师和妈妈的期望。

一天,郭凯表哥的同学给他送来一只小白兔。那只小白兔很可爱,讨人喜欢。它的绒毛像天上飘下的雪花做成的,又像小麦磨成的面粉做成的,洁白无瑕。红红的眼睛像两颗红玛瑙,明亮晶莹,炯炯有神。两只耳朵长长地竖起,不住地听着周边响动,听不到动静就会把耳朵耷拉着作睡眠状。如果稍有一点风吹草动,它就会"唰"地一下将两只耳朵竖起来认真听,非常警惕地用那两只红玛瑙似的圆眼睛搜寻着声响。当它观察没有啥动静和危险时,就一蹦一跳地寻找着食物。我和表哥不知它爱吃啥,想了想,表哥让我给小白兔喂方便面和火腿肠。当我俩手忙脚乱地把这些食物拆开放到它的窝边时,它连看都不看一眼!我们以为是食物太大,小白兔的嘴小吃不下去,又好心好意地给它弄碎,希望它能多吃点。可它不给我们面子，还是不吃。不过，这回它把火腿肠闻了闻，看了看。表哥高兴地说："快看，兔子想吃火腿肠哩，准备吃了！"我边看边喊："就是的，太好了，太好了！"

当我们走近小白兔时，才发现它根本就没吃这些食物。我心想：咋不吃了？这才怪啦！这么好的食物，我们都舍不得吃让给你，你咋只闻不吃呢？是不是还嫌大？表哥想了想说："可能就是嫌太大，它嘴小，嗆不住，赶快用你嘴给嚼烂叫小白兔吃。"表哥边说边把放在窝边的火腿肠拾起让我用嘴嚼烂喂小白兔吃。

我看那上面沾着杂物和尘土，就说："还是你嚼吧哥哥，你嘴大，你嚼合适。"

表哥看了我一眼后威严地说："我是你哥，你是我妹，我让你嚼你就嚼。快点，小白兔还等着吃哩！"

我当时嫌脏不情愿，心想你都嫌脏不嚼叫我嚼哩，我就不嫌脏？你不嚼我也不嚼，叫兔子饿着去。再一看表哥的威严，想到小白兔饿肚子的可怜，也顾不了许多，丢进嘴里嚼了起来。嚼烂后吐出放在窝边等它吃，它还是不吃，气得我说："真不依好，一点儿都不照顾人的情绪，是不是想挨打？"顺势举手要打小白兔。

表哥急忙说："不要打，不要打，千万不要打，它还小，越打越不吃了，小心给饿死！"

我说："那它啥都不吃饿死了咋办？会不会是渴得吃不下去？"

表哥说："差不多，可能就是渴了，你快去端碗清水来，看它喝了后吃不吃。"

我跑进厨房舀了满满一碗清水，小心翼翼地端着走向小白兔。放下后，它又不喝。

表哥气得说："它不吃不喝想干啥？是不是在绝食，咱们干脆逮住给它灌。"

　　此话正合我意,我俩拉开了逮小白兔的架式。哪知任我俩左拦右挡地追了几十圈都没逮住。追着追着,它聪明地蹦到了三姨妈的小卖部,竖着耳朵用眼睛看着三姨妈,样子很可爱,像在乞求姨妈快救它。

　　三姨妈看见后,问我们为何追赶它。

　　我们生气地说:"它不知好歹,给它那么多火腿肠和方便面让它吃它不吃。以为它渴了,给它端水让它喝它又不喝。急得我们没办法,准备逮住给它灌吃灌喝呀!"

　　三姨妈听后笑弯了腰,说:"我的好瓜娃呢!不是小白兔不吃,而是小白兔压根就不吃这些食物。兔子吃的是草,草越嫩越好。"

　　我猛然间想起了人们常说的那句话,"兔子不吃窝边草"。对对对,兔子吃的是草。我转身就向房后的田地跑去,拔了许多叫不上名的小草抱了回来,刚扔在窝里,小白兔就迫不及待地吃了起来,小嘴巴一张一合地发出"啧啧啧"的响声,样子真逗人。

　　从那天开始,每天放学后,我总是先拔草喂小白兔,然后再吃饭写作业。作业写完后,它早已吃饱肚子闭着眼睛睡大觉了。而我还要蹲在它的窝边陪它好长时间,因为它和我一样,都是被父母送了人或寄养到别人家的,我只能用实际行动来照顾它,陪伴它度过每一天。

　　不知不觉,我升到了四年级。四年级的数学越来越难学。尽管老师鼓励我们要发扬头悬梁锥刺股的精神,勤奋学习,刻苦钻研,可嘴上说的和实际做起来是两码事。越是学不懂的课程我就越不爱学,越不爱学就越落后,每天提起上数学课头有斗大。老师讲课时,我尽量控制自己不要走神,认真听讲,但听来听去啥也听不进去。开始,测验还能勉强考个五六十分,到期中和期末考试却连这个分数都保不住。

数学老师把三姨妈叫到学校如实说了我的学习情况，三姨妈听了非常着急。回家后，不仅不让我给小白兔拔草了，还不准我跟小伙伴玩耍，并对我的数学课程加大了复习监督力度，还在她力所能及的情况下，开始接送我上学放学，天天坚持给我补数学课，改数学作业。坚持了一学期，我的数学成绩有了明显进步，这功劳归功于三姨妈。现在回想起来，我从心底感激、敬佩三姨妈。

提起三姨妈，不仅我感激，妈妈也常念叨，她的演艺事业之所以有成就，一半归功于三姨妈的大力支持。作为一个县剧团演员，妈妈一年有三分之二的时间都在农村给群众演出。那时，姐姐幼小，妈妈和爸爸下乡演出时，就把姐姐送到三姨妈家让她看护。因此，三姨妈不得不把她刚刚找下的工作辞掉，帮助妈妈和爸爸度过难关。

听妈妈说，我出世后，她和父亲一开始商量将我寄养在三姨妈家，三姨妈也同意。后来不知为啥，父亲突然改变主意，将我寄养在姑姑家。再后来，母亲生下了宝贝弟弟，三姨妈就成了我家的"流动保姆"。不论她家里活计多忙，只要接到爸爸妈妈的电话，她不顾晕车，不嫌路远，放下自家活计，便匆忙赶到我家照顾姐姐和弟弟。

再后来，我们家是天灾人祸接踵而来，尤其在我这个被世俗观念嫌弃，让母亲煎熬的多余女是寄养家不愿要、生育家不敢回的苦难时日，三姨妈不顾家人反对、生活拮据，慷慨将我收养。期间，为我的学业早起晚睡，陪做陪读；为我的饮食起居精心调理，细心照料；为我的成长教育耗尽了心力。可我，因为年幼，不理解她的苦心。她一抓学习，我认为是她多管闲事；一约束我玩耍，我认为她是讨厌我、嫌弃我、看我不顺眼、烦我不听话，有意找茬报复我，气得姨妈哭过鼻子，看过医生，在苦恼和矛盾中，纠结并犹豫着不知如何看护我，在家人的劝说下，差

点放弃我……

尽管如此,三姨妈还是用善良仁爱、包容大度的胸襟继续替故去的爸爸、寡居的妈妈担负起教养我成长的重任。

常言道,生儿容易育儿难,教育女娃难上难。由此可见,女娃娃长到受教育阶段是最难管理和教育的。三姨父和三姨妈恰恰在这个关键时刻,肩负起了教育我的重任。

通过三姨妈尽心竭力的管教和补习,我的学习成绩明显上升。老师为了鼓励我,将我选为班里的文体委员。这突如其来的惊喜,让我兴奋得难以平静,连三姨妈听到这个消息也很激动,把我从头到脚端详了又端详,然后将我抱住给了个吻。由于爱的稀缺,在我记忆中,三个家庭的所有人很少吻我,包括故去的爸爸。所以这个吻对我特别珍贵。

我说亲吻的稀缺,不是亲人吝啬不给我,而是我感到亲人很陌生。有时,在未见面前,我也想着今天见了他们,一定要让她们亲吻我,但见了面他们要亲吻我时,我突然觉得很别扭,认为他们都是在伪装、哄骗、安慰我,心里马上产生了抵触情绪,不让他们亲吻。因此,三姨妈给我的这个吻,不仅让我感到温暖,更让我终生难忘!

多年来,每当我看到别人家孩子在父母的怀抱撒娇淘气时,我的心就像打翻了五味瓶,不是掩面啼哭就是在心中对天呐喊:老天爷呀老天爷,你为啥对我这么不公平?人家孩子为啥有爸妈疼着,爷爷惯着,奶奶宠着,叔婶护着,而我就没人疼护宠惯?说我没爸爸,居然有两个;说我没妈妈,两个都健在。可我在两个爸爸与两个妈妈身上连个吻都得不到?

因为我的生母给了我生命,没给我疼爱;给了我吃穿,没给我温暖。我养母虽然拉扯了我,却没给我和她亲生孩子同等的爱。三姨妈虽然疼我,但她也有自己的孩子需要她疼爱。我就像孤草和浮萍，总有心靠不了岸，身回不了家的感觉！

总之，没有爱的孩子真可怜！当我因得不到爱而痛苦时，就不由自主地哼起那首让人揪心流泪的经典歌曲：

世上只有妈妈好，有妈的孩子像块宝，
投进妈妈的怀抱，幸福享不了。
世上只有妈妈好，没妈的孩子像根草，
离开妈妈的怀抱，幸福哪里找？

我不知我的幸福在哪里，哪里才能找到我想要的幸福。每当回到家里看到弟弟在妈妈面前理直气壮地撒娇，肆无忌惮地说话闹腾时，我都想替妈妈管教管教他。可妈妈不但不生气，反而还笑嘻嘻地把他用肩膀掮上，脊背背上，双手抱上，或者用手拖着，上街给他买玩具。留下多余的我，有种说不出道不明的伤痛和无奈！尽管弟弟多次跑到妈妈面前给我说情争取，让妈妈把我一同带出去转转街、散散心，可妈妈从未采纳过弟弟建议，从没想过我的感受，照顾过我的情绪，还哄我说："妈不能带你上街，带你上街让人看见会告我违反计划生育政策，我会被开除公职的。"

因为缺爱，我心里总是很失落，加之一次次的失望，一次次的打击，让我又想到了性别带给我的无奈和痛苦。我们姐妹同在一个时代，同在一个国家，同属一个民族，同在一个家庭，同是一个母亲生，同在黄土地上生活，为啥被给予的爱和得到的爱竟是这般不一样？

常言道，人不伤心不落泪，落泪人儿最伤心！此刻，多余的我只有通过眼泪才能把心中的一切不平和痛苦释放出来。但天生倔强的我，从不把心中的伤痛说给别人听，始终把泪水控制着不在妈妈面前流，那是我不愿意让她看

到我脆弱的一面。当我难过得实在无法自持时,就用毛巾把嘴捂住,再用牙齿把毛巾咬住默默地哭!

不知是心灵上的隔阂,还是时代和现实给我们母女造成的代沟,我就是不想让她知道我心中的秘密。

说到此,我又想起了七岁那年,我被寄养到三姨妈家上学时,郭凯表哥都上四年级了。但他每天放学回来还要在三姨妈的怀抱坐一会儿,哪怕只有半分钟,三姨妈也要把表哥抱上摸头亲脸,问寒问暖,还一个劲地问:"吃啥呀,喝啥呀,去学校时拿啥呀?"那种爱是发自内心的真爱!大伙想,我此时的心能不滴血和难受吗?

天长日久,我性格变得越来越暴躁,脾气也越来越古怪,只要看见别人家的孩子有人亲吻有人爱抚时,即刻就想躲藏,随之而来的便是纠结埋怨。

随着时间的推移,年龄的渐长,我越来越自卑,学习越来越没信心,上课马虎,下课郁闷,回家愁眉苦脸,夜晚经常失眠,埋怨妈妈不该将我带到这个世界,留在这个家庭,让我承受不该承受的这份罪孽,不该把我生下当物品似的今天寄到这儿,明天送到那儿,让我思家想娘,痛苦煎熬……

由于心不在焉,胡思乱想,我的学习成绩迅速下滑。上学对我来说变成了苦差事,我只好当一天和尚撞一天钟。三姨妈只好把实情告诉了妈妈。妈妈听了很焦急,天天在电话上劝我、哄我甚至骂我。但不论她采取啥措施,我都是这只耳朵进,那只耳朵出,照样我行我素,气得妈妈没办法,只好利用寒假给我补习文化课和戏曲基本功。

妈妈的补课办法是不请老师不交费,让我自己将学过的课本一课一课复习,碰到她不懂的难题,就拿着去向别人请教,然后回来再教我。同时还给我买了复习提纲和试卷,试卷后面有答案,她怕我照抄,就把答案扯下来锁在抽屉，等我把当天的试卷做好后，再从抽屉将答案拿出来对着试卷逐字逐句地改。那个麻烦和费事，没有耐心和毅力是坚持不下去的。正是妈妈的执着行动和精神，唤醒了我学习的自觉性。

此后，除正常做作业外，我每天在妈妈的监督下，要坚持写两张钢笔字帖，记一篇日记，早晨六点还要跟妈妈练戏曲基本功。戏曲基本功看起来简单，练起来很难。起初，我以为练功就是玩耍，甭提那个喜悦和高兴了。谁知实践后，才知不是那回事儿。在给我练功拔筋骨时，疼得我直喊，妈妈却板着脸说："忍住不准喊，害怕疼痛为啥不好好学习？只要你好好学习，这个疼你完全可以不受，苦也可以不吃，只要你努力学习，这个筋你完全可以不拔。"

那时的我，偏偏愿受这个疼，愿吃这份苦，愿拔这个筋，由于我练功认真，进步很快。妈妈高兴地在电话上给三姨妈说："三姐，你知道婷婷这个假期表现得多好吗？不但复习会了原本没有学懂的个别难题，还在基本功训练上有了新突破，把单叉和双叉都练下去了！她能吃苦，有毅力，将来在戏剧事业上会有建树的。"

三姨妈说："你几个娃都有你们的遗传基因，尤其是婷婷。不行了就让娃学艺唱戏去，免得考不上大学没事干，流向社会打零工。"

开学了，我又得去过寄人篱下的生活。这种生活我从内心深处不愿过，但不过又有啥办法？回到自己家中不是复习就是做作业，要么就是临字帖、记日记、练功、看弟弟。苦累不说，还被妈妈当犯人似的，一直锁在家中哪儿都不让去，那个心慌焦急，用语言无法形容！我气得偷偷地骂："这是个啥烂怂家，哪有一点家的味道！"

幸好我回来还能给弟弟做伴，陪弟弟共同度过了这没

有人身自由的生活。但我不在家的日子,不知弟弟是怎么度过每一天的。看来,我们姐弟一样可怜恓惶、孤独无奈。

可能是老天有眼、神灵保佑,弟弟的精力很充沛,他比我小,却比我好动贪玩几十倍。每天早晨起来,他扑闪着一双炯炯有神的眼睛不停地跳动,犹如不倒翁,坐不住,压不倒。从早晨七点玩到晚上九点还没睡意,而且是哪里高往哪里爬,哪儿险往哪儿跑,妈妈把他锁在家中就不怕他触电摔伤吗?

我问妈妈:"你当年把我和弟弟锁在家里就不怕出现意外事故吗?"妈妈说:"咋能不怕呢,你想能不怕吗?当初说不怕都是哄你们的话,那是为了给你们壮胆长精神,给自己宽心鼓劲说的违心话。可我再怕有啥办法,妈总不能整天在家里陪你们不去上班。"

难怪有人说:善意的谎言是拯救人类灵魂的勇气。原来妈妈的谎言也是为了给我们壮胆长精神,鼓劲过日子。真难为妈妈了!

妈妈还说,她人在单位心在家,无时无刻不在牵挂我们姐弟,想我们这会儿在做啥,玩啥,上没上墙,摔没摔跤,绊没绊疼,万一上墙摔断胳膊和腿了咋办,这会儿动没动电器的插头……想到此,吓得她不顾一切往家里跑。

跑回去看到弟弟用被子把自己包得严实的在炕角蜷着,悬着的心虽然放下了,内心却很自责,发誓说:"哪怕不上班不挣钱哩,也不能叫娃再受这份委屈了!"

可为了生存,为了我们姐弟的成长,上班时间一到,她照常会把弟弟一个人锁在家里去上班。

那几年,妈妈说她一离开家就胡想乱想。幸亏弟弟从小听话懂事,虽然没人看护,但他从不惹事生非,闯祸添乱。还说弟弟能平安无事度过那些不堪回首的艰难岁月,与左邻右舍的叔叔阿姨、爷爷奶奶的好心帮助分不开。特别是南爷爷和南奶奶，在她上班时，两位老人帮她照看弟弟；她出差时，两位老人帮她照看门户；她生病时，两位老人又帮她烧水送饭，陪护做伴，还给弟弟喂吃喂喝，接送上学。虽说这些事情都是生活中的小事，但对南爷爷和南奶奶来说，是非常难能可贵、艰难不易的。原因是他们那时已年过六旬，百病缠身，有时连自己都顾不上，却用一副热心肠在帮助我们，我们能忘记他们这份恩情吗？

话说回来，我是回家怕复习，到校怕学习，这就是我不愿在这两个家庭待的主要原因和症结。但在学业没有完成，生活不能自理时，我还得服从妈妈的安排。

就这样，我又被妈妈送到了三姨妈家。三姨妈好心好意地包了饺子，炖了鸡肉，留了兔肉等着我回去吃。当我在兔窝里找不见小白兔时，一种不祥的预感袭上心头，莫非姨妈给我留的兔肉就是小白兔的肉？这咋可能呢？不是说好不宰杀小白兔吗，她咋会食言不讲信用呢？我询问后证实了，她们不仅宰杀了小白兔，还把小白兔的肉炖熟留下叫我吃呢，并说："兔肉比啥肉都好吃，吃了还有营养不长肉。"

曾经活泼可爱的小白兔，现在却变成了餐桌上的一盘菜，我心里悲愤极了，人怎么可以这样残忍无情，咋这样对待自己养的兔子呢？为了加强营养，满足自己的食欲，竟然杀害了一只活泼可爱的小白兔，也太自私无情了！我气得哭着问："姨妈，不是说好不杀小白兔的吗，是谁杀的？谁杀了叫谁吃去，我怕吃了兔肉肚子疼，更怕它转世问我为啥要吃它的肉！我们两个那么好，我咋忍心吃它呢？"

小白兔被宰杀后，我像一个为它守灵的人，每天放学回来都要先去它的窝边转一圈，看到兔死窝空，那种失落和悲伤无法形容，常常在做完作业后，身不由己地去兔子

窝边蹲好久好久,还为此作了一首《祭兔诗》:

> 面对空巢徒伤悲,白兔一去难返回。
> 昔日相爱好伴侣,而今孤女独自泣。
> 野草寸掐十指绿,魂窟枉觑两眼黑。
> 俯身焚香我祭汝,低首寄语望翠微。

望着望着,又望来了新的一年,给我这失去至爱的孤独心灵带来了希望。我闻到了春天的气息,听到了春天的脚步,看到了春天的生机。

春天带着生命的火花、希望的种子向大地走来。春天,你辛苦了!我代表我的伙伴欢迎你,拥抱你。你的到来,给大地带来了无限生机,让原野披上了绿色新装,万物苏醒,泥土芳香。我给你唱一首老师教给我们关于你的儿歌吧:

> 春天的花儿红艳艳,春天的草儿绿油油;
> 春天的树木郁葱葱,春天的燕子来旅游;
> 春天的风景美如画,春天的快乐数不清。

为了不忘友谊,寄托对小白兔的思念,我不时地在田间地头、坑畔地塄上把小白兔爱吃的嫩草拔下来往回抱。草拔得越来越多,堆堆得越来越大,三姨妈看见劝说道:"婷婷,听话,不要再拔了,拔下也没有兔子吃,堆到那儿小心钻毒蛇!"

听到草草吸引蛇,我吓得不敢再拔了,因我从小就怕蛇。但我对小白兔的思念并没有因此而消逝!

三姨妈看到我每天都在小白兔的窝边蹲下发呆流泪,啼哭不止,知道我是想小白兔,渴望小白兔能复活,便对我说:"婷婷,姨妈知道你想小白兔,舍不得小白兔离开你,是姨妈不好,姨妈宰杀了它,姨妈对不住你,对不住小白兔。姨妈实在没法让小白兔复活,你再不要伤心啼哭了,过两天姨妈给咱们捉些鸡娃喂养好吗?"

我听了自然高兴。

过了十多天,三姨妈果真从集市上买回来六只可爱的小鸡,叫来杭鸡,还说来杭鸡比土鸡好喂养,长得快,下蛋多。其中有一只小白鸡,因浑身雪白很像小白兔,在纸箱里不停地转悠着,转悠了一会儿就跟别的小鸡挤在一块儿闭着眼睛睡着了。我看它们毛茸茸的怪好玩,伸手就去摸。它们以为我要逮它们,一个劲地在箱子里来回跑,并发出"叽叽叽,叽叽叽"的叫声。姨妈以为小鸡饿了,急忙端来小米和凉水给它们喂食,它们啄食的样子真好看。吃饱后,它们又来到盛水碗边喝水,喝水的动作很奇怪,每喝一口水,就要仰起头看一下天,然后才把水咽下去。我不明白鸡喝水为啥要仰头看天,便问三姨妈是咋回事。

三姨妈给我讲述了一段关于鸡和兔的故事:

从前,在一座大山上,有一只鸡和一只兔子,关系好得跟亲姊妹一样,形影不离。一年,天气大旱,灾害降临,河水被火辣辣的太阳给晒得干涸了,鸡和兔子渴得没水喝。一天,它俩商量干脆打上一口井,不就有水喝了?合计后,即刻扛上镢头和铁锨打井去了。

一开始,它们两个干得都很带劲,一口气挖了两丈多深,还没挖出水,鸡觉得这样干太吃力,不想挖了,就对兔子说:"唉!挖了这么深还不见个湿气,别说有水了,地底下的水恐怕也被太阳晒干了,干脆不挖了!"说着说着,就跳到井沿上不挖了。

兔子说:"你不挖了我挖,已经挖下这么深了,相信老天会眷顾咱们的,咱们坚持挖下去,说不定会挖出水来!"

鸡说:"不管你咋说,我是不挖了。"

兔子说:"你不挖了算了,我要是把水挖出来的话,你打算喝不喝?"

鸡说:"我不喝,保证不喝!"

兔子说:"空口说白话,不能算数,你要对天发誓,我才相信你的话。"

鸡说:"脏死了吵死了,说不喝就不喝嘛,还要我发啥誓哩!我现在就发誓——老天在上,我要是喝了兔子挖出来的水,天打五雷轰!"鸡发完誓就走了。

鸡走后,兔子坚持不停地挖、拼命地挖,恨不得一镢头把水挖出来。

它挖呀挖,又挖了一丈多深,终于挖出了一块湿溜溜的大石头。看到石头后,兔子使出了吃奶的劲,搬开石头准备继续挖,没想到一股清澈的泉水从石头底下冒了出来。

鸡知道兔子挖出了水,趁兔子不在时,偷偷地溜到井边喝水止渴。喝水时,想起发的誓,怕天打五雷轰,便喝一口水,抬头看一下天,喝一口,看一次……天长日久,就养成了喝水看天的习惯。这个习惯就一代一代地传到了今天!

我说难怪,原来是鸡违背了自己的誓言,怕老天惩罚它,看来,鸡和人一样,都不能做不讲信誉的事情。

又过了十几天,小鸡渐渐地长大了,纸箱子再也装不下它们了。姨父就把兔窝改成了鸡窝,并给它们搭上架。我当时不明白为啥要搭架。姨父告诉我:"鸡和人一样,人睡觉要上炕,鸡睡觉要上架。"

小鸡长到能下蛋的时候,姨妈就不用再买鸡蛋了。每天平均收五个鸡蛋,够我们全家食用了。

我问姨妈:"六个鸡为啥才下五个蛋?"

三姨妈说:"有的鸡在产蛋期间是天天下蛋,有的鸡是隔天下蛋，品种不同，产蛋量也就不一样。"

哦，原来啥都有规律！

从六只小鸡能下蛋那天起，三姨妈就常炒鸡蛋、煮鸡蛋、蒸鸡蛋糕或做荷包鸡蛋让我和表哥吃。而我却偏偏不爱吃鸡蛋，只想吃方便面。

三姨妈说："方便面是最没营养的食品，它是给那些懒人和工作繁忙的人发明的一种快捷面食，是用多种食品添加剂组合成的食物。儿童长期食用含防腐剂的食品，会导致缺钙缺铁缺血。你们小娃娃正在成长发育期，尽可能地不要吃它。"

为此，姨妈控制着不让我和表哥多吃方便面，每天都要给我们擀一顿纯正的手工面条吃。夏天热，为防中暑，以手工酸汤面、浆水面、凉面、玉面、干调面为主。偶尔也做顿臊子面和烩面吃。冬天则以臊子面、烩面、炒面、揪面、扯面、炸酱面、洋芋糊糊面、拉条面、麻食、猫耳朵等为主。尽管她千方百计地变换着花样给我们做各种面食，可我们仍然眼馋方便面。因为它就在小卖部的商店摆放着，让人看见就想吃，还不时有老爷爷和老奶奶带着他们的孙子孙女来买。我就想，咋样才能顿顿吃上方便面，只要顿顿有方便面吃，我再啥都不吃。

一天夜晚，我半夜起来小解，看见三姨妈睡得很香，便顺手牵羊拿了一袋方便面装在书包的最里层。不料，第二天早上就被姨妈发现了。她虽然没说啥，可也让我脸红了好几天。后来，三姨妈就说："你不嫌方便面没营养我就每天给你拿一袋到学校吃去。"

这样一来，终于解决了我爱吃方便面的馋嘴病。

春天的脚步来得快去得急，转眼工夫，又到了一年一度的"六一"儿童节。这是我在三姨妈家过的第五个儿童节，也是最后一次跟我的小伙伴们欢度自己的节日。

为配合庆祝"六一",我们原地待命,随时等着老师召唤。缑校长要求,今年的文艺节目要新版不要旧版。这给舞蹈老师和我们提供了一个展示才艺的平台。舞蹈老师利用十天时间,给我们编排了几个新舞蹈,其中有一个舞蹈需要穿唐装,老师就给我们每人订购了一套色彩不一、款式一致的儿童唐装。节目演罢,我们每天上学穿唐装从街道走过时,街道两边的叔叔阿姨向我们投来了欣赏的目光,好像我们就是世界上最漂亮、最美丽的小女孩!

不久,期末考试来临。这是每个老师和同学都极为敏感和担心的事情。因为我们国家的教育体制是分数说了算,升级、升学、找工作,包括现在考公务员,哪一样能缺了分数?

老师嘴上说着分数不重要,心里比谁都清楚,分数是验证学生学习好坏的标杆。考不了好分数就进不了重点中学和名牌大学。改卷子时,老师总担心自己班级分数低于其他班。低了就惨了!影响晋级事小,领导批评,同事讥讽,以后还怎样站在讲台上教书育人!

学生不用说,心情更紧张。妈妈看我成绩不理想,对我有了新的打算和安排。周末,她疲惫地领着弟弟过来给我请了一位叫孙柏青的音乐老师,让我跟孙老师识简谱学二胡。孙老师非常乐意,笑着对妈妈说:"你是咱们县上的名演员,能请我给你女儿当老师,是看得起我,我一定会尽心尽力把孩子教好,保证给你一个圆满结果。"

可惜世间的事情是"有心栽花花不开,无心插柳柳成荫"。我让妈妈失望,让孙老师的诺言落空了!一开始我就从心里没接受,只是碍于她的威严和孙老师的热情不扫他们兴头罢了。孙老师还多次劝我一定要学好这个民族乐器,可我实在没兴趣!

孙老师说:"既然你本人没兴趣,不喜爱,我也就不强你所难了,学东西要自己从心底真正喜爱才能学好学精。既然你对拉二胡不感兴趣,学简谱咋样?如果啥都不学,你妈过来了我咋交差?"

我想了想,觉得孙老师说的有道理,点头表示接受。

两天后,孙老师不仅给我带来了他多年收藏、积累、整理、创作的乐理知识和乐谱,还给我带来了一首他自己作词、谱曲的自创歌曲。

那时,我不识简谱,孙老师就教我唱歌词。三遍后,我就能和孙老师一块唱了。孙老师听了激动地说:"这娃嗓子甜润音色好,能唱出我创作的歌曲的含义。"又给三姨妈说:"你这个外甥女真是个小天才。"然后还给我买了些零食,摸了摸我的头问:"晁婷婷,你这么聪明有天赋,为啥不学音乐和二胡?"

我说:"不爱,没兴趣,不想学。"

孙老师听我回答得果断坚定,急得说:"好娃呢,有些专业不是你爱不爱的事,说不爱,那是你年龄小太贪玩,对自己的天赋和特长不了解、没认识,所以就觉得不喜爱,没兴趣。可有些专业开始学时没兴趣,但当你投入地学进去后,就会当作生命一样喜爱的。听话,好好按你妈妈给你设计的路子走,你不仅有艺术天赋,又有你爸妈的遗传基因,如果在音乐方面能有你妈当年学艺时的苦练精神,相信你会超越她的。"

我说:"你别哄我了孙老师,谁家小孩还能超过自己的父母?"

孙老师说:"我为啥要哄你?我说的都是实话。人都说你妈当年不是学戏的料,笨得简直没法形容,但她的吃苦精神和死练精神可是出了名的,最终还成了一个好演员。"

"我看我妈挺灵的,她给我当教练一点都不笨,还能

把我哄骗她的小把戏识破。"

"我一点都没骗你，你妈学戏是个出了名的笨人，就现在，听说她还是那么刻苦努力。用她的话说，不努力就会被灵人超越，被时代淘汰，被社会抛弃。你妈妈都那么努力，你为啥就不听话？"

我听了生气地说："她是她，我是我，我们之间谁管不了谁。"

"胡说啥呀？这娃咋胡说哩，你妈管不了你你咋能长大呢？正因为有你妈管护你你才长了这么大，咋能说谁管不了谁哩！听我一句话，学门艺术吧，你绝对有学艺的潜力，尤其是嗓音和悟性。"

那时，我单纯幼稚不懂事，对妈妈的良苦用心不理解，对孙老师的苦口劝说不采纳，片面地想，孙老师可能从心底想收我当徒弟，想让我学他的技艺，就一个劲地动员鼓励我，讨好我。而我却不识好人心，不领好人意，不学知识和技艺，偏偏辜负了妈妈的一片苦心和孙老师的一番好意。

今天回想起来真可惜，不收任何费用的老师现在到哪里去找？世界上为啥就没有卖后悔药的，如有卖后悔药的，我会买一车把它吃掉！

其实我当初不是不想跟孙老师学简谱拉二胡，我心里是很想很喜欢的，尤其是看到别人在舞台上表演二胡独奏时，我就想立刻下决心学，可就担心学起来没完没了，因我贪玩好动坐不住。所以，在周末孙老师未来之前，我不是找借口去补课，就是偷偷地溜之大吉。当然还有一个你们至今都猜想不到的秘密——对妈妈随便给我加重负担的抵抗。

那时，国家三令五申要给学生减负，我妈她不但没给我减负，反而不停地在加压，让我没了自由玩耍的空间，我气得想:"你凭啥要叫我见啥学啥呢?难道我是机器人不成?你既不是我的代课老师又不是学校校长,更不是我的班主任,凭啥要给我课外加负呢?书本上的还没学会呢,现在又让学新的,能学会能记住吗?"

孙老师,你看我那时多幼稚,逝去的岁月让我明白了许多道理,人生如果能重来,岁月如果能复返,我一定听你和妈妈的话,好好学习,拼命学艺。虽说学生没有学成你的民乐技艺,但我学到了你身上最宝贵的东西——助人为乐、无私奉献的高尚品德和精神,还学会了你为我写的那首歌,就是你那首歌曲改变了我的人生轨迹和命运。如果以后有时间,我还会跟你学二胡,希望你在百忙之中再给我创作一首新歌。

二胡没学成,妈妈又把我接到她身边去写字帖、做作业、练功、记日记、看弟弟、睡午觉。这些活计我哪样都不爱干,可碍于妈妈的威严,不干不行。她每天不厌其烦地照着答案批改,错题少了可以更正一下,错题多了还得重做,做得我产生了逃避念头。

一天清晨,妈妈教我练完功,我便借上厕所之机放开腿脚逃向姑夫爸爸家。中午,妈妈给姑姑妈妈打电话寻问,我怕她知道了跑来叫我,就让姑姑妈妈不要说实情。这下可急坏了妈妈,以为把我给丢了,背着弟弟到处找,找遍了县城的各个角落和熟人家,也没找到我的影子!姑夫爸爸知道后将实情告诉了妈妈,妈妈连夜赶来把我领回了家。

回到家她既没打骂我也没说啥,就是不理我。不过,对我的提防心加强了。可她忘了,猴子都有打盹的时候,何况人呢。一天下午,我趁她做饭之机,轻手轻脚地将大门弄开又向姑夫爸爸家跑去。这次没等我跑到目的地,她就骑着摩托车追来了,见面不容分说就给了我重重的两记

耳光。顿时,我头昏脑涨,感觉天旋地转,鼻孔嘴角血流不止。她不管三七二十一将我带回了家。

这次回来她不像上次那样不理我,而是进到房子就把我搂在怀里大哭了一场。我心想,挨打的人还没哭,打人的人却哭得不可开交,谁叫你手长心狠地打人呢!古人说:君子动口不动手。你个当妈的却动手暴打自己女儿,也太歹毒了!哭吧,爱哭了好好哭,哭死活该。你不哭我气还没处消,恨还没法解呢!

她哭罢,一边用热毛巾给我敷脸擦手,一边问我疼不疼,气不气,恨不恨妈妈,问我为啥要三番五次地偷跑,如果是嫌练功苦、作业多、压力大的话,可以不写字帖、不记日记、不练功了。

你明知是此因,还多此一举地问。幸好开学时间临近,我只好耐着性子忽悠着过,盼望开学时间快来临。

唉!想开学盼开学,到了开学又厌学。我也不知道自己到底犯了哪门子邪,为何对读书那么厌倦!五年制学校毕业考试,对学校和学生都很重要。它不仅是对学校教学质量的检验,也是向社会和家长汇报学生小学基础学业的时候。因此,这个年级意味着我们再没有那么多时间玩耍了,学校和家长也控制着不让我们玩耍了。

紧张的学习让我们毕业班没了暑假。炎热的夏日,天上太阳火辣辣,地上泥土热烘烘,同学们穿着凉爽的衣裳,三五成群地走进教室,静悄悄的,不像过去,没有老师跟班,我们就像小鸟一样叽叽喳喳地闹个不停。而现在自习不要老师跟班,不要班长监督,只要我们走进教室,除了相互借用学习用品外,整个教室鸦雀无声。同学们一个个复习得认真专注,老师看到后,脸上露出了欣慰的笑容,一再鼓励我们加油加油再加油,努力努力再努力,中学的大门已向我们敞开,希望我们每个人都能以优异成绩进入中学。

"这样,你们光彩我安然,学校体面家长笑。"

听完老师的话我心里嘟囔道:"你们真是站着说话腰不疼,只知道一个劲地要求我们,知不知道学习有多枯燥多乏味?就因为考试,我和小伙伴都不能在一起尽情玩耍了,整天是到校老师管,回家姨妈管,书包重得像磨盘,作业多得做不完,谁能理解我们的苦衷和烦恼?"

不过,说是说怨是怨,怨完了还得抓紧复习。不复习就要留级,不复习就考不上初中。

经过努力复习,统考结果是我校考了全镇第一名。老师虽然满意,还是不敢掉以轻心。这毕竟是统考,接着后面还有最关键的升学考试。老师语重心长地告诫我们,要我们戒骄戒躁,继续努力,争取在升学考试中,人人考个好成绩,个个拿个满意分。为此目标,连平时不爱学习的我和刘洋也认真对待学习了。

五年来,我们虽然经历了无数次大大小小的考试,但唯有这次考试令我们高度紧张,格外谨慎。我们谁都不想让自己留级,谁都渴望升入初中,每个人都紧张而认真地迎接这关键的升学考试。

倒计时五天、四天、三天、两天、一天,这天终于到了!

随着一串清脆的铃声响起,监考老师走了进来。他身材魁梧,衣着整洁,两道又黑又宽的浓眉下面长着一对炯炯有神的大眼睛,让人一看便知他是一位严厉的监考老师。他自我介绍道:"我姓韩,叫韩信。不过不是古代那个钻裤裆的大将韩信,是某某小学的跟班老师。今天有幸给重点学校的同学们监考,是我的荣幸,请同学们记住我。"我们不约而同地给韩老师鼓起了掌。韩老师开始发试卷了,很快将试卷发到我手中,我迅速对着试卷做题,

边做边祈祷老天保佑,保佑自己能考个好成绩升入中学,这才算没辜负老师和家长对我的期望。

　　成绩揭晓,全班同学除刘洋没考上外,其余都以较为优秀的成绩考上了初中。在毕业典礼上,同学们一个个哭成了泪人。由于我担任过小喇叭播音员,在最后一次"全班心声"座谈会上,班主任让我代表全体同学发言。稿子读到一半,我抬头看时,同学们的眼睛都是红红的、湿湿的,我的心一下被同学们的情感打动了,情不自禁地流下热泪。此时,教室里响起了热烈的掌声,同学们喊着让我接着往下读。我将脸上的泪水用袖子抹掉接着读,可读了几句,离别的伤感又涌上心头,我实在读不下去了……

　　班主任走上讲台,接过稿子替我读了下去。

　　看着一张张熟悉的面孔,我又一次感受到了别离的伤感。现在,我们即将踏进中学的校门,或许我们在新学校不会再做同班同学,或许我们还是同班同学,可在新环境和新学校,谁都会有自己的新朋友、新伙伴。但是我们小学的同学情,五年的耳鬓厮磨,来自童心闪耀的校园生活。在启蒙求知的生涯中,我们来自四面八方的孩子能在同一个学校、同一个班级里学习,是一种缘份。

　　五年间的朝夕相处,我们彼此敞开心扉,互吐心声,增进了解,加强友谊,团结互助,相互勉励,共同进步。

　　妈妈说,人世间除了亲情最真诚外,再就属少年时代的同学情谊最宝贵、最真挚。原因是少年时代的感情不仅是寒窗情谊筑成的,更是阳光般的无瑕童真凝结的!

　　十分钟、二十分钟过去了,全班同学都在静静地等待着铃声最后一次响起。这时,班主任站起来说:"同学们,请你们抹去离别的泪水,换上灿烂的笑容,让我们共同道一声珍重,互相说一声再见。祝愿每个同学在今后的学习中,超越现在,走向未来,圆自己的梦,圆父母的梦,圆老师的梦,圆祖国的梦!"

这时,学校播音室的喇叭里响起了少先队队歌。在这歌声飞扬,思绪万千,泪如雨下,难分难舍,又不得不分的时刻,我们结束了童年的诗、童年的歌、童年的画、童年的梦与童年的天真。

小学毕业,意味着我寄养生活的彻底结束。说实话,寄人篱下的生活不是我内心想要的,那种生活让我在不知不觉中变得说话看人眼色,吃饭看人脸色。尽管妈妈多次叮嘱我不要谨小慎微地看别人脸色行事,但我十几年中形成的习惯一下改不了。尽管在姑夫爸爸和姑姑妈妈家寄养的日子里,他们对我像亲生孩子一般,可我总觉得自己身上缺了一种东西,到底是啥东西,我当初说不清楚,现在才想明白了,我缺的是自信,多的是自卑。

就是在这种环境和氛围中成长的我,不知不觉间形成了多种性格缺陷——自私、冷漠、任性、孤僻、哀怨……我深知这些毛病对我今后的成长不利,可所处环境让我越陷越深,难以自拔。

在三姨妈家寄宿读书的五年间,尽管三姨父和三姨妈把我当自家儿女一样看待,可在我心灵深处总有一层隔膜。不论吃饭睡觉,说话聊天,我都不愿群居愿独处。三姨妈劝说道:"你小小年纪不能这样,这样独来独往下去,会越来越孤僻,越来越不合群,变成个独霸角咋办?"

我知道人是群居的不是独处的,可除了能和几个贪玩的伙伴玩到一块外,我和三姨妈的家人很难融为一体。之后,只要她们一看到我蹲在门角吃饭,就一个劲地拉我上饭桌。不拉还好,一拉反伤了我自尊,更伤害了我脆弱的感情,弄得一家人都难过得吃不好饭。

此后,再没人勉强我上饭桌,只能从生活与学习方面关心我、疼爱我。如做布鞋,三姨妈每年给自家的儿女按

季节只做四双鞋，而给我就得做六双，有时还不止六双。我也不知道儿时的我咋那么费鞋，一双新鞋穿不到两个月，不是鞋头破就是鞋后跟烂，要么就是鞋帮子扯。弄得亲戚都说三姨妈做的布鞋不结实，害得她经常忙里偷闲地给我补旧鞋，做新鞋。

这期间，三姨妈不光给我做，还要给姐姐和弟弟做，给小姨妈家的两个孩子做，直做到后来我们长大不穿布鞋为止。

这些，我全看在眼里记在心间。每当我看见她用左手纳鞋底、上鞋帮的吃力辛苦劲时，就下决心要好好学习，等将来长大工作后，一定给三姨妈买双中国最好的皮鞋穿。

说来很惭愧，虽然我心里常存着一份感恩报德情怀，可在实际行动上却做得不到位，心里老有一点感情障碍，怎么也挣脱不掉那个沉重的精神枷锁。

在此，我又想劝告天下所有的爸爸妈妈，虽然随着社会的发展进步，国家对教育事业普遍重视，寄宿制的教育机构层出不穷，花样翻新，但恳求你们千万不要为了取得个人事业的成功，不惜重金把自己生下才几十天、几个月或几岁的孩子"寄宿"在全托的幼儿园或封闭式学校。这样，你们虽然事业有成，名利双收，可让孩子总有被遗弃的感受。我的寄养经历告诉我，爱是人世间最美好的情感，尤其是父母的爱，更是博大无私，令人刻骨铭心、永生不忘的。既然你们有幸成为父母，就请不要忘记《中国少年报》的知心姐姐卢勤说的那番话："父母的责任是在孩子心中播种爱、培养爱、传播爱；你们今天有幸培养孩子，就要让孩子明白，他们的责任是发现爱、感受爱、发扬爱。"只有你们在孩子成长的世界里播种下爱的种子，我们才能发现爱、感受爱、发扬爱。所以请天下的爸爸妈妈，不管你们大人出于什么原因，都不要在孩子最需要爱的年龄离开孩子。

第七章 惜 别

出校门时,我和张蕊娜、牟园园、刘华华、张鸭鸭、王张丽等,泪眼婆娑、难分难舍地手拉手、肩并肩商议着最后一次去小河上游捉蝌蚪、盖水房的玩耍计划,都希望在我回家前,重温一次我们几年间捉蝌蚪时唱的那首儿歌:

　　桃花水,轻轻流;
　　小蝌蚪,扭呀扭。
　　东看看,西瞅瞅;
　　排着队,去春游。

多美的歌谣,多好的歌词,不仅写出了小蝌蚪春游时的神情举动,还让我们几个玩耍大王唱得心花怒放,无比快乐。

"晁婷婷,晁婷婷……"听到刘洋的呼叫,大家的脚步停住了,不约而同地回过头去看刘洋。刘洋走到我们面前不好意思地说:"你们几个准备到哪儿去?我想跟你们在一起好好聊聊行吗?"

我们交换了一下眼色,没人答话。

他说:"我知道你们大伙儿都瞧不起我,看不惯我。咱们全班同学从今天起,除了我,你们都是中学生了,而我……"他低着头不说话了。

我们几个你看我、我看你,不知用什么话安慰他。毕竟同窗五载,我们是有感情的。他用脚把地蹭了蹭说:

"我知道我没资格再和你们玩耍聊天了，可我还是想请你们理解我、别忘我，咱们毕竟在一起五年了，我舍不得和你们分别……"

他说不下去了，用牙齿咬着嘴唇望着天，脚还在蹭地。

我们被他的真诚打动了，没想到他内心和我们一样善良天真，热爱生活，对同学情谊这般在乎，如此看重！突然，三年前的一个"老鼠过街，人人喊打"的情景在我脑海像电影一样拉开了序幕。

三年前的一个夏天，凌晨五点多，虽然天已大亮，但大部分人，包括我在内还在甜蜜的梦中打鼾，街道突然有人大喊起来："抓小偷！抓小偷！"接着，左邻右舍被那刺耳的抓小偷声惊醒，纷纷走出门加入到抓小偷行列。

那年，三姨夫正好外出打工不在家，家里只有我和三姨妈、凤凤姐、凯凯哥。我们四人听到喊声，也爬起来准备加入抓小偷行列。当三姨妈跳下炕，拿着顶门灰耙走出房门的瞬间，就被翻墙进来的小偷吓得退了进来，并叫我们："赶快起来抓贼，贼已从墙上翻进来了。"我们三个跳下炕拿着笤帚、铁锨、水果刀跑出房门准备和三姨妈一同抓贼。

随着一声轻呼，小偷突然跪在了我们面前。我们举刀的举刀，举锨的举锨，掮灰耙和笤帚的都不约而同地举起了各自手中的"武器"，我手中举起的笤帚把刚落在小偷身上，他便抬起头用哀求的口气继续轻声叫着："晁婷婷，快救我，快救我！"

我倒吸了一口气，原来是刘洋！"咋是你？你咋会被人当小偷抓呢？是他们搞错了还是……你不会是他们要抓的小偷吧？"

没等我问清楚，门外的人一声紧似一声地叫着："开门！开门！快开门！"

刘洋吓得小声说:"晁婷婷,求求你让我在你家藏一藏好吗?"他随即从怀里掏出一个白面馍馍硬往我手里塞,我吓得不知如何是好。

三姨妈见此情景二话没说,一把将他拉起来带进了小卖部,让他藏在睡人的铁床下面,将床围拉好后打开了大门。

天哪!这么多抓小偷的人,一下子都涌了进来,足有二三十个。

接着,他们就问姨妈:"听没听见翻墙声?看没看见进来人?有个小偷叫我们追赶得可能从墙上翻进你家,能不能让大家找找,看这个碎狗日的藏在哪里?"

姨妈说:"我是刚被你们敲门声叫起床的,没顾上看,也没听见有翻墙声。既然你们大伙见他逃到我家,那就放开找吧,不要有啥顾忌,抓小偷是为百姓除害哩,人人有责。只要你们确定他翻进来,肯定就在哪儿藏着,就这几间烂房子,咱们快找,不要让他再跑掉。"

人群里有人说:"今日逮住了把狗日的往死里打,不然,一天把人害得连个觉都睡不安稳!"

有人接着说:"就是的,今天逮住了把狗日的给打死,害得人一天提心吊胆的。"

我们表姊妹听了众人的乱骂,吓得慌了手脚傻了眼,站到一边光看床,生怕那帮人在铁床底下找,三姨妈咋能陪同他们一起找呢,该不是虚情假意地忽悠刘洋吧?

按理说,有这么多人抓刘洋,刘洋肯定做了见不得人的事,我也不该袒护窝藏他。可再回过头来想,刘洋再不好,他毕竟是个娃娃,又是我同桌。再说,人家可从来没有偷过我啥呀!无论他偷人与否,我都不能让这些人把他逮住往死打……现在,我如何才能救他?他是孙悟空就好了,变成苍蝇快从床底飞出去。可惜他不是,什么都不会变,只能趴在床底等人抓!

我焦急地想着担心着……

没想到我的担心是多余的,三姨妈镇定自若地带着那帮人在院子的各个角落和房子寻找,就是不来铁床底下找。常言道:"捉奸捉双,拿贼拿赃。"连贼的影子都没找见,抓小偷的人只好快快撤退。

他们边撤边说:"这才怪了,明明看见向这边跑来了,咋就找不到人呢?莫不是跑进沟里了?"

另一人接着说:"不可能,他又没长翅膀,没有那么快。"

又一个人说:"莫非那狗日的钻进老鼠窟窿让老鼠给咬死了?"

一位长着络腮胡须的中年人说:"让老鼠给咬死才把害除了。"他们边说边悻悻地走了。

送走那帮人,姨妈插了大门就像瘫了似的靠在门上只喘气。我们姐妹几个将她扶进房子问:"你咋了?"

姨妈说:"吓死人了!"然后又把房门锁住看了看表,"还不到六点,你们快上炕去再睡一会儿。"接着小心翼翼地揭起床围叫刘洋赶紧出来。

刘洋很快从床底下爬出来,拍了拍身上的土说:"谢谢阿姨!谢谢阿姨!"放下怀里揣着的馒头转身就走。

姨妈急得喊道:"你给我站住!这么早你准备到哪儿去?那帮人明明都在外边等着捉你,你急得没匀舀汤了!"

刘洋收回迈出的一只脚,转身跪在姨妈面前连磕头带作揖地说:"谢谢阿姨!今天要不是你让我躲藏,他们抓住会打死我的。"

姨妈说:"你既然知道,为啥还要往出跑?"

刘洋说:"不跑害怕连累你。"

姨妈说:"送佛送上天,救人救到底,还怕什么连累

不连累的。你先悄悄待着，等他们走了再说。"接着摸了摸刘洋的头问："你经常挨打吗？"

刘洋边点头边说："经常。"

姨妈心疼地说："你为什么要这样做呢？你人长得这么乖，又不缺胳膊不缺腿，为啥不好好学习，非要干那偷鸡摸狗的事哩？以后不要干了就没人打你！"

常言道：好事不出门，坏事一溜风。从此，街道上的人见他不是骂就是躲，同学们也不理他了。他成了孤家寡人，成了被人提防谩骂的贼娃子。连两三岁的娃娃瞅见他都骂他："贼娃子，绺娃子，偷你外婆家的碎狗娃子！"

开始，刘洋还用土块和石头或柳树条条追打、驱赶骂他的那些娃娃，后来不但不追不骂了，还习以为常地跟着那帮娃娃也在骂："贼娃子，绺娃子，专偷你家狗娃子。谁喊贼，定是贼，贼人专偷捉贼人，看你再敢喊捉贼。"

难怪有同学早就提醒我注意同桌，防范刘洋，说他是"三只手"，是贼娃子和绺娃子。可我和他同桌四年半，没发现他偷我东西。

思绪从三年前回到眼前，刘洋见我们半天不说话，突然祈求道："你们为啥不说话，咱们都到了离别的时候，你们还在嫌弃、防范我是吗？几年来，我虽然偷了不少人家的食物，但我没在学校偷过同学一分钱东西。虽说我跟晁婷婷为分界线骂过仗，打过捶，但我从未偷过她东西。这点，她能给我作证。有时，她把书本和钢笔丢在教室外面或掉在桌子底下，我不但悄悄拾起来给她放进桌子抽屉，偶尔还给她装进书包。晁婷婷，如果你能原谅我过去给你画分界线的刻薄事，就请给我点时间，我想跟你和王张丽单独说说心里话。"

我们还是没人搭话。

刘洋接着说："之所以想跟你们两个说心里话，是我觉得咱们有着共同的命运，相同的经历与成长的烦恼。请给我个机会行不行？"说着说着，扑腾一声跪在我们面前。

男儿膝下有黄金，他这一跪，我们全都愣住了。

张蕊娜表姐见状，理解并同情地含着泪花上前扶起刘洋说："看你说的哪里话，咱们同学一场，你家情况我们多少晓得一些，谁也没有看不起你。不管我们将来把书念成念不成，同学到什么时候都是同学，你用不着自卑泄气，乞求下跪，好好改掉拿人东西的毛病，重新做人，守信做事。"

接着，张蕊娜表姐走到我面前说："晁婷婷，你和王张丽陪刘洋好好聊聊，聊完了咱们再做咱们的事情，我们先到园园家去等你们。"说罢，她很快拉着另外几个同学走了。

刘洋看着张蕊娜她们远去的身影，从怀里拿出两样东西递给我和王张丽，边递边说："老师说晁婷婷有艺术天赋，将来能继承你爸爸妈妈的艺术事业，我就送你一盒蜡笔，望你用它描绘好你今后的艺术道路，千万别像我，一失足成千古恨，整天人不人，鬼不鬼地走在街上被人喊打诅咒！"

他长长叹了一口气说："唉……你们都考上中学了，丢下我孤苦伶仃的，你们走了谁来陪伴我，谁能理解我？你们谁能知道我心里的苦和身上的痛？我真羡慕你们，真想跟你们一块儿读书、玩耍、生活。可我没希望了，我完啦，一切都完啦！"

看他既留恋又悲观的样子，我和王张丽居然想不出一句安慰他的话。他停顿了一下，换了副口气又对我说："晁婷婷，你可是校长与杨老师寄予厚望的人，如果有朝一日成了歌星，就带着你的歌声回到咱们母校来展

示。到那时,别忘了叫我,我会蹲在舞台下边给你鼓掌献花的。"

本来,我和王张丽对他心有提防,不想跟他交心。可此刻,我们被他的真情感动得热泪盈眶。

他接着对王张丽说:"张丽,虽然我平时不搭理你,可那不是对你有意见,而是对你敬而远之,望而却步啊!只因为你太努力、太优秀了。咱班的三好学生让你从一年级霸占到五年级,我却连个边边也没沾上,我觉得没脸和你说话交流,但心里很敬佩你。我发现你冬天脖子没啥围的,这条丝巾送给你。天气转眼就凉了,希望你保护好身体,再不要因为感冒而经常咳嗽发烧了。"

听到此,我和王张丽感动得泪流满面。

他却说:"你俩不要哭了,赶快把眼泪擦干回家去!你们升上初中是好事,快点回去给家里报喜,让家里人也高兴高兴。再说,张蕊娜和那几个同学还等你俩呢,快去吧!"

看着刘洋稚嫩的脸上布满了忧愁与无奈,我问他:"你没考上初中,今后打算咋办?"

他说:"我能咋办?家没家,舍没舍,吃没吃,穿没穿,原来还有学校给我遮风挡雨,有你们和我作伴,现在你们都升上中学要走了,丢下我一个,学校肯定不要了,为了活命,只有破罐子破摔了!"

我急忙对他说:"你再不能破罐子破摔了。人常说,水有源,树有根,人人都是父母生。人活在世都有根有苗,有家有舍的。你咋能说你没家没舍,啥都没有呢?人家雀雀都有个巢,兔子都有个窝呢,何况人哩!"

刘洋无可奈何地说:"我何尝不想有个家?可我奶奶死得早我没见过,爷爷又被我给气死了。妈妈生下我不到半年,就跟着个开车司机跑得有远没近的,至今杳无音信，生死不明。可怜的爸爸为给我挣钱买奶粉，被别人晚上领着偷原油，被石油巡警发现后，连追带赶地掉到沟里绊死了，你说我家在哪里，哪里有我家？"

听了刘洋的不幸遭遇和家世，王张丽流着泪说："刘洋，咱们同窗五年，我咋不知道你比我还恓惶还可怜！你咋不早说呢？"

我又问："那你家里和户里都没有啥亲人吗？比如说叔叔、婶婶、姑姑、姨父、姨娘等？"

刘洋说："咋能没有呢！我奶奶一共生了三个儿子四个女子哩。听说我妈她们都有姊妹九个呢！只不过是我妈跟人跑了，我舅舅和我姨娘都不认我了。"

王张丽说："你舅舅和你姨娘不认你是因为你不是人家根苗，那你奶奶生下的娃咋不管你？他们可是你的亲叔父和亲姑姑，你也是他们的亲骨肉，你血管里流淌着刘家的血液，将来长大要给刘家顶门立户，传宗接代，他们应该供帮你关爱你，尤其是你大大和姑姑。"

我接着说："张丽说得对呀，因为你爷爷奶奶和爸爸都死了，你妈又跟人跑了，他们不管谁管？你给我们说，他们为啥不管你？是穷得没法管，还是有别的啥原因？"

刘洋说："他们过去穷，现在一点都不穷。谁家穷人还能在镇上开起门市部和大食堂？我两个大大和我两个婶婶都在这个镇上开着门市部和食堂。"

王张丽听了刘洋的述说，不理解地问："你既然有这么多亲人开门市部和食堂挣钱着，为啥还拿别人的东西，偷吃别人的馍馍？难道是嫌自家饭菜不好吃？"

刘洋说："你不知道，张丽，不提这些我心里还好受些，提起这些我心都疼！"

王张丽追问："为什么心疼？"

刘洋说："一言难尽啊！"接着擦了把眼泪，咬了咬

嘴唇说,"我大大和我姑姑小时候的吃喝穿戴及上学的所有费用,全是我爸爸吆上黄牛给人家耕地挣钱供养的。为了兄弟姐妹,我爸爸放弃了自己的上学机会,牺牲了走出大山,改变命运的机遇,默默地在拼命劳作,拼命挣钱,挣下钱又舍不得吃舍不得穿,全部投资在两个弟弟的学业和生活上。"

我激动地说:"你爸爸太好太伟大了!他应该和我爸爸是一个妈生的才对。"

"就因为他太好了,苦了自己,送了性命,抛下我没人管了。"

王张丽说:"你两个大大太没良心了,他们拿上你爸爸的血汗钱实现了自己的愿望,过上了幸福生活,为啥就不管你?是嫌你不好好学习,还是另有其他原因?"

刘洋说:"我也不知道为啥,但我起初可不拿别人东西呀!"

我说:"那他们咋不认你?他们既然是受你爸爸恩惠长大的,且又过上了幸福生活,就该积极主动地在你身上报还你爸爸当年对他们的恩惠才是!咋就知恩不报呢?"

刘洋叹了口气说:"他们见了我不是把头转向一边装作没看见,就是假装认不得,还能给我吃喝穿戴,供我上学吗?再说,他们连他们的生父——我爷爷都不认,还能认我吗?"

我说:"不,刘洋,你现在是真正的孤儿,该他们管的时候就得管,不能便宜了他们。是你没找他们还是他们压根就不管?他们既然读过书就该懂得受人滴水之恩,必当涌泉相报的道理!"

刘洋叹了一口气说:"现在的人哪管过去的恩,整天想着给自己挣钱攒钱,哪顾别人的恩不恩,情不情!"

我说:"你说错了刘洋,你和他们之间不是别人是自家人,你是他们的后人!他们应该在你读书期间无条件地管你,这样才公平合理!张丽,你说我说得对不对?"

王张丽坚定地说:"你说得挺对的,他们本来就是一家人!可自家人不帮自己人的事情你和我是没经历,没体验过,不知他那两个混蛋大大是咋想的!"

我说:"刘洋,要不要我和张丽跟你大大讲理去?看他们怎样给我们解释不管你的理由。"

刘洋说:"不要去,千万不要去,去了也白去。为讲理,我可怜的爷爷拄着拐棍,高一脚低一脚地挨着门把村子里的能行人全都找来,和他们讲了三天两夜的理都没有讲出个所以然。你们两个女娃娃能讲个啥理!弄不好他们还会掮上棍棒打你两个的。"

我气得脱口骂道:"你这两个大大简直是混蛋,老天迟早会惩罚他们的!"

王张丽也气愤地说:"对对对,晁婷婷说得对,他们亏了你爸的力气,花了你爸的钱,现在又不管你,老天迟早会惩罚他们的!是些啥大大,不还人情、不认亲人的坏大大,根本不配当大大!"

刘洋说:"晁婷婷,王张丽,你们不知道内情不要骂他们,他们没有你们想象得那么坏。在我爸爸死的那一年,他们从心里都想养护我,主要是我婶婶嫌我是男娃,怕我把书念成考上大学没钱供,更怕我长大成家要花钱,就闹腾着不要我大大管!其实,我大大心里也很同情我。"

我说:"同情个屁!真同情的话,咋不给你买一袋面粉和大米叫你吃?你不要替他们辩解了!"

刘洋解释道:"不是我替他们辩解,真是他们惹不起自己婆娘!"

王张丽听得更加生气了,说:"啥惹得起惹不起的,有诚心管你的话婆娘能管住?我妈咋一点儿都管不

住我爸？"

我说："是啊，说到底还是他们没诚心管，你不要再替他们辩解了，就让老天惩罚他们去吧！唉，刘洋，没想到你家情况和我家一样，都是为了臭钱不认娃。看来世上的人都姓钱，以后叫咱们这没钱娃咋活呀！"

刘洋接着说："你比我好活呀。"

我问："我为啥比你好活？还不是一模一样的。"

他说："不一样，就不一样，你是女的我是男的。你们女的长大嫁人能卖钱，我们男的长大结婚要花钱，不花钱，就没有女人跟你结婚过日子。"

我说："结婚能花了几个钱嘛？说白了还是钱比人重要。这世上的事咋就这么怪？你们家是多余男娃，我们家是多余女娃，这到底是咋回事嘛？是咱们不该到这个世界上来，还是咱们到这个世界上太多余？"

王张丽哭着接过话题说："你不多余呀晁婷婷，你哪里多余？你比起刘洋好多了。你一天有亲妈护着、姨妈管着，刘洋有谁护、有谁管？刘洋，你今天不说你身世我永远不知道，你之所以把路走弯，不是你的错，而是家庭和生活所迫！说句不怕你多心的话，我原来以为是你自己不争气，今天才知我错怪了你！你妈为什么就不像晁婷婷的妈妈和我妈妈，为了儿女，牺牲自己幸福，呵护亲生骨肉，而要不自重地抛家弃子，跟上别人瞎跑鬼混呢？看来，人与人的差距不在贫穷和富有，而在品德和修养。"

刘洋听了王张丽的话，痛苦地望着天空说："家庭和妈妈是一方面，主要还怪我自己不好。如果我当初哪怕饿死都不要去偷张梅梅家的面粉，我爷爷也不会死得那么早，我也不至于落到现在这地步。"他咬着牙用手背将眼眶溢出的泪水擦了接着说："如果现在有人给我一口饭吃一张床睡，我还想上学念书，不想失学作贼。我的理想是上大学搞科研,做第二个牛顿和华罗庚,专门钻研穷人怎么干才能把穷帽子摘掉,穷衣裳脱了,穷根子拔了。再不要让咱山区娃娃受穷饿肚子,作贼挖窟窿。"

我和王张丽听后激动地说:"刘洋,你真棒!没想到你有这么远大的理想和雄伟的目标,那你就快振作起来,改掉坏毛病,继续上学考大学!你是咱们学校真正无家可归的孤儿,咋不求助于国家和社会?听说,国家每年拿出好多钱专门给无家可归的孤儿、贫困学生、孤寡老人划拨生活抚养费和贫困补助费,咋没见你向学校申请?"

刘洋接过话茬叹了口气说:"你俩是拿我在开玩笑吧,我这种人有资格要吗?国家是钱多得没处去了吗?我影响这么不好,名声那么坏,学习还不好,学校不开除我已经好得没啥说了,我还敢开口问人要钱?我是鼻子大得把嘴压得张不开口呀!"

他的直言不讳让我和王张丽无话可说。细想也是这个理,学校确实对他够宽容了。遗憾的是,刘洋在没办法克服生活中的实际困难时选择了偷鸡摸狗!究其原因,责任在谁,在家庭,在本人,还是在国家与社会?到底该谁承担这责任我也说不清。但我觉得不怪他,他是生活所逼,温饱所需啊!

比起他我真幸运多了。我爸爸去世后,妈妈为了我们姐弟,没像刘洋妈妈那样跟人跑了不管娃。我虽然由于国家计划生育政策和传统观念被列为"多余"群体,但我得到了质朴善良的姑夫爸爸和姑姑妈妈的收养,后来,在我接受启蒙教育的关键时刻,又遇到温柔贤淑的三姨妈和三姨父。由此看,我算是多余群体中的幸运儿了!

说来嚷去了半天,也没帮他想出个好办法,再说,刘洋眼下的境况是既没家回又没人管,不知他今后的生活咋办,大家都沉思不语了……

当刘洋再次提出要给我们赠送纪念品时,王张丽看我不说话,走到我身边将我轻轻向前拉了几步小声说:"晁婷婷,你看刘洋恓惶得吃都没啥吃,哪来钱给咱们买纪念品呢?你说他会不会是用偷来的钱买的?"

我说:"这还用问吗!他可怜得除了偷,谁还能给他钱叫给同学买礼物?"

"那你说这礼物咋办,敢收不敢收?收了别人知道还说咱俩也不学好,跟上刘洋分赃。不收吧,伤了他的自尊心也不好。"

听了王张丽的话,我也不知如何是好。

王张丽看了一会儿我,又看了一会儿刘洋送她的丝巾,流着泪把它装进了自己书包,接着说:"刘洋,你的礼物重千斤,感谢你!感谢你用真诚的心将咱们的友情写在丝巾上!我很感动,我和晁婷婷会好好收藏、珍惜它的。"

我一看王张丽收了,跟着说:"刘洋,张丽同学说得好,我们会好好收藏珍惜你的这份珍贵赠品和情义的,它对你是来之不易的!"

王张丽擦去眼泪,接过我话茬说:"刘洋,我以前从心底厌恶你、瞧不起你,但通过今天的交心倾诉,我不仅知道你是一个心地善良、为人真诚的人,还知道是因为家庭不幸才把你逼到这一步的。可惜你今生遇到了个不负责任的妈妈。咱们是一个蔓上的苦瓜,一颗树上的苦花!"

刘洋听了不解地说:"张丽,你不是有妈妈吗,咋能和我一样?"

王张丽说:"我妈守护我是实,可你们不知道我今生遇了怎样一个父亲。"

刘洋说:"你的父亲你不说我们咋能知道。"

我附和着说:"是啊,你不说我们咋能知道。"

王张丽这才说："本来我是不愿意给人说我那不管妻儿老小,又抽大烟,不务正业的父亲,今天,当着你们面,我也不怕家丑外扬了。"

说到此,她哽咽得说不下去了,停了一小会儿,才泪流满面地对刘洋说:"刘洋,我们都是被家庭所害,被环境所逼!如果你不是被你那个不学好的妈妈所害,肯定是咱班的好学生。"

刘洋激动地说:"张丽,谢谢你对我的肯定和鼓励,可惜我把自己的理想给毁了。"

王张丽问:"你当初没啥吃时,为啥不开口问学校和我们要,问老师和亲戚借,为啥要去偷呢?偷东西的事是能干的吗?真让人遗憾……"

我说:"有啥遗憾头!啥事不是人干的,啥法不是人犯的。干了就干了,关键是现在抓紧改掉还不算不迟呀!"

王张丽抢过我的话说:"晁婷婷说得对。刘洋,不是我王张丽今天吹捧你,你原本就是只能飞出大山、飞向天空的雄鹰,现在倒好,沦为……这到底是谁的错?是家庭,还是你个人?"她再一次哽咽得说不下去了。

她是听了刘洋的遭遇,触动了自己内心的伤痛,才如此伤感!同窗五年,她很少和同学交流开玩笑,更别说吵嘴骂仗打捶了。同学们误认为她是一个清高自傲、心中无苦的宠儿,没想到她并不是。真是家家都有一本难念的经,人人都有说不出的苦。看来,世上的事是一家不知一家苦,自己不晓别人痛。但她心中的苦和痛是啥,谁也不清楚。

刘洋看我痴痴地盯着王张丽不说话,焦急得转了几个圈圈后对王张丽说:"你能不能坚强点,擦干眼泪,把你心中的所有委屈痛痛快快地像我一样倒出来,说出来心里

会好受点!"

我附和道:"张丽,刘洋说得对,你心里有啥委屈和痛苦,说出来咱们一同承担好不好?不要憋在心里苦自己,说出来是一种释放和解脱,不信你可以试试。"

王张丽听了我俩的话,目光黯淡,面无表情地摇了摇头,仍在啼哭。

我不知怎样才能打开她心灵上的门锁,便拉住她的手说:"张丽,求你不要这样折磨自己好吗?你要相信我和刘洋,相信同学情是人世间最真挚的友情,相信同学之间谁也不会笑话谁,只要你将心中的痛苦倾诉出来,我们绝不会告诉任何人。"

这时,她"哇"地一下哭了出来,越哭越不能自持,越哭越说不出话来。

刘洋急得不知如何是好,想劝不好劝,想哄不便哄,一个劲地搓手叹气转圈圈。我也陪着她啼哭抹泪。

刘洋看我俩哭得伤心不住声,焦急并生气地说:"晁婷婷,你是看别人啼哭眼热是不是?跟着瞎子赶集哩,凑啥热闹呀!"

刘洋的话使我醒悟了,我跟着凑啥热闹,学友啼哭我应劝不应哭,哭到明儿个早上也解决不了问题。于是,我止住啼哭对王张丽说:"张丽,你刚才说你是你爸爸害的,能否将你爸如何害你的经过说给我们听?"

王张丽渐渐止住了啼哭,叹了口气说:"谢谢你们的理解……"说到此她又差点哭了,幸好扬起头才没流出眼泪。"我一直怕说出来你们笑话,从不敢提起我的家庭和父母,也不敢对同学讲述我的苦恼和心事,心里却憋得很难受,憎恨我那个不顾家、不学好、不管老婆和儿女的坏爸爸!他一天到晚不干一件正经事,成天跟着村里那帮混混把自己混成了大烟鬼。我恨他不该因此卖儿卖女弃老婆,导致妻离子散,无家可归。但通过跟你们真心实意的交谈,我明白了好多道理,孩子的不幸,百分之九十都是家庭解体、父母感情不和所致。如我爸爸,一个懒字害了他不说,还害了我们全家。他整天跟着混混逛,逛饿了吃,吃饱了睡,睡到太阳晒到屁股上还不起床,起来吃饱肚子又骑上车子忙着去找人。"

"找谁?"我和刘洋不约而同地问。

王张丽气愤地说:"大烟鬼嘛,除了找同类和不学好的人还能找谁?找着找着,偏偏找了一个吸大烟的坏女人。不知是他们前世有缘还是臭味相投,整天手拉手、肩并肩地走在镇子的大街小巷,不知道自己是个啥东西!神气十足,不怕人笑话。"

我说:"你妈妈咋不管呢?"

王张丽说:"我爸在家里比老虎还厉害,我妈敢管吗?他在家里像个地主老财周扒皮,把我妈当丫环和奴隶使!平时,他叫我妈向东她不敢向西,叫她向南不敢向北,哪里还敢管他?"

刘洋愤怒地说:"这是个啥烂怂男人,谁家有本事男人还欺负自己老婆呢?张丽,你先不要恨,回去给你妈说叫她先忍着,我会找人帮她收拾你爸和那个不要脸的女人,到时替她报仇出气好不好?"

王张丽哀伤地说:"还出啥气报啥仇哩,他现在吸大烟吸成了一个活死人。"

我惊讶地问:"他死啦?是吸大烟吸死的还是让那女人害死的?"

王张丽说:"还没死呢!不过,跟死了没啥两样。"

刘洋说:"这种人死了才好。不然,活在世上跟我一样,成为社会公害,害得人不安宁!"

王张丽不解地看了一眼刘洋说:"你为啥对自己没信

惜别

心呢?我爸在戒毒所七进六出,你和他本质上不一样!"

刘洋不说话了。

"你知道我妈为救我爸付出了多大的代价?我妈为我爸不但卖光了家里所有家产,还把我十五岁的姐姐早早卖给别人作了媳妇。"

我说:"张丽,你这会好着吗,脑子清楚不清楚?现在都啥年月了,哪有十五岁娃娃给人作媳妇的事情?给你你作吗?你不是在编故事吧?"我急得把自己想说的话一股脑地倒了出来。

王张丽平静地说:"我就是给你们讲故事,讲发生在我家的真实故事!因为这个故事在咱们县上都摇了铃啦!人们不但骂我爸不学好,还骂我妈太怂包,不该拿卖女儿的钱支持男人抽大烟。其实不是别人说的那回事儿,是我姐姐为救我爸,自己停了学业嫁人的。本来,姐姐的学习成绩非常优秀,年年三好,老师也说姐姐一定能考上好大学。可她为了救我爸,甘愿断送自己的学业和前途,稀里糊涂嫁了人,想用实际行动感化爸爸,唤醒他迷失的灵魂,让他迷途知返,跟我妈好好过日子,让我们姐弟安心读书,将来上大学,走出大山,回报父母。"

我激动地说:"你姐想得太好,做得太感人了,不知唤没唤醒你烟鬼爸的灵魂?"

王张丽无奈地摇了摇头说:"没想到我姐的所有付出和牺牲,到头来全是徒劳!你们说我姐亏不亏,我妈悔不悔?为此,妈妈后悔得整天不吃饭,整夜不合眼,头发一撮一撮地脱,泪水一把一把地流,人瘦得成了个人影形!我姐看我爸不醒悟不改过,气得差点上了吊。幸亏姐夫和表叔、表叔妈心地善良,对我姐像亲生女儿一样,整天形影不离地陪护她、开导她、安慰她,才使她受伤的心得以平复,活到今天。"

刘洋问："那你姐现在生活得好不好？"

王张丽说："现在生活得还算好，生了个女娃都三岁半了，和我姐一样秀气乖巧，全家人把她当宝贝似的惯着。尽管如此，我妈常在梦中说她断送了姐姐前途，死不瞑目！"

我说："你爸本身就不学好，你妈为啥还要拿女儿的前途去救无可救药的他呢？"

王张丽气愤地说："不怪我妈怪我爸，他没把女儿的付出当回事，我妈为他把啥办法都想了，但没有用，你们说冤不冤枉，气不气人？"

我和刘洋虽然气愤得不说话，但也无能为力。

王张丽发了一会儿呆后，像换了个人似的，走近刘洋身边说："刘洋，我爸他真的是无药可救，没有一点希望了。而你才十三四岁，懂不懂浪子回头金不换的道理？希望你尽快改掉身上的坏毛病，重新做人，将来定会成为社会的有用人才。"

刘洋既惭愧又感动地说："张丽，谢谢你对我的信任和鼓励，我一直以为这个世界上再没人理解和信任我了，没想到你还这么理解信任我，我绝不辜负你的期望，从此改邪归正，重新做人！我刘洋若还食言，天打雷轰。"

王张丽听了刘洋的誓言，满脸的疲惫和无奈即刻散去，眼睛也随之亮了许多，兴奋地说："这才是真正的刘洋！"

我也激动地拉起刘洋的手说："刘洋，你真棒！你终于找回了迷失的自己！看来你就是雄鹰，听到你改正的誓言，这是所有爱护你的人的期盼。我们相信你是个说到做到的人，希望你一定要给自己争气，给你爸爸和爷爷争气！来，让我们给你的誓言鼓劲加油！"我们三人的小手紧紧地握在一起。这是我们彼此信任、鼓励的一次长时间握手。

刘洋接着问:"张丽,你爸后来怎样了?"

王张丽说:"能咋样,毒没戒掉不说,还把家里的小院子都卖掉吸了毒。你们说叫全家人咋活?就这,我妈还没处诉苦,没处讲理!"

我深深地叹了一口气说:"难怪我妈经常给我们说,我们以后长大成家了,不论有多大的委屈都不要在家里讲理,家庭不是个讲理的地方,关键是夫妻之间看谁能把谁靠住。张丽,看来你妈和我妈都是福薄命浅的人,没福气靠家里的这棵大树!"

"是啊,我妈可怜得从来就没靠上过我爸的一点力!"

刘洋接着又问:"你爸不学好你妈咋不离婚?我们村子离婚的可多了,我那些堂哥堂嫂堂姐,结婚不到一年都有离婚的。"

"我妈和你那些哥嫂姐姐不一样,她对婚姻和家庭是很珍惜的,尽管她生活得很苦很累,可她从没想过离婚,她怕人说离婚的女人不学好,没人要,拼命地维系着这不幸的家庭。但自我爸把房子卖了我们没处吃住时,她才下决心和我爸办了离婚手续!"

刘洋有点打抱不平地说:"她早该离婚了,要这种男人干嘛,跟这种男人还不如不跟呢,免得看见心烦,跟上受罪!"

我说:"你懂个啥呀刘洋!你知道爸爸这个角色对咱们的成长有多重要吗?你知道丈夫对一个家庭有多关键吗?我妈妈自我爸爸被车祸夺去年轻的生命后,肩上的担子压得她直不起腰、喘不过气,整天为爸爸的去世泪流满面,郁郁寡欢,睡梦中都在呼唤爸爸,经常抱着爸爸的照片发呆啼哭。"

王张丽迎合着说:"婷婷说得太对了,爸爸在家庭扮演的角色不仅是丈夫和父亲,更是大树和房子。尤其是作了妻子和母亲的女人，如果没有大树靠、没有房子住，那她活在世上就会受人歧视，被人瞧不起。我妈虽然知道这些道理，但叫我爸逼得没办法。你们说，我爸和我妈这个婚该不该离？"

我不知如何回答她的问题，刘洋却坚定地说："该离，该离，早都应该离了！"

王张丽说："我也是这样认为的，你们不知我妈为了我爸活得多恓惶！我要是她，早都跳楼自杀了，但我妈为了我们姐弟，不但忍辱负重地活了下来，还委屈求全地改嫁给一个大她二十八岁、吃喝嫖赌样样沾的人。"

我埋怨道："你妈可能让你爸给折腾得神经不正常了，这不是从蒸锅往煮锅跳吗？好不容易刚从火坑爬出来，就急着住泥坑栽。"

王张丽说："不是的婷婷，你不知道我们当时有多狼狈和无奈，我妈是为给我们姐弟找个窝窝才不得已嫁给他的。这不能怪我妈不长记性，只怪那个多嘴的媒婆为挣钱，把那个老鬼说得比超人还有能耐。谁料结婚后不但没靠住他，反叫他把我妈当成摇钱树……"

刘洋固执地说："谁叫她不长记性和眼睛呢？上赶着跟那瞎怂往一块搅合。"

王张丽反驳道："不是我妈不长记性和眼睛，而是她从小失去爹妈没念书，善良简单，容易上当。"

我说："难怪哩，没有爹妈疼爱的人咋这么命苦！"

张丽说："离婚后，我那几个叔父还嫌她离了我爸，到处找她算账报仇，吓得她像做了见不得人的事，到处逃避躲藏。"

刘洋好奇地问："藏啥？又没偷人藏什么藏？"

王张丽说："不藏叫他们逮住看能打死吗！"

我气愤地说："他们凭啥打人？他们长手着你妈就没

惜别

长手？"

刘洋也忿忿不平地说："就是，你妈不还手怪她怂。"

王张丽说："我妈能打过那些山汉吗？我妈跑都跑不了，还敢还手打人！趁天黑，领着我们姐弟跑到我舅家住了一晚。那晚，我舅妈给我舅舅寻了一夜的事。"

我说："妹妹领着娃娃躲难来了，当舅妈的人不好好招待，还寻啥事吗？"

张丽说："害怕我们住，为了撵走我们，我舅妈恼怒地不是骑在崖头上跳崖，就是寻死觅活地要上吊，闹得我舅舅没处钻，吓得我们谁也不敢上炕睡觉。天亮后，她又逼着我舅舅离婚。我妈不想让我舅舅作难，只好领着我们离开了舅舅家。"

刘洋恼怒地骂道："你那个舅妈真是连一点人情都没有，最好把她头拿铁叶子箍住。"

王张丽说："她本来就是个瞎心人，只怪我舅舅当初瞎了眼！"

"要是我我早把她赶走了，六亲不认的东西要她干啥哩。"刘洋边说边捏紧了拳头。

我附和着说："就是的，给我我也不要她。"

王张丽叹了一口气说："事情不是你俩想得那么简单！要散一个家庭谈何容易，我妈不是我爸卖了房子没处住，她才不离婚呢，她说离婚的家庭让娃娃没有归属感和踏实感。"

我觉得张丽说得有理，拉住她的手说："你说得太好了，你咋知道这些道理来？"

"道理都是从大人口里听的，自己身边看的。你妈和我妈为了咱们的生存容易吗？"她哽咽得说不下去了。

我说："好着哩张丽，不要哭了，等咱们长大以后有了工作挣钱了，把咱们妈妈接到城里好好孝敬她。"

王张丽边擦眼泪边说:"但愿有这一天!"

我说:"这一天会很快到来的。你刚才说你们从你舅家出来又准备去哪儿?"

王张丽说:"没处去了不说,我妈还病倒了!"

我焦急地问:"你妈病倒了你后爸给请大夫看没有?他待你们好不好?"

王张丽说:"要是好些,我心里也没有这么苦。"

刘洋说:"媒婆不是说那人比超人还有能耐吗,咋能对你们不好呢?"

王张丽说:"有个屁能耐和本事。天底下哪个有能耐男人快六十岁了还讨不到老婆?除了不抽大烟,别的都跟我亲爸是枣木锤锤一对对,一个妈都生不下这么像的两个人。听人说他从小就不务正业。"

刘洋说:"不学好么,谁家女子瞎了眼了跟他呢!"

王张丽说:"和我妈结婚三天没到就原形毕露了,整天逼着我妈叫我们姐弟改姓跟他姓。"

刘洋说:"姓可不是随便改的,改不好一家人都不安宁。"

王张丽说:"这个我们知道,虽然我们对我生父充满了怨恨,但也不能全部依从继父姓王的胡来。我们商量决定,我长大得出嫁,出嫁了也是旁人家人,还不如早早把姓改了,叫姓王的心安气顺,脸上有彩,日子还能好过点。就这样把王姓放在张姓前面。"

我听得糊里涂糊地问:"你把姓改了你继父对你们是不是比原来好一点?"

王张丽说:"谈不上好,只能说借人家两孔窑洞安身罢了。吃是靠我妈帮人看小孩做家务挣的钱维持着,穿是邻居和亲戚送的,就这,他稍不顺心就打我妈。一次,他赌输了三百多元,债主跟在家里要账几天不走,他叫问我

妈要,我妈实在没有,他就逼着我妈用身体还。我妈不依,他在我和弟弟上学走了家里没人时,把妈妈捆绑起来让债主糟蹋了……"张丽说到此泣不成声。

刘洋气得骂道:"那驴日的亏他先人哩,没见过世上还有这种人,把自己老婆绑住让别人糟蹋,真是比禽兽还禽兽!"

王张丽边擦眼泪边说:"从此以后,我妈妈就成了他的还款机和摇钱树,他不停地逼着我妈用这种方式替他还赌债,慢慢地,我妈身体终于支撑不住病倒了。"

刘洋说:"病倒了也好,不用当还款机和摇钱树了!"

王张丽叹了口气接着说:"本来我妈为生我们姐弟就得了一身的病,没钱治疗不说,现在又被我继父逼得加重了病情。我只有好好学习考大学,等大学毕业有了工作,给她请最好的大夫治病。"

我紧紧地握住王张丽的手说:"你一定能考上大学,你是咱班的学习尖子,加上你的孝心和责任心,一定能感动上天。"

刘洋说:"对,愿我们的三好学生尽快实现自己理想,愿我们的友谊长存,童心永驻!愿我们忘掉过去,重新开始!"我们三人的手拉在一起,同时喊道:"忘掉过去,重新开始!友谊长存,童心永驻!"

第八章 练 功

　　银川是我向往已久的城市。从电视上看，它是一座山川秀美、被黄河环抱的城市，还因沙湖的奇特景观而闻名世界，又有著名文学家张贤亮投资创建的西部影视城，是我日夜盼望着一睹为快的风景胜地。没想到明天就要实现我的梦想了，我的心情能不激动吗？

　　清晨6时，我们坐上去银川的班车。路上，车轮滚滚，我心潮澎湃，太阳公公从大山后面渐渐露出那慈祥的脸庞，徐徐上升，不一会儿工夫，光芒万丈，普照大地。新的一天便在这浓浓暖意中拉开了帷幕。

　　远方的白云，层层叠叠地笼罩着光秃秃的群山，路边的沙丘一个接一个，既看不到边，又看不到迷人的景色。能看到的景物不是群山就是沙丘，要么就是孤独凄凉、高低不平的公路和无边无际的沙滩。

　　走近吴忠市，跃入眼帘的是片片翠绿的田野。微风吹来，一眼望不到边的庄稼，恰似微波粼粼的海水，公路两侧，绿树成荫，百花争奇斗艳，竞相开放，到处呈现着一派生机盎然的景象。

　　"妈妈快看，妈妈快看！鱼池边有人在钓鱼，他能钓到鱼吗？"

　　妈妈回答："能，一定能，凭他的认真说不定还能钓到大鱼呢！"

　　正说着，一位戴草帽的老爷爷果真钓到了一条鱼，看到他欢快的神情，我也被感染了，高兴得拍着小手说：

"钓上了,钓上了,真的钓上鱼了!"

由于激动,声音过大,惹得全车人都向我投来不解的目光。

妈妈微笑着向身边的旅客解释道:"不好意思,孩子没见过钓鱼,一高兴就喊出了声,惊扰大家了。"

几位客人说:"没事没事,孩子嘛,好奇心强!"

汽车不停地在路上奔驰着,可我总觉得车走得太慢,路太长,心想,什么时候能把车辆发明得和飞机一样,让有急事的人坐上它一下就能到目的地。

我急得又问妈妈:"这个车几点能到银川?"

妈妈说:"快了快了,你急得做啥呀!"

我说:"坐车真难受,急得我想吐。"

妈妈让我坐定向前看,最好闭上眼睛睡一会儿。而我兴奋得哪能睡着呀!看到车窗外边那优美的风景,心中不禁生出一丝惆怅,心里默默地问自己:我这是真的要离开故乡去大城市学艺吗?城市虽然是人人向往和羡慕的地方,但不是人人都能生存适应的。再说,我这次考试能否通过,还是个未知数。因为现在人才济济,竞争又激烈残酷。特别是近几年,考艺校的孩子多如牛毛。如果考不上怎么办?还得回家上初中。不,千万不能回妈妈那个家,哪怕继续在三姨妈家寄读,也不能回家坐牢,无论如何都不能回到妈妈身边。

妈妈的生活太严谨认真了。她对啥都追求完美无缺,一丝不苟,尤其对我们姐弟的人身安全、生活习惯及学业的严格,简直让人无法忍受。平时,弟弟出去玩一会儿,她就像个监狱长似的跟在屁股后面不离身,生怕弟弟跑丢或摔伤。上学是牵着手送去,放学是拖着手领回,睡觉还要搂在怀里。更让人无法理解的是,连我们上厕所她都要陪着。我这个性格若再回到她身边继续上学读书,不把我憋死才怪呢！因此，无论如何，我都要尽最大努力考上宁夏艺术学校。否则，还得回去过犯人般的生活，坐不是监狱的家牢。

车辆终于驶进了银川市，我激动地把银川市的南门当成了北京天安门。因为每天从电视上看到北京天安门前挂着毛主席像，正好银川市的南门上也挂着。我兴奋地站起来拉着妈妈让她和我一起看。妈妈怕人听见笑话，用手捂住我的嘴"嘘"了一声，示意我不要出声闹笑话，我才压低声说："我们咋到天安门啦！"

车辆缓缓驶进南门汽车站。天哪，好大一个汽车站，院子里停了那么多车，有大巴、中巴、面包车、快客等等，出出进进的人群如流水，让人眼花缭乱，目不暇接。

走出车站，行人匆匆，面孔陌生，互不相识。虽说高楼林立，车水马龙，然而，繁华的闹市却让我一下感到无比孤独，无比恐惧。偌大一个城市连一个熟悉的面孔都碰不到，更别说玩耍谈心的伙伴了。心想，即便考上银川市的艺术学校，能否适应城市的生活还是个未知数。因为我是农村娃，从小与大山为伍，与黄土为伴，看到的除了山沟就是干旱贫瘠的土地，哪有这么高的大楼和宽畅整洁的柏油马路……妈妈带着我不停地满街找旅馆，旅馆虽多但价格昂贵，转来转去，终于找到了一个价格适中的小旅馆。就那，每人住一晚得花50元！

住进这个旅馆洗罢脸，妈妈就带我直奔宁夏京剧院的招生办公室。如果不是石院长和刘小鹏科长对招生工作认真负责，我们一定扑空了。因为我们赶到时，已经是下午六点半了，两位领导不顾饥饿，仍然耐心地接待着每一位来访者和报名者。

经过面试，石院长对我很感兴趣，让妈妈先带我买套考试服装，顺便照张一寸彩色相片。

妈妈听后,就带我先照相后买服装。在买服装过程中,我跟妈妈是针尖对麦芒,互不相让。我看上这套,她看上那套;我看上这个款式,她看上那个颜色。一赌气,我就不想买了,步子自然迈得慢了。没想到这一慢我俩走散了,我漫无目的地在大街上到处找妈妈,怎么都找不到,还糊里糊涂地拐了几个弯,越拐越远,越走越不对头。走着走着,看到前面一栋楼下围了好多人,便凑上去看热闹。哦,原来是在放电影,何不坐下歇歇脚缓缓神,看会电影再找寻妈妈。

没想到看得入了迷,忘了寻找妈妈的事。直到电影结束才想起找窝,可怎么都找不到返回的路了。

怎么办?眼看夜幕降临,华灯升起,周围的人都已散去,我心里开始发慌害怕了。看到来来往往的行人都在匆匆忙忙地赶路,我一下紧张得不知如何是好。不知妈妈现在哪里,是否也在寻找我。我不能让妈妈焦急担心,凭着仅存的一点记忆,拼命判断来时的方向和路径,幸好我记住了那个旅馆的名字。于是,我边找边问,问了好多人,回答都是不知道。我心情沮丧极了,但我坚信我记住的旅馆名字是正确的。

于是,我不停地找,不停地问,当问到一位行路缓慢的老爷爷时,他盘问清楚后才领我找到了那家小旅馆。老远,就看到旅馆门前围着好多人,我带着惊恐的心情向旅馆跑去。妈妈看见我,不顾一切地扑上来抱住我就哭,边哭边问:"你怎么找回来的?吓死妈妈了,吓死妈妈了!"

我看着泪流满面、悲喜交加的妈妈脑子一片空白,点点头又摇摇头不知说啥好,也不知道怎样安慰她。围观者你一言他一语地说:"别哭啦,孩子回来了应该高兴才是,还哭啥呀?"妈妈这才抹掉泪水,向围观者道谢后,便拉着我的手向三楼房间走去。

我本来还想给妈妈认个错，说几句安慰话。可妈妈说啥都不要我说，催我赶快洗脸，早点休息，明天还要考试。"今天的事情全怪妈妈不怪你，是妈妈没有尊重你的选择，没有满足你的要求。不过你放心地睡，赶明天早晨考试前，妈妈保证把你看上的那套衣服买回来，让你穿上进考场。"

第二天早晨，妈妈早早领我去了考点。没想到还有比我们来得更早的家长和考生，多数是女生，她们穿着五颜六色、新颖独特的服装在等待考试，显得格外漂亮，分外洋气。我看到她们的着装，自卑感油然而生。妈妈看穿了我的心思，拉着我说："考试还早，咱们先去买衣服。"

我们母女俩又奔波在大街小巷。

唉！人急了办事就不顺，咋找都找不到昨天卖那套衣服的铺面，只好又另选了几套衣服在我身上比划着，不是长就是短，不是宽就是窄，要么就是颜色不好看，真气人！最后终于选了一件粉色T恤和半裤。我用最快的速度换上衣服，拉着妈妈就往考场跑。此时，我的自卑感随着衣服的包装烟消云散，虚荣心得到了满足。那一刻，我觉得我是世界上最美丽、最幸福、最洋气的小女孩。

妈妈也说："真是人靠衣裳马靠鞍，女儿经这衣服一包装，像换了个人似的，好漂亮！"

考试入场开始，监考官通知：除考生外，陪考者一律不许进入考场。妈妈听了无奈地拖着我的手站在后面不敢动，等所有考生入场后才拖着我的手向里面走，被守门人挡住不让进。

妈妈央求道："老师，我们是从甘肃赶来的，孩子生在农村长在农村，没出过远门，没见过世面，胆小怕见人。今天考试非得我这个妈妈陪着，不然她会吓得上不了考场，请给个方便吧！"

守门人被感动了,放妈妈进入了考场。

看到前面的考生一个个被叫上考试的大舞台,回答着考官老师的各种提问,做着示范老师做的各种表演动作,妈妈紧张得手心渗出了汗。而我不但不紧张,反而急得嫌考生多轮不到我,心里不停地祈祷着考快点,让我给考官老师展示一下妈妈教我练的基本功。刚轮到我时,天不作美,上午考试结束,我只好耐着性子等下午。

按顺序,下午开场的第一个考生是我,不知为什么又把我调到第三位。妈妈怕这样换来换去影响我情绪,便轻轻拉了拉我手,示意我不要着急泄气,继续等。其实我当时除了急,其他啥都无所谓。

人就这么怪,心里越急切,时间仿佛过得越慢,像凝固了似的,好不容易才盼到考官老师呼喊我名字。

妈妈听见后重重地捏了一下我手,微笑着推了我一把说:"去吧,终于等到了!"

我激动地跑上考试舞台,等待老师的提问和示范。

考官老师让我先做自我介绍。我详细地介绍完自己的出生地和年龄与学籍后,招考老师就开始摸骨看手型,量身高,看走姿,折腿,折手指头,接着带我踢腿、拉膀、下叉、下腰、下蹲、起立、跳弹跳、溜虎条等。把这一系列动作做完后,让我带着感情朗诵一首诗。我就把自己在学校写的那首《白衣天使》带着感情朗诵给众位考官老师:

"春天到了,小草绿了;
山花开了,燕子来了。
在抗击非典中,
病床边多了妈妈的身影。
病人中多了妈妈的照顾,
在与非典恶魔的抗击中,

妈妈却光荣牺牲了。
小草有再绿的时候，
山花有再开的时候，
而妈妈的生命永远不会复活。

妈妈虽然走了，永远地走了，
但我为有这样一位勇敢的妈妈而自豪。
我祝愿全国人民万众一心，众志成城，在抗击非典恶魔中取得更大成功，战胜这场灾难。"

我的朗诵一停，考官老师热烈地鼓起了掌。石小元考官问："小朋友，请回答我的问题，你刚才朗诵的这首诗，是不是自己写的？"

我回答："是我自己写的！"

他又问："为什么要写这首诗？"

我回答："我们国家今年处在战胜非典的关键时刻，到处都在颂扬白衣天使的奉献精神。我们语文老师要求我们每人写一首小诗，或一篇作文表达心意，我就写了这首诗。"

石小元考官听完我的回答说："OK，往下考。"接着，又让我再唱一首歌。

我就把孙老师给我创作的那首《小卓玛》，用心唱给考官老师听。没等我唱完，石小元考官打手势不让我往下再唱了。当时我紧张得以为唱错了或是没唱好。结果他说："小朋友，你的嗓音非常好。不用再唱了，你专业考试过关啦，就看下边的知识问答和文化课考试了。"

我这才把提在嗓子眼的心放了下来。

第二天早晨接着考综合题，因为是开卷考试，答案在昨天报名时就已发到考生手里，要求考生全部背过记熟，临场由考官老师抽考。为了保险，我已全部背过了。考官老师无论提问哪道题，我都能对答如流，一字不漏地回答准确。

考官：《在延安文艺座谈会上的讲话》是谁的讲话，发表在哪一年哪一月哪一日？

答：毛泽东主席在1942年5月23日发表的。

考官：京剧的"四功五法"指的是什么？

答：四功指的是唱、念、做、打。五法是手、眼、身、法、步。

考官：现任的国家主席是谁？

答：胡锦涛。

考官：《三国演义》里诸葛亮是魏、蜀、吴三国中哪国的宰相？

答：蜀国的宰相。

考官：田园交响曲是谁的音乐作品？他是哪国人？

答：贝多芬，是德国人。

考官：黄梅戏是哪个地方的地方剧种？

答：安徽。

考官：古代"战国七雄"指的是哪些国家？

答：齐、楚、燕、韩、赵、魏、秦。

考官：人的血型一共有几种？

答：A、B、O、AB型四种。

考官：京剧中的四大名旦是哪几位艺术家？

答：梅兰芳、尚小云、程砚秋、荀慧生。

考官：京剧从创立到现在有多少年的历史？

答：213年。

考官：四大徽班指的是？

答：三庆、四喜、和春、春台。

考官：京剧中的包拯是哪一行？

答：净行。

考官：宁夏京剧团原属中国京剧院哪个团？

答：中国京剧院四团。

专业知识考试我得了满分,激动得妈妈坐在下面哭出声来……

当我带着胜利的喜悦和自豪的心情,从考试台上跑到妈妈身边时,她哭得像泪人。我焦急地摇着妈妈的手问:"妈妈别哭啦,别哭啦!快回答我,女儿今天的表现怎么样?你是否对我的表现不满意?"妈妈虽然哭得说不出话,但她不停地摇头,不住地用手拍我的肩膀,摸我的头,不住地点头表示满意。

我又接着问:"妈妈,那你看我能不能接你的班,干演艺事业?"

妈妈这次既坚定又果断地说:"不仅能,而且将来肯定能超越妈妈!"

我说:"既然能你还哭啥呀?是不是女儿考得不理想叫你失望了?"

妈妈这才说出她哭泣的原因,她说:"你今天表现得很棒,妈妈是因为你表现出众想到了你爸爸,可惜他没看到你今天的表现!你今天展现得轻松自如,活泼可爱,没有一点怯场和畏缩,加上基本功的出类拔萃,真的不错!要是你爸爸在世的话,看到你今天的表现肯定比我还高兴!"

哦,原来妈妈是想起了爸爸!看来女人的感情都很脆弱,不论老小都爱哭鼻子,连高兴了都要哭!难怪老师经常批评我们女生说:"你们都像水一样,动不动就会掉个尿水子,爱哭了好好哭,看眼睛里有多少水水淌不完。"

文化课考试应该没问题,试卷上百分之九十的题我都学过。看了试卷,我对文化课考试也充满信心,答得轻松利索,不一会儿工夫就交了卷子。所有考试全部结束,妈妈决定带我连夜返家,我们已在银川住了四五天,开销大不说,还心急得想家想弟弟。录取与否,顺其自然,能录取更好,圆了我学艺梦;录取不上,还可以继续上学念初中。我有年龄优势和选择余地,不怕没学上,只怕我不上。

下午坐车,到家已是凌晨两点多钟,妈妈拖着我的手紧张害怕地走在漆黑的巷道中……

第二天早晨七点整,我还在梦乡,妈妈就叫我起床,边摸我脸蛋边说:"婷婷,起床了,学艺是不能睡懒觉的。根据考试成绩判断,你可能要被宁夏艺术学校录取了。看来你真要步我和你爸的后尘,走我们学艺的老路了!这可能也是命里注定,上苍安排好的。妈只能顺从天意,尊重你的选择。但你要记住,学艺之路很辛苦,没有捷径走,没有窍门寻,只有踏踏实实、本本分分地勤学苦练,才能学到惊人艺。否则,条件再好,天赋再优越,都会被懒惰摧毁。总之,学艺要曲不离口、拳不离手地天天坚持苦练才行。"

听妈妈这一说,我学艺的决心更加坚定,虽然只睡了不到四小时,瞌睡恋床不想动,但一下来了精神,没了睡意,急忙起床穿好练功服到院子去练功。

妈妈边带我练功,边给我纠正示范动作中一招一式、一静一动的基本要领,每个动作都要求精准。有时,因为某一个动作的起范或亮相做不规范,妈妈就要求我一遍不行来两遍,两遍不行来三遍,甚至十遍二十遍都是常有的事。

她还告诉我,练功时千万不能三心二意、心不在焉,更不能随随便便、马马虎虎,稍不谨慎,不是伤筋动骨,就是坏毛病趁虚而入,很难改掉。练功人都知道,功夫这玩艺,说起来容易练起来难,它不光难在功难练、筋难拔、腿难踢、腰难下、顶难拿、跤难翻,还难在练功过程中的疼痛辛苦、枯燥乏味,以及无休止的重复回功,没有相当的耐心和毅力的人是坚持不住的。

比如，一个身体正常的人，突然在某一天，感觉心情不爽身体不佳时，困得不想起床，还哪来精力和心思练功？假设遇到这种情况，你能日复一日地坚持下去吗？因此说，坚持和不间断这一关，对每个学艺人都是艰难的挑战，严峻的考验。

我心里想，有那么严重吗？不管那么多，只要眼下不让我学习做作业，叫我干啥都行。但通过实践，我果然坚持不住想当逃兵。一天早晨，才六点整，妈妈就叫我起床练功，我不乐意，加之没睡醒，浑身筋骨疼得像散了架似的，还练什么功呢！真烦人，学艺就学艺嘛，为啥非要练功？而且还要时时、天天、年年练，难道不练功就学不成艺吗？

妈妈反复告诫："学艺人的必经之路就是练功，不练功是绝对学不好艺的，也成不了艺术家。要想达到艺术家的境界，必须得年年、月月、天天、时时坚持练功，不坚持就容易回功，回功了又等于没练，你看那些有成就的艺术家，哪一个出来不是技艺精湛，功底扎实，那都是练下的！"

这些道理我很明白，但我今天实在没有心情练，便磨蹭来磨蹭去地想出一个馊主意。干脆偷偷溜走吧，走了就不用练功受罪了。至于后果，管不了那么多。就这样，我又一次决定离家出走。利用上厕所时间偷偷向姑姑妈妈家跑去，害得妈妈到处找不到。打电话问姑姑妈妈，姑姑妈妈偏偏没给说实话，整得妈妈惊动了左邻右舍、单位领导及身边的亲朋好友，大家分头帮着妈妈找女儿。

两天后，妈妈找到姑姑妈妈家。

结果是人找到了，家我不回。

不论她咋讲道理做工作，我都是固执己见地不回去。

妈妈拿我没办法,只好赌气地弃我而归。

妈妈走后,姑夫爸爸问我不回去的原因到底是什么。

我不加隐讳地说:"我本来就不爱回那个没有养育我的家你是知道的,现在更不想回去,因为回去每天要练功看弟弟,而且一天得练两场功,还要看她脸色,听她唠叨,受她约束,挨她体罚,要是你你回去吗?你没练过功,根本不知道练功的疼苦枯燥,乏味累人,比你担粪、破柴、拉架子车还累。下了功还不给人玩耍的空间,弄得人心情压抑神经紧张,这就是我不回去的原因。"

姑夫爸爸听后笑着说:"好瓜娃哩,你说了一大堆,全是瞎子卖布胡扯哩,没说着一个正经理由,都是替自己的懒惰在狡辩,全站不住脚,占不住理。听爸给你说,今天耍到黑,明日就回去跟你妈练功去,练好有工作了,就不用受爸爸这份恓惶了!她好歹是咱们县上的名演员,教你没问题。"

听姑夫爸爸这一说,我觉得自己错了。不上学、不学艺,将来怎么能走出大山呢?再说,学艺是我当初的选择,怎么能中途反悔呢?

一星期后,妈妈等不住我回家,又来到姑夫爸爸家催问:"你考的这个艺术学校上还是不上?上的话,我就做你上的打算,不上就做不上的准备。"

我坚定地回答:"原来打算上,现在又不想上了。"

妈妈说:"既然不上,当初为何要去考?既然考上了为啥又不上?再说,报考艺术学校是你自己选择的,咋突然反悔不上了,能告诉我原因吗?"

我嘴上没言语,心里觉得有点愧疚。上艺校不仅是我自己决定的,也是我当初下决心选择的。考试那天,考官老师,特别是石小元院长对我又是那么赏识,我为啥要反悔呢?

妈妈又语重心长地说:"婷婷,人这一生机遇很少,当机遇降临时不抓住,就会即刻逝去,到那时后悔也是枉然!在我心里,你是一个懂道理、有志向的孩子,咋在大事上变得如此愚蠢呢?我给你说过多少遍,练功是学艺人的基本要求和必经之路,练功确实苦,但它苦不过农民吧?你虽然是干部子女,可生在农村、长在农村,不是没见过农民的辛苦。他们在农忙季节的苦日子你不是没有体会过。就那,不遇天灾人祸还好说,遇个天灾人祸,连肚子都填不饱!这算不算苦?和农民比,我觉得学艺一点都不苦,而且艺学好了还有丰厚的经济回报。农民辛劳一年,除了吃饱肚子再有啥回报?你还没有踏进艺术殿堂的大门呢,就嫌苦嫌累嫌枯燥,那真正迈进这个神圣的艺术殿堂后,腰腿一疼,老师一抓,教练一打,不当逃兵才怪呢!"

说到此,妈妈既痛心又严肃地说:"试也考了,路也跑了,道理也对你反复讲了,升初中的学生应该对自己的前途有打算了,如何选择,给你三天时间你再想想,三天后若不回家就等于你自己将自己放弃了。你今年是毕业班,回来不练功了也得复习文化课!县城是六年制小学,而你上的是五年制学校,本身就比县城学生少读了一年书,再不抓紧复习,上初中会跟不上的。"

不论妈妈咋说,我都不吭声,气得妈妈没办法,最后问:"我说了半天,你到底想不想今天跟我一块儿回去复习文化课?"

我又摇了摇头说:"不回去,至少今天不回去,希望你不要逼我,让我再想想。"

妈妈只好说:"好,今天不回去没关系,那就再耍两天自己回来。"说完就转身走了。

妈妈走后,过了三两天,如果不是中秋节的诱惑,我

照样不回去，任她咋打电话咋捎话，咋托人带信，我就是不回去。

中秋节前一天，妈妈租了辆北京吉普车来接我回家过节。这当然是我求之不得的事。我天生贪嘴，姑姑妈妈家满足不了我的食欲，只好趁此机会，回家大饱口福。

回家后，发现妈妈买了各种水果和月饼，还有自己蒸的和烙的月饼，可以说应有尽有。

说起妈妈的蒸月饼，堪称一绝。那是外婆传给她的看家手艺。先把起好的面与面粉兑好揉筋道后，擀成六个小圆张，将提前擀细的花椒叶或香豆叶撒上，如想吃甜月饼就将蜂蜜或白糖抹在面张上，一张一张沓起后，再在上面用剩余的面做成各种花鸟昆虫或动物，然后用专门做花的小木梳子压上花纹，拧上花边和花芽，再用花椒粒把小动物的五官装扮好才能下锅蒸。

半小时后，蒸出的月饼既蓬松又酥软，既好吃又美观，不仅是餐桌上的美味佳肴，还是精美绝伦的艺术品。

饭后，按照我们当地的习俗，八月十五的月饼及水果需在向月神敬献后，才能食用，妈妈虽然是国家干部，但她十分尊重传统习俗。这不，她正忙着给月神准备过节食物，光水果就洗了好几遍，摆放时，每样食物一个不能多，一个不能少，还要摆好看。我和弟弟趁妈妈不注意，一人偷了一块月饼和一串葡萄吃。妈妈发现后说："你们真不讲礼貌，连给月神敬献的食物都敢偷吃，小心月神知道了怪罪你们。"

夜幕降临，妈妈把敬献月神的各种食品，小心翼翼地用双手捧上了墙头。

弟弟不解地问："妈妈，为啥要把这些吃的放在墙头上，而不放在平地上呢？"

妈妈说："只有放在墙头上，月神才能看见，品尝到。

放低了怕人和狗偷吃。"

弟弟又问:"月神看见真的会吃这些食品吗?"

妈妈说:"会是会,但不一定能吃到咱家的。"

弟弟问:"为啥?你辛辛苦苦地准备了半天,月神不吃的话,岂不是辜负了你的一番好心。"

妈妈说:"不是月神不吃,而是今晚给月神献食品的庄户人家太多了,是月神吃不过来。"

弟弟开心地说:"既然她吃不过来,就端下来让我和姐姐吃!"

妈妈笑着说:"那可不行,即便月神吃不过来,也不能把祖宗传下的风俗习惯和传统随便丢弃。"我突然明白了一个道理,原来妈妈辛劳了半天不光是为月神献食物,主要是为继承中国的传统节日与风俗习惯。难怪中华民族五千年来的好多习俗能延续至今,都是父辈们一代一代传承下来的。此时,我想起苏东坡的"明月几时有,把酒问青天",并将其改为"明月今夜有,献食向天空"。

妈妈激动地说:"没想到我女儿能给苏东坡当徒弟了,好样的,就这样学着模仿,模仿久了,自然会变成诗人的。哎呀!快看快看,嫦娥出来了,嫦娥出来了!"

我和弟弟以为真是嫦娥出来了,争相观看,可看了半天怎么也看不到嫦娥的影子。弟弟急切地问:"妈妈,嫦娥在哪里,嫦娥在哪里?我怎么看不见嫦娥?"

妈妈笑着说:"嫦娥就在月亮里边站着。"

弟弟又问:"月亮里边能住几个人?我也想上去能行吗?"

妈妈说:"嫦娥是神仙,我们是凡人。只有神仙才能上天,凡人只能住在人间。"

我说:"妈妈,你把月亮和神仙的故事给我们讲讲

行吗?"

妈妈便给我们讲起了月亮的故事:

很久以前,一个村子东头住着一家姓李的,有个儿子叫李刚,生得人高马大,体壮腰宽。村子西头住着一家姓金的,有个女儿叫金花,生得苗条俊秀,人见人爱。两家父母相互赏识对方儿女,就给儿女订了亲事。天有不测风云,人有旦夕祸福。两家父母在给儿女订亲半年后相继去世了。李刚和金花转眼到了结婚年龄,在乡邻和亲戚的帮助下完了婚。小两口相亲相敬,男耕女织,生活得很幸福。哪料,朝廷下令,壮年男子全部充军打仗。小两口不得不暂时分离。分离的前一天晚上,金花在灯下边啼哭,边为丈夫用金线一针一针地绣了条腰带。腰带的一头绣了几只活灵活现的小蝴蝶,像要展翅飞走的样子。李刚担心他走后妻子心慌,第二天早早起来,跑到离家几十里外的集市上买回好多金线,供妻子绣花解闷。

天黑前,李刚就被人带走了。

李刚走后,金花整天大门不出二门不迈地坐在窗前,用丈夫给她买下的金线不停地绣花。绣啊绣,绣啊绣,不知不觉三年过去了。一天早上,金花醒来没穿衣服就坐在窗前开始绣花。只听"扑棱扑棱"的响声从窗外传进来。金花抬手打开窗户看时,飞进来几只蝴蝶,在她面前飞了几圈后便落在金线上,还忽扇忽扇了几下翅膀,叼起金花绣花的金线从窗户飞走了。不一会儿工夫,又飞来几十只蝴蝶,把金花的金线全叼走了。金花见金线被蝴蝶叼走,光着身子从窗口撑出去追赶。没留意突然被一阵轻烟托向空中,她知道自己没穿衣服,羞得护着身子不敢抬头,又听空中有人在叫她,抬头看时,只觉身子轻飘飘地随着叫声飘向空中,飘到西边又落了下来。

原来,空中叫她的不是别人,正是她日思夜想的丈夫李刚。李刚三年前充军打仗时英勇无比,战死疆场后灵魂升天,玉皇大帝命他盗金线为人间造福。他就去叨妻子的金线,妻子心疼,光着身子追赶时被他托上天空,金花羞得浑身通红通红的。李刚托着自己的妻子不断上升,累得脸色煞白煞白。

正巧玉皇大帝出游,远远望见空中一团红火在飘,后面一团白雾在追,问身边护卫大帅是怎么回事。

护卫大帅回答:"那团火是李刚的妻子金花,那团白雾是李刚本人。李刚奉你旨令,前去盗人间金线时,盗了自己妻子的绣花金线。"

玉皇大帝听罢对护卫大帅说:"传他俩前来见我。"

护卫大帅传罢旨,金花对丈夫说:"你看我没穿衣服,咋去见玉皇大帝呢?"

李刚见妻子这个样子也犯了愁。有心不让妻子去,可是玉皇大帝的命令怎敢违抗?正在犯愁时,抬头看见他从妻子那儿盗来的金线在万里以外闪闪发光,让人难以睁眼。于是,他便将从妻子那里盗来的金线给她披在身上遮羞,然后一同前去拜见玉皇大帝。

玉皇大帝见金花浑身上下发光,随即封金花做太阳,白天照耀万物;封李刚为月亮,夜里为万物照明。

就这样,金花做了太阳,太阳是女的,李刚做了月亮,月亮是男的。

弟弟天真地说:"原来月亮是男人变的,我们男人真胆大真勇敢,夜晚都在给人站岗放哨,做伴壮胆。"

果然,金珠般的月儿从山后慢慢升起。先是徐徐地穿过一绺一绺轻烟似的白云,露出了金灿灿的光芒向天空慢慢地升起。渐渐地,月儿的颜色咋变成白色了?但它非常傲慢地继续升着。真有趣,像个银白色的玉盘,反射出的道道亮光把黑夜照得如同白昼。

啊,皎洁的月亮,你不仅跟嫦娥一样美丽漂亮,还勾起了多少孩子丰富的联想。

听妈妈讲,嫦娥是因为偷吃仙药,才被天官囚禁在寂寞冷清的广寒宫。这又让我想起了唐代诗人李商隐的诗:

云母屏风烛影深,
长河渐落晓星沉。
嫦娥应悔偷灵药,
碧海青天夜夜心。

唉!可怜的嫦娥,你为啥要偷吃仙药,难道别人给你献的食物不够你吃?你为啥要偷?药能有月饼和水果好吃吗?看你背个偷名多难听!现在倒好,被人抓住囚在广寒宫,啥也看不到见不上,多心急!不用偷的食物放了一大堆,你却吃不上多可惜!你知道吗嫦娥姐姐,我们凡间的老百姓把你传说得可好啦!说你美丽漂亮,冰清玉洁;说你善良仁爱,宽厚仁慈。你早被老百姓神化了,人们都把你当神敬着当仙供着。特别在你生日这天,我们各家各户争相拿出最好、最美、最干净的食物敬献给你。遗憾的是你看不到老百姓对你的敬重,吃不上民间母亲蒸的花月饼,怨都怨你犯了不该犯的错。

不过,这一定是你小时候犯的错误,可他们为啥要长期这样对待你,真不公平!难道神仙只允许犯错误,不允许改正错误吗?真悲哀!我真想去天空给嫦娥姐姐作伴,陪嫦娥姐姐聊天,让嫦娥姐姐给我讲故事,说古今。可她又那么遥远,让我啥心意都表达不上,真急人!

突然,天空传来两声大雁的哀鸣。我乞求道:"大雁啊大雁,你慢慢地飞,缓缓地归,让我借你的翅膀飞上天空,飞进广寒宫,给嫦娥姐姐消愁解闷,说话聊天,顺便看看圆圆的月亮和绣花的姐姐。绣花的姐姐年纪轻轻的都能变成月亮，那我外婆绣了一辈子花，咋就变不成个小星星？"

于是，我全神贯注地望着月儿，默默地背诵唐代著名诗人李白的《静夜思》，正如我也在思念故乡和亲人。

第九章 回 家

由于银川艺术学校因故推迟了开学时间,过罢中秋节,我又迫切地想去姑姑妈妈家过自由生活。

在一个阳光明媚、轻风徐缓的早晨,我没给妈妈打招呼又偷偷地跑到姑姑妈妈家。真是"跑惯的腿,吃惯的嘴"。妈妈今天找回我明天跑,搞得妈妈很无奈。不找吧,觉得对我不负责任,找吧,我老是不改调。真是找也不是,不找更不是。

作为一个责任心特强的妈妈,她从心底舍不得让自己孩子在学习期间把大好时光浪费掉。而我偏偏是个逆反心很强的人,你越找得勤我越跑得快,整得妈妈无所适从。一气之下,妈妈给我上了"酷刑",这个"酷刑"不是肉体的而是精神上的,也是我最忌讳、最害怕的心理酷刑。她逼我选择家庭和学校,选择家长和监护人。可我哪有自己的立场和观点。听妈妈说得有理时,就觉得选择妈妈作监护人是理所当然、天经地义的;听姑姑妈妈说得有理时,又觉得选姑姑妈妈和姑夫爸爸作监护人更为合适。说实话,我对他们的感情比对妈妈的感情深厚真切,这是不可否认的事实,也是无法改变的情怀。那时,我很迷茫,也没主意,不知道自己到底上哪个学,选哪个监护人好,就那么稀里糊涂地忽悠一天算一天。直到开学,姑姑妈妈家的四个孩子,全背着书包上学去了,丢下我没人管了。我心里一下觉得很自卑,失落的心情没处诉说。心想,姑姑妈妈和姑夫爸爸从心底没把我当自己亲生女儿看待,我不抓紧回去找亲娘还赖在人家指望啥?难怪老人们经常说,"地有塄塄,人有层层",不然,每到关键时刻,他们咋光顾着自己生养的而不管我这个寄养的?想着想着,马上想到了回家,回自己的家,找自己的亲妈去,我又不是没有家没有妈,何苦受这份冷落,看这个眉高眼低哩!

可妈妈这几天偏偏赌气不理我,明确表态让我选择家庭和学校,选择家长与监护人。而我选择的家庭与监护人到节骨眼上又不管我了,我该怎么办?怎么给妈妈赔礼道歉,回话认错呢?就是赔礼道歉了,妈妈能原谅我吗?能像过去那样既往不咎地迁就、养育、供帮、爱护、监管我吗?我越想越觉得妈妈这次是吃了秤砣铁了心要放弃我,不然,在这关键时刻咋不叫我不找我呢?

越想越没勇气回去,越想越不敢回去,急得我比热锅上的蚂蚁还狼狈,走出走进想不下个好主意。怨谁呢?怨自己没主意还瞎折腾!现在是秃子头上的虱子明摆着,姑夫爸爸和姑姑妈妈不管我了。此刻,我心烦意乱,焦躁不安,不知如何是好,便硬着头皮试探性地问姑姑妈妈要钱报名上初中。没等我把话说完,他们就给了我答复:"娃呀!我们是农民,是流着汗水双手在土里刨食的人,只要能吃饱肚子就不错,哪来钱供你上中学?我家四个娃娃的学费全是东拼西凑借来的。"

我说:"那咋不给我也拼凑地借一点,让我们一起去上学?"

姑夫爸爸说:"实在没处给你借了!就这,把该借的亲戚都借遍了,实在没处借了,你赶快回去问你妈要钱去。钱要来了就回来在咱家上初中,千万不要学唱戏,唱戏对你没有啥好处。"

我说:"你们都没处借,叫我妈上哪里去借?"

姑夫爸爸说:"她是国家干部,有工资,不用借。"

我决定回家问妈妈要学费,要得理直气壮,不依不饶,妈妈无奈地流着泪说:"娃,你能不能听句话,再不要胡搅蛮缠、怨东怨西了。钱这个东西妈妈没有世上有,妈作为一个母亲,而且是受党教育多年的人,不会因为没钱叫你们姐弟辍学,这点你绝对放心。现在只需你选择好上哪个学,妈就是砸锅卖铁卖房子都要供你的。关键是你自己要有主见,不能听旁人说三道四,侮辱演员。演员有啥不好?不好能做人民的宣传员吗?不好能在高台上教化人,能为人民服务吗?不好咋没有下岗失业的?全国上下有那么多干这一行的,有的唱出了名堂,成就了事业。像被世人敬重的艺术大师梅兰芳,国家在北京专门为他建立了梅兰芳大剧院。"

我觉得妈妈说的话有道理,思想又动摇了。

妈妈顺势说:"通过这几个假期的练功实践,你如果觉得吃不下那份苦,受不了那个罪,从心底不想学了,妈不勉强你,但我绝不允许你胡说戏剧行业的坏话!你知道我和你爸是这个行业养育的,是戏曲艺术造就、成全了我们。你作为这个行业人的子女,千万不能说这个行业的坏话与不是。因为没有戏曲行业,就没有我的今天和你这个宝贝女儿。"

妈妈说到这里停了停,顺手从书柜里翻出一包获奖证书和报纸,语重心长地告诉我:"我再不想对你说啥了,该说的话不知说了多少遍,重复了多少次,说来说去,都是对牛弹琴!"她将这个包抛给我说:"看这些去吧,看了就知道我和你爸走到今天是何等的不易!"

妈妈说罢就上班去了,把我与那包东西丢在一边好尴尬。我紧紧盯着那包东西在发呆,她为啥在这个时候让我看它呢?燃眉的事情都解决不了,看这能当饭吃当学上吗？她让我看的意图是啥我不明白，只好按她说的看了再说。

当我准备看时，突然意识到她让看的东西一定是有特殊意义的。不然，她不会在这个节骨眼上让我看。我这才小心翼翼地打开观看。首先看到的是平阳市文化艺术研究所吕副所长所写的关于爸爸的一篇文章：

《从演员导演到编剧——青年剧作者晁智文写真》

在1990年10月，平阳地区送文化下乡文艺调演中，他自编、自导、自演的小品《真与假》获创作一等奖、表演二等奖，并参加了全省文化下乡文艺汇演。1992年，自导自演的小品《超生夫妻新花样》获全省计划生育优秀宣传作品奖。1994年创作并导演的小品《爱心》获平阳地区第二届中学生文艺调演创作一等奖。 同年，《爱心》又获全国小品"百优"大赛二等奖。 1995年创作的四场现代陇剧《老孟家的婚事》，被县政府列为"五个一工程"剧目，受到地、县宣传与文化部门的高度重视。排演后，平阳地区电视台又录制播放，受到好评。作为平阳地区文化主管部门聘请的重点创作员，这些年来，晁智文先后创作、表演、发表大型戏曲剧本2部，小品14个，快板3个。

可喜的成果来自作者刻苦勤奋的耕耘和孜孜不倦的追求。随剧团下乡演出，他处处搜集农村的生活素材。晚上演出结束，他趴在农家炕头上，与昏暗的油灯相伴，提笔构思一幕幕剧情。《老孟家的婚事》是一部反映过继与招婿之间矛盾冲突的农村题材剧目。在写到"哭坟"一场时，作者随着笔下一句句如泣如诉的唱词，情不自禁地落下泪来……

晁智文出生在农村，成长在农村，对农村生活特别熟悉，厚实的生活根基给了他创作源泉和激情。舞台演出实践，又赋予他编与导的艺术灵气，三者相辅相成。他的作品生活气息和喜剧色彩较浓，由于他在剧中多设置夫妻、兄弟、母女等人物关系，既具戏剧性又能表现出真情实感。他为"希望工程"创作的小品《爱心》，真实地表现了贫家女孩渴求上学的心情，非常生动感人，演出后受到了观众欢迎，领导好评。由他编导并主演的小品《生日》，通过钻井队长的妻子和女儿准备为其过生日而久等不回的小故事，热情赞颂了石油工人护卫油井、公而忘私的高贵品质。

晁智文的艺术创作，还得助于爱人张锦莹的亲密合作。张锦莹是苦水县剧团优秀青年演员，曾多次在省、地级比赛中夺魁。他们是一对戏苑伉俪、艺术知音，又常常扮演舞台夫妻。在小品《超生夫妻新花样》一剧中，当他们以一对超生夫妻的形象出现在舞台上的时候，台下是一片会心的笑语，台上是一对夫妻认真的表演，他们的精彩表演收到了良好的社会效果。还有他创作上演的滑稽快板剧《儿子梦》、讽刺快板剧《前襟襟长，后襟襟短》、讽刺喜剧《老子英雄儿好汉》、小品《恩爱夫妻打离婚》等，演出后，不仅收到了良好的社会反响，还引起了人民群众的共鸣与思考。

听妈妈说，爸爸写的好几个小品和快板，都是一气呵成，接近生活，贴近群众，生动感人。如1990年自创、自导、自演的小品《真与假》，该剧本发表于平阳地区《小戏小品选》第二辑。1994年自创、自导、自演的小品《爱心》，反映了贫困家庭子女面临辍学的困境和挣扎，引起了全社会的极大关注，获得一等奖的同时还推动了"希望工程"在全国各地的广泛开展。1995年创作的大型现代陇剧《老孟家的婚事》，剧本发表于1995年《平阳剧作》第三辑、《甘肃艺苑》1997年第六期。

1995年6月3日的《甘肃日报》文化艺术版中，马野先生对该剧进行了深刻细致的点评：

半个多世纪以前，一个普通的农家姑娘争取婚姻自主的故事，经艺术处理之后，便出现了一个光彩照人的舞台形象——刘巧儿。刘巧儿成了那个时代老区妇女的代表。如今，即使在广大老区农村，婚姻自主应该不是一件困难的事了。但是，由于封建思想的桎梏，传统观念的束缚，经济滞后的影响，许多老区农村妇女终其一生的事业，还不过是生儿育女跟着丈夫转，刷锅洗碗围着锅台转，没有自己的人生，甚至没有独立的人格，还撑不起半边天，顶多只是白天里的几朵浮云，夜空中的几颗星星，男人的附庸而已。尤其在顶门立户、传宗接代这样的大事上，更是连资格也没有取得。不久前，咱们省的一个偏僻山区就发生过这样一件事情：兄弟两个，老大只有一个女儿，老二却有四个儿子，老二要把自己的儿子过继给老大一个，以续香火。兄弟俩因故未能达成协议，老大决定招一个女婿。就在办喜事的这一天，老二领着老婆前来寻衅滋事，闹得不可开交，直到乡政府出面，风波才算平息。

苦水县文化局干部晁智文敏锐地抓住了这一事实，在多方面的支持下，几次起稿，编成了一个四场陇剧剧本。苦水县剧团克服重重困难，将它搬上舞台。这就是四场现代陇剧《老孟家的婚事》。

剧中老大孟来厚因受"不孝有三，无后为大"思想的影响，觉得没有儿子愧对先人。其弟孟来财投其所好，就坚持把自己的儿子过继一个给老大，但又从思想深处不愿

真给,只不过想用此手腕图其家产而已。孟来厚的独生女儿孟月月,是一个职业中专毕业生,具有现代意识的女性青年,坚持认为女儿也是传后人,并在果树栽培、果品加工生产中与刘强建立了感情,欲招其为婿。在一连串的矛盾冲突中,孟来厚因屡受孟来财夫妇的欺骗愚弄,妻子含恨而亡,刘强又被孟来财打伤,方才醒悟。最后,有情人终成眷属,孟来厚和女儿孟月月也不计前嫌,帮助孟来财致富,全剧以大团圆的结局落幕。

该剧以现实主义的笔法,比较深刻地反映了新形势下,老区农村青年女性思想观念的变化和在发展农村经济过程中所起的重要作用,成功地塑造了孟月月这样一个老区妇女的新形象。她有新思想、新技术,不但是老区农民脱贫致富的主力,而且是领头人;不但可以与男子比肩,而且可以更加出色;不但可以顶门立户,而且也可以顶天立地。由此说明,生女未必不如男,女儿也是传后人。那么纯女户执行国家的计划生育政策,采取节育、绝育措施,就理所当然了。这也正是陇剧《老孟家的婚事》的主旨所在,不过表现得更加含蓄、艺术,而不像有些作品直说直教,直奔主题罢了。从舞台效果来看,无论是布景设置,还是唱腔对白,都具有较强的艺术性和浓郁的陇东地方色彩,是陇剧在艰难求生过程中所产生的一出既具有教育意义,又具有艺术特色的好戏。目前,该剧在小范围试演之后,颇受好评。

看到此,我心情久久不能平静。爸爸啊爸爸,你出生于极其贫困的大山沟里,出门上山爬洼,进门脱鞋上炕,从幼年到少年、青年,一直过着缺吃少穿、没水没电的穷苦生活,为摆脱贫困处境,考进苦水县剧团学艺。谁知你事业有成,却英年早逝,实在令人惋惜啊!

爸爸啊爸爸，你不知道，当妈妈把你在创作方面取得的成果拿出来让我看时，我不敢相信这是你的创作成果，可获奖证书上明明写着你的名字，不相信不行啊！

爸爸，你知道我看到你的作品和成果时有多么激动、多么自豪！没想到一个不该到这个世界上来的"多余女"会有这么一位有才华的父亲。

爸爸，如果你和妈妈没有贫穷的拖累和困扰，没有传统思想的束缚与禁锢，没有我这个"多余女"的负担和累赘，如果你有一个优越的家庭环境，良好的求学氛围，我相信你会在你从事的行业上取得更大成就。

爸爸，女儿虽然没有福分同你在一起生活，对你的一切不甚了解，但当我亲眼看了你生前的作品和成果时，我为我今生今世有你这样一位父亲而自豪！爸爸，虽然说你对我来说，只是一个称谓，但我们的血脉是相通的，性情是相似的，志向是相投的，追求是一致的。我希望把你所有优点都遗传给儿女，并把你学到的知识也传给儿女，好让儿女们个个成为有用人才，优秀儿女。

爸爸，女儿想你，爱你，敬重你。爸爸，请你在天之灵原谅女儿，女儿错怪你了。你不仅值得文艺工作者学习，更是我们子女的楷模。

看完爸爸的资料，我好像饮了一壶甘甜纯美的酒，心里平静了许多，接着又翻看妈妈的所有资料。妈妈在戏剧事业上成绩不小，硕果累累。她从十二岁开始学艺到夺取甘肃省优秀演员一等奖，获奖证书有数十张，年年被剧团评为先进和优秀工作者。1988年1月13日《兰州晚报》报道说，她在折子戏《沉香盗斧》中成功饰演沉香一角，荣获"甘肃省优秀青年演员奖"。同年2月23日，《甘肃农民报》刊登西北师大教授、文艺评论家牟豪戎先生的文章，对妈妈的成才之路做了详细评论与介绍——

《演武生的山里妹子——记平阳地区苦水县秦剧团演员张锦莹》

在前不久结束的西北五省（区）秦腔新秀电视大赛甘肃省"兰光杯"预选赛中，有一位演武生的山里妹子，因在《盗斧》一剧中成功地扮演了沉香一角而受到观众的好评，被评为甘肃"兰光杯"优秀青年演员。她就是来自咱省革命老区苦水县秦剧团的青年演员张锦莹。

小张今年23岁，平阳地区华阳县人。她自小爱好文艺，1975年到华阳剧团学艺，师从王复俗、魏浩，开始攻刀马旦，后又改攻文武小生。女娃娃唱武戏，困难确实不小，但小张抱定为老区人民群众奉献出良好技艺的志向，坚持刻苦练功，认真学习，1979年便正式登台演出。她先后饰演了《黄鹤楼》中的周瑜、《白蛇传》中的许仙、《游西湖》中的裴生、《劈山救母》中的沉香、《哑女告状》中的掌忠、《梨花狱》中的武则天等，以功底扎实、表演认真、做戏细腻的特点，较好地塑造了各种类型的人物形象，受到了观众的好评，在华阳县、苦水县、平阳一带早已小有名气。1985年，她调入苦水县剧团。华阳县和苦水县都地处我省偏远山区，生活条件较差，演出更为艰苦。由于小张平时注重思想修养，重视文化学习，善于在艰苦环境中锻炼提高自己，所以能够持之以恒地坚持练功。她不仅平时练，而且在频繁的下乡演出中，除了每天出演两场戏外，还要坚持练功。这就使她在艺术上不断有所提高。1982年，她还被华阳县人民政府评为文教战线的优秀职工，后又被评为"特级劳模"，还被省上评为"全省农村文化艺术先进工作者"。1979年以来，她年年是剧团的先进工作者，1988年被党组织吸纳为中共预备党员。

对艺术的执着追求和刻苦好学，是小张的突出特点。

1987年底,她在《甘肃日报》上看到西北五省(区)秦腔新秀电视大赛甘肃"兰光杯"预赛即将在兰州举行的消息后,在县文化局和剧团领导的支持下,毅然扔下出生才7个多月正在吃奶的孩子,克服重重困难,匆忙赶到兰州报名参赛。报名之后,为了取得好成绩,她除每天参加排练外,还坚持每天早晚练两场功。每日凌晨六点,她就活跃在饭店的院子里,不是下腰,就是踢腿,或是扑跌翻滚。小张勤奋好学的精神受到各地演职人员的称赞。虽然她是匆忙赶到兰州,事先毫无准备,却在《沉香盗斧》一剧演出中显示了她扎实的功底、认真的态度和出色的技艺,博得了兰州观众的喝彩。

　　正是这个鼓励把妈妈的积极性又提上了天。为了磨好、磨精、磨高、磨透一折戏,她真正做到了"十年磨一戏"的实践演练过程。通过进省城参赛表演,学习观摩,对比切磋,同时又聆听专家和评委对她表演所做的评论指点,她更加坚定了在艺术道路上拼搏攀登的决心。后来,为磨精品,她又聘请高师名家重新排练指导《沉香盗斧》,在千万次的苦练之后,1988年国庆,妈妈参加"平阳地区首届青少年戏曲演员大奖赛"时,夺得大赛设置的唯一一个"一等奖"桂冠。

　　吕律先生在《甘肃戏苑》1989年第一期发表了《老戏唱新声,艺苑展绿枝》的评论文章:

　　　　苦水县剧团女演员张锦莹在秦腔折子戏《沉香盗斧》中饰演沉香一角,人们赞不绝口,"张锦莹把沉香演活了"。演出的成功,一靠对角色性格的深刻体验;二靠精湛的表演技艺和过硬的武功。先看沉香对仙翁的三拜:一拜,"多谢仙翁"站立作揖;二拜,跪一腿作揖;三拜,大转身带剑花双腿跳起,双膝同时跪地叩

首。这三拜充分表现了沉香吃过仙桃变成神童后对仙翁的感激之情,将沉香的娃娃性格展现得活灵活现。从深海探路,与蛟龙水卒交战,到智盗神斧的一系列表演程式上看,都进行了大胆的创新与改进,行走如风,一穿而过,表现沉香神通广大,本领非凡。运用腿功、腰功及探海等动作来暗示道路坎坷艰难,并非轻而易举。为了表现沉香与海浪搏斗的情景,导演处理为连续转身,后又改为扫腿,但都觉欠妥,演员提出用一盘旋子,既能表示大海无边无际,波涛翻滚,又能形象地表现沉香斗浪弄潮,一往无前的精神。大赛演出时抈到18个旋子,这连一般男演员也不易达到。

  在海底龙宫查寻,沉香的脸部表情暗示蛟龙正在沉睡,沉香决意舍武斗而智取。沉香轻手轻脚,走三步后被发现。于是,一个转身卧鱼,藏身礁石后,又抬头侧身静听,行两步后,蛟龙发觉,口喷烈焰,沉香又一个蹦子卧鱼。蛟龙一个跺子爬虎,向沉香扑来,沉香眼明手快,下腰用宝剑挑龙过身。为了表现演员的武打功力,导演设置了四个水卒,又为沉香设计了枪、刀、剑、双铜等把子功。沉香先夺去长枪,初战得胜,好不欢喜,心情稍有松弛,接着一个大幅度转身,向神斧逼近。水卒们又以刀抵战,沉香就用飞把夺刀而战。飞把夺刀,难度大,表演容易失手,而小张的表演恰到好处。她的双铜技巧,堪称"绝活儿"。双手转双铜,纯熟自如,似银蛇缠身,用手掌心功力吸起一铜与另一铜针锋相对,又用五指分别旋转,叫五指过关。

  小张表演的长穗剑开打,也是戏曲舞台上多年不见的特技。表演不好,穗子就会缠绕在剑上或身上,但小张在表演时,眼盯剑梢,剑穗随剑柄如游龙上下飞窜,干净利落,变化无穷。这些精彩的表演,都使观众赞不绝口,不时报以热烈的掌声。在最后盗斧一段里,导演原处理为沉香幕后取出神斧,小张在排练中觉得如此盗斧太易,似嫌平淡。根据小张的设计,借鉴了武术中的飞把,用宝剑向前方扎去,后台飘出一把火彩,表示石箱被宝剑扎开,神斧飞出,舞台效果极好。沉香得到神斧,一套斧花表演,得心应手,沉香如虎添翼,救母有望的喜悦心情被真实地表现了出来。

张锦莹1975年学艺,主攻小生,尤以武功见长。小张酷爱戏曲,学艺刻苦认真,到目前为止,早晚还是坚持练两场功,从不间断。她有身孕八个多月时,还随团下乡演出。小张还是个善于思索、颇有创意的演员,排练中不仅能深刻体会角色性格,而且注意学习吸收其他艺术形式。老戏新演给传统戏赋予了新意,以满足当今观众的审美要求。这次大赛中她荣获组委会设置的唯一一个"一等奖"桂冠是当之无愧的。

妈妈,看专家对你的评价多高,看观众对你有多拥戴。在激烈的比赛角逐中,一名一等奖不是人人都能摘取的,但妈妈却摘取了这个桂冠,可见妈妈的才艺是出众的,实力是超群的,技艺是专家、评委、观众、同行认可的。妈妈,祝贺你!祝贺你取得了好成绩。女儿为你高兴,为你骄傲。同时希望妈妈把你的才艺传授给女儿,好让女儿沿着你的足迹,去奋斗和实现你未能实现的梦想。

1993年9月,妈妈又应邀参加了甘肃省"视野杯"首届秦腔优秀演员邀请赛,在《沉香盗斧》一剧中,成功饰演沉香一角。演出时,场内掌声不断,喝彩声震耳欲聋,经久不息。谢幕时,有扔被面的,有打口哨的,有喊重演一遍的,有说没有看美看好看过瘾的。一句话,观众对妈

妈的表演非常认可，异常惊讶，都异口同声地说："没想到山区能有这么个好演员，把功夫练得和男演员一样。佩服，佩服！"

下场后，有观众专门跑到后台要求合影的，有记者采访的。散场时，观众和部分同行把妈妈围住要与她交流，要向她提问，妈妈说那场面让她应接不暇，永世难忘。就因这次成功演出，妈妈差点被调到省团工作。遗憾的是她本人未能冲破封建思想观念的束缚，自己将自己禁锢在一个不重用人才的县级文艺团体。这不仅是妈妈的悲哀，更是地方秦腔艺术的悲哀！

1993年11月中旬，在《甘肃日报》的文化娱乐影视栏目，发表了著名戏剧评论家范克峻先生的《一出"盗斧"惊甘陇》，对妈妈的参赛剧目《沉香盗斧》做了简练而精辟的点评：

"视野杯"一等奖获得者，苦水县剧团青年秦腔女演员张锦莹演出的《沉香盗斧》，舞台上訇然一声，蹦出一个玲珑清纯的神童，一对炯炯灵动的眼珠，透视着惊奇、娇憨、智慧和勇气的光芒，吸引了全场观众的视线。

苦水县位于特别艰苦的山区，长年累月爬山涉水地演出，演员都疲于奔命，加之戏剧不景气，收入微薄，好多人不是改行谋业，就是消极等待。在这种形势下，一个已有家庭拖累，而且经济条件并不宽裕的女演员，竟然冲破种种阻力，克服重重困难，依然醉心于艺术事业，勤学苦练，坚持不懈，终于脱颖而出，在舞台上树立了一个崭新的艺术形象，令人振奋。

张锦莹的表演，最显著的特点是干净利落，洒脱明丽，神采奕奕，充满活力。虽然是异常激烈的武戏，却给人一种轻松自如，随心流转之感。美的影响深深地留在人们的脑海之中。

随后，郑某先生又以《梅花香自苦寒来——甘肃省"视野杯"优秀秦腔演员邀请赛一等奖获得者张锦莹》为题，对妈妈的成功演出做了详细报道：

1993年10月19日，兰州，省文化宫剧院里灯火辉煌，歌舞蹁跹。这里正在进行着甘肃省"视野杯"优秀秦腔演员邀请大赛。参赛演员精彩的表演赢得了广大观众阵阵热烈掌声，而《沉香盗斧》一折则将气氛推向了高潮。只见小沉香一排小翻登场亮相，个个旋子干净利落；刀、枪、剑、锏、斧等，件件得心应手，特别是双手十指旋转银锏，堪称一绝，整个场内掌声、喝彩声汇成一片。表演小沉香的就是苦水县剧团的女演员张锦莹。

1975年，华阳县毛泽东思想文艺宣传队收进了一位叫张锦莹的小女孩，有人将她端详了又端详，审视了又审视，断然说她不是唱戏的料。可是，小张怀着对戏曲艺术的酷爱和执着，背负着人们的轻视，开始了艰难的艺术磨练。清晨，当人们还在甜蜜的梦乡中时，她早已练得汗流浃背。晚上，别人看电影、侃大山、压马路时，她一个人默默地在练功场上翻、跃、扑、打，不论寒冬酷暑，从不间断。有时练不好，她赌气不吃饭，直练到掌握了动作要领才肯罢休。还有一次，小翻翻不好，她恨自己笨，一气之下打得自己的嘴巴直流血。妈妈心疼地说："干脆回来算了！"哥哥也说："真不该背着粮找罪受，唱戏有什么前途？"但是倔强的她谁的话也没听，日复一日，年复一年，凭着坚强的意志和超人的毅力，女演员嫌累不练的她练了，男演员难过的关她过了，终于在舞台上赢得了自己的一席之地。她饰演过的生、丑、净、旦、末等角色，均得到了观众的喜爱和高

度评价。尤其是扮马童,这个行当纯属男武生演员扮演的角色,她不但敢扮敢上,而且还演得很漂亮。观众竖起大拇指说:"女娃娃扮演马童,真是稀奇!"

1985年,她调入苦水县剧团,虽然这时她已结婚,后来还生了孩子。但她仍然勤学苦练不辍,甚至产后才两个月就又上了练功场和排练场。演出中她不仅能深刻体会角色的性格情感,努力塑造一个个形神兼备的人物形象,同时还能注意吸收学习他人和其他艺术形式的长处,拓宽自己的戏路,探求自己的艺术风格。

梅花香自苦寒来。张锦莹在困境中不气馁,前进中不骄傲,终于获得了甘肃省"视野杯"优秀秦腔演员邀请大赛一等奖。

那次参赛,对正在吃奶的姐姐似乎有些残酷无情,但从另一方面反映了妈妈的敬业爱岗精神,与她对自己从事的艺术事业的执着热爱。正因为有此奉献精神,妈妈在毫无准备、匆忙上阵的赛场上获得了出人意料的成功。这个成功对妈妈之后在艺术表演专业向高水准奋进攀登,起到了莫大的鼓舞与推动作用。

妈妈,当女儿看了专家、学者、教授对你学艺、演出、做人的评论报道后,心中像打翻了五味瓶,酸辣苦甜咸一起涌上心头。此时,我不知道对你说啥好,安慰嘛,分明是缥缈的,代替不了女儿对你艺术事业的惋惜和遗憾,有的只是同情和哭泣、理解与敬佩。

妈妈啊妈妈,女儿只能从心底理解你,同情你,敬重你!如果不是爸爸过早离世,不是我们姐弟幼小,我相信你绝对不会忍痛离开你酷爱并为之奋斗和拼搏了二十多年的戏曲艺术殿堂。然而,你却因为人生的苦难与无奈而离开了你所钟爱的戏剧表演舞台。

我坚信历史和时间，会对你的艺术价值和人生价值做出公正的评判，更坚信你当初要是不离开演艺舞台的话，通过自己的拼搏努力，一定会成为一名表演艺术家的。因为艺术家的大门已向你敞开。

难怪有专家说："张锦莹离开戏剧舞台实在太可惜了！是观念和家庭毁灭了一位艺术人才，我们的戏剧舞台上消失了一个艺术闪光点！"

妈妈，你虽然离开了戏剧舞台，却没有因此停止对事业的追求和奋斗，在工作之余挑灯著述，记录自己学艺时的坎坷艰辛和迈向成熟的艺术生涯，以小学三年级学历和常人难以想象的艰辛，和着泪水，伴着孤灯，守着清贫，忍着悲痛，承受着孤独与寂寞，花费七年时间，写出二十多万字的自传体小说《戏恋》，并于2006年9月由甘肃省敦煌文艺出版社出版发行。

《戏恋》出版后在社会上引起了强烈反响，特别在我们小县城掀起了一场轩然大波，人们惊疑、诧异，议论纷纷。

"《戏恋》到底是不是张锦莹写的？她死了男人咋生存，还有心情写书吗？"

有人疑惑："张锦莹男人死了娃娃多，一天要拉扯娃娃要做饭，还要上班干家务，哪来精力和时间写书呢？"

有人接过话题说："就是，一个唱戏的么，念了几天书，人家咋强得会写了？写得生动可信，真实感人，好多情节把我都看哭了，不知道那些经历是真是假，如果是真的也太恓惶了。"

又有人说："不是真的她就写不下那么感人。凡事只有自己经历了才知道啥是伤痛啥是甜，不经历是绝对写不出那么细腻感人的故事。"

"没想到张锦莹的命那么苦，不过，这女人还是挺能

干的,一个人拉扯几个娃娃不容易,既能唱戏又能写书,算个女强人!"

也有人怀疑说:"那书根本不是她写的,她念了几天书,认了几个字?连自己名字都写不利索还写书呢,那是请人写的。"

《戏恋》出版发行后,被平阳市文联评为2006年优秀精品图书,并于2007年9月获第七届"陈放杯"中国大采风组委会金奖,平阳市第五届精神文明建设"五个一工程"一等奖。

《甘肃日报》《西部商报》《陇东报》《陕西戏剧》《九龙春杂志》《环江文苑》等,都对该书做了详细评论和报道。

这时,我脑海中浮现出大文豪高尔基赞美妇女的一句话:"世界上一切的光荣和骄傲都来自母亲。"

母亲在我心中是天底下最伟大、最慈祥、最辛苦、最坚强的妇女。她年岁不大,在人生路上经历的磨难是常人想象不到的,经受的苦难也是常人难以理解的,付出的辛劳又是常人不能付出的,承受的屈辱也是一般人不能接受的。她天赋并不好,但却好学上进,不耻下问,以"人十之,她百之,人百之,她千之,人千之,她万之"的毅力,在文学艺术领域中孜孜以求,刻苦钻研,奋发拼搏,才取得她积累多年,展示在我眼前的这些成绩。不,应该是珍宝,是她在演艺生涯和文学创作道路上取得的丰硕成果。

真是不看不知道,一看全明白。我悔恨得无地自容,此时,我恨自己无知偏激,更恨自己不该长期对他们误解怨恨。我为我的父母没有虚度他们的年华,对社会文化事业发展作出的贡献而自豪,因为他们对自己的人生交了一份满意的答卷。

爸爸，妈妈，你们的奋斗足迹震撼了女儿的心，你们的事迹给了我积极向上的决心，奋发有为的动力，你们的精神会时时召唤和激励我。你们给予我的艺术天赋，就是上苍要我继承你们未竟之业，实现你们未曾实现的宏伟目标，追逐你们未曾超越的梦想。至此，我才下定决心，义无反顾地选择上艺校学艺。

两天后，我主动告诉妈妈我最后的选择。

妈妈听后非常激动，把我搂在怀里爱怜地说："婷娃，你们生在新时代，长在福窝里，没经历过风雨和苦难的洗礼，对艺术行业养人育人的故事一无所知。从古到今，有多少人因为家庭贫穷，生活所迫，差点走上绝路，最终都受益于这个行业。但凡走上艺术道路的，多数不但有成就，有的还成为人们敬重的艺术大师。妈妈和你爸爸就是这些人中的一员。因为妈妈终生热爱这个行业，所以如果谁贬低这个行业，我不但反感而且非常不快。人活一世，不论职位高低，造化多大，始终要存感恩心和报德情，不然，枉披一张人皮。至于这个行业中的个别人，撒过扁担打卖柴的，那是因为接受的教育少，修养差，看问题肤浅，做事既不维护自己尊严又不树立行业形象，这是境界达不到！还有品质恶劣、道德败坏的人，毁了自己不说，还玷污了文艺行业的名声。这种人不能代表所有文艺人，也没有资格代表文艺人。"

听了妈妈的话，我愧疚地望着妈妈不知说啥好，难怪她在天灾人祸面前能挺起胸脯、扬起头颅走出困境，原来是戏曲行业教会她同命运做斗争，使她成为一个优秀的文艺工作者，伟大的母亲！

开学的前两天，妈妈忙得一塌糊涂，只因我和弟弟要同时去这个学校就读京剧表演艺术专业。

说到让弟弟上艺校，妈妈犹豫了好长时间，那个煎熬是用语言无法表述的。本来，妈妈的初衷是不打算让弟弟上艺校的，可弟弟整天哭闹着要去上，弄得妈妈无所适从，难以定夺。他还说妈妈偏心眼，妈妈不爱他，只供女儿上艺校不供儿子上，还用绝食要挟妈妈。见妈妈不表态，他又抱着爸爸的相片哭着央求道："爸爸，求求你给妈妈托个梦说个情，让她把我也送去上艺校，让我练好功夫去拜李连杰和六小龄童叔叔为师，拜他两个为师是我的梦想。爸爸，你就帮帮我吧！"

那时，弟弟哭起来没完没了，眼泪像断了线的珠子，叫人看了心很疼！谁劝说他都不听，两只小手捂着耳朵说："我就要上艺校，上艺校，再啥都不听！"

面对弟弟的哭闹，妈妈无奈地也哭了，边哭边从弟弟手中夺过爸爸照片说："智文啊智文，你看到了没有，听到了没有？儿子要学艺，叫我咋裁决？这是关系到娃一生的前途和命运，你咋不说话？你如今安安稳稳地睡在地下啥都不管了，叫我咋定夺？他这么稚嫩，正是需要父母疼爱和关照的时候，也是学习文化知识的关键年龄，咋能让他去走我们无可奈何而不得不走的路呢？这是你造的孽还是我造的孽？你把这个责任全甩给我，我负不起啊……"

听到妈妈的诉说，我心灵再次受到强烈震撼，真正领悟到妈妈的艰辛和不易。

多年来，妈妈用她孱弱的躯体和顽强的毅力，肩负着母亲与父亲的双重重担，每天在泥泞险道中艰难挣扎行进，难怪她遇事这么伤心，做一个决定这样艰难。原来是爸爸的离世给她带来的痛楚和无奈！老天为啥这样不公平，人生为何这样艰辛？好端端的一个文学艺术家庭，为什么要经受人世间的生离死别之痛，让年纪轻轻的妈妈成了单亲！从此，没了丈夫，失去了家中的大树和靠山，遇事没人帮她出主意、想办法，遇到困难没人替她解忧分担。年幼无知的弟弟逼着妈妈让他上艺校,妈妈出于无奈,最终向弟弟妥协了。

弟弟高兴地跳起来拍着小手说:"谢谢妈妈,谢谢妈妈……儿子终于能上艺校,能练功夫,能翻跟斗了!"

妈妈却含着泪水说:"儿呀儿,妈妈这个决定明明是在害你,你还瓜得谢我哩!你纯粹是人小心大,我拿你没治!才读了三年书就要去学艺,长大了咋应对飞速发展的社会和高科技来临的时代潮流?到那时,你不后悔埋怨我才怪呢!"

弟弟接着说:"请老妈放心,儿子学艺之心已定,绝不反悔,将来无论发生啥变故,遇到啥困难,儿子都无怨无悔!"

妈妈又搂住弟弟哭了,哭得很伤心。

说实话,妈妈对让弟弟学艺至今都有心结,只是碍于弟弟的倔强固执才不得已而为之。

就这样,妈妈既要为我准备铺盖和行李,还要为弟弟一同准备。她既不想叫我们行囊寒酸地进艺校门,又无充足的物质作保障,就把家里的一些棉絮全部拆了,拿到网套加工点重网。这样一来,和新的一般无二。就这,她还不满意,说网套不好,盖上爱破,铺上也掉渣子不干净。又把旧床单和旧被套拆开洗净,一针一针地缝在网套上。此情此景,让我想起了《游子吟》:

> 慈母手中线,游子身上衣。
> 临行密密缝,意恐迟迟归。
> 谁言寸草心,报得三春晖。

到开学的那天,妈妈帮我们一趟又一趟地扛着铺盖,背着行李,提着箱子,拎着小包向长途车站转送,然后又拖着我们姐弟的手,将我们双双送往宁夏艺术学校。

路上,有妈妈陪伴呵护,别提我们姐弟有多高兴激动!我们不停地唱着在学校学到的儿歌和革命歌曲,当唱到小朋友最爱唱的那首童谣时,一位老奶奶激动地站起来道:"小朋友,把你们刚才唱的这首歌再唱一遍行不行?"

我们高兴地说:"行啊!"

老奶奶说:"你们用心唱,唱得好了我给你们发奖品。"

我和弟弟尽情地为老奶奶唱了起来:

咪咪猫,上高窑,金蹄蹄,
银爪爪,上树树,逮雀雀,
扑棱棱棱都飞了,把个老猫气晕了。

没等我们唱结束,老奶奶就给车上人讲:"这首童谣是我几十年前跟着我奶奶挖野菜、拾麦穗时,奶奶唱给我听的。奶奶已去世多年,骨头都化了,没想到我奶奶唱过的童谣今天还有人在唱,而且唱得这么好,把我一下带回到几十年前的儿时生活了。"

她又问:"你们还会唱民间的啥童谣或儿歌?"

我们那时也不懂啥叫民间儿歌和童谣,盯着奶奶不吭声。妈妈让我们把跟着电视学会的《拉大锯》唱给奶奶听:

拉大锯,扯大锯,姥姥门前唱大戏。
接姑娘,请女婿,就是不让冬冬去。
不让去,也得去,骑着小车赶上去。

唱到中间,弟弟不停地冲我眨眼睛,用手指头捅我,不住地叫我小声点小声点,好把他的歌喉展示给老奶奶和乘客,以便得到大家的夸奖。而我也因激动和愉悦,未理会他的暗示。

老奶奶越听越高兴，越听越激动，兴奋地说："小朋友，辛苦你们了，歇会儿，让奶奶给你们唱一段我奶奶教给我的'连锁歌'行吗？"

我看了看老奶奶想："你老得头发都白了，会唱个啥歌？"

老奶奶却认真地唱了起来：

野牵牛，爬高楼。高楼高，爬树梢。
树梢长，爬东墙。东墙滑，爬篱笆。
篱笆细，不敢爬，爬在地上吹嗽叭。
嘀嘀哒，嘀嘀哒。

听完老奶奶唱的歌，我惊讶得不知说啥好！没想到她嗓子甜得像郭兰英奶奶。全车人都给她鼓掌，真是真人不露相，露相真惊人。

弟弟觉得比唱歌抗衡不过我，就用背诗来要挟我。可他忘了我是五年级毕业生，学的诗背的词肯定比他多。而他却争强好胜地硬要拿背诗与我比。哈哈，他哪是我的对手！只要他提起我学过的诗名，我便会一字不漏地抢先一口气背完，气得弟弟没法子。他看背诗比不过我，就用绕口令来制服我。这下绕得我一点儿也跟不上了，只得甘拜下风，向弟弟认输。

弟弟这时自豪地说："咋不比了？你以为我比不过你，只不过是我让着你。这叫男人让女人，汉子让姐姐，让到一定程度就不让了。看来，你就是个臭豆腐，提不起线线，扯不开蔓蔓，还想跟我们男人比，服不服？"

惹得全车乘客大笑不止，说这姐弟俩真逗。不时有乘客要求我们唱这唱那。除了不会的，我们姐弟俩是有求必应，乐得他们不住地给我们鼓掌，送矿泉水及各种小食品。老奶奶也兑现了她的承诺，给我们姐弟每人发了

一元钱奖金。

随着汽车的地行进,我们的目的地宁夏艺术学校呈现在面前。学校虽然有办公楼、教学楼、住宅楼、练功厅、琴房、饭堂等,但作为一个省级艺术学校,环境还没有我的母校环境好。我的母校虽在山区乡镇,但那里的自然环境特别优美,山清水秀,空气清新,加之校园种植的花草树木,斜看是行行,顺看是样样,修剪得大小、高低、宽窄一模一样,花园里还没有一点杂草和污染物。宁夏艺术学校的环境和母校的环境尽管有差别,但对弟弟的吸引力可大啦,他高兴得在楼梯跑上跑下,妈妈喊不住,只好由他性子去跑。

当妈妈替我们报完名,铺好床铺的那一刻,一种似家非家、似校非校的凄凉情感突然袭上心头,在家没有珍惜妈妈给予的那份温暖,现在却要离开家庭独立生活,心中难免有点恐慌不安,毕竟是人生地不熟的新环境。此刻,我多想让妈妈陪在我们身边读书学艺。但这不可能,妈妈有她的工作和事业,她不但热爱自己的事业,还是个干事业不要命的工作狂。再说,陪读是有钱家长干的事,不是以我们家条件所能达到和奢望的,妈妈还得上班挣钱供养我们读书学艺。

第二天下午,妈妈流着惜别的泪水,牵着我和弟弟的手边走边唠叨,叮咛了吃喝又叮咛穿戴,叮咛了安全练功又叮咛睡觉盖被子,好像有叮嘱不完的事。眼看公交车来了,我们母子三人抱作一团挥泪惜别。

望着飞速离去的公交车,我心里空寂得要命,真想大骂老天,为什么要让我不停地经受离别之苦?先是与姑父爸爸分别,后是与三姨妈分别,现在又与妈妈分别。

望着周围的陌生环境,眼泪不停地从脸上流下来,弟弟还哭着问:"姐姐,妈妈走了咱俩咋生活?一个人都认不得，有人欺负咱们了妈妈不知道咋办？眼看天就黑了，你晚上睡觉不要人搂，我晚上睡觉一直是妈妈搂着，妈妈走了今晚睡觉谁搂我？没人搂我我害怕得睡不着咋办？还有，明儿个早上起床没人给我穿衣服我又不会穿咋办？你知道我晚上睡觉老尿床，天天都是妈妈叫醒我让我尿尿，这下没有妈妈叫我尿尿，我睡得不知道了尿在床上咋办呀？"

我听了弟弟一连串对新生活不适应的诉说，心里特别难受，便把弟弟搂住说："不要怕了，有姐姐在，你啥都不用怕。晚上姐姐搂你睡觉，叫你尿尿，早上起床姐姐给你穿衣服，慢慢你就能生活自理了。再说，妈妈说她会很快上来看咱们的！"

弟弟却哭着说："姐姐，妈妈那是哄咱们的话你还当真了，她说很快，到底是明儿个还是后儿个？说不定她回去还一时半会上不来呢。姐姐，我想妈妈，想妈妈……"

就这样，弟弟哭着想妈妈，我一边哭着，一边安慰弟弟，因为弟弟那时只有十岁！我能做的只是用话语安慰他，用行动关照他，给不了妈妈平日给他的关爱，其实我也需要大人呵护，需要妈妈陪伴！

弟弟看我比他哭得更伤心，用袖子把眼泪擦干后，边帮我擦眼泪边说："姐姐，不要哭了，天快黑了，咱们回学校吧，妈妈坐的车已经走得看不见了，一会儿黑得咱们找不到学校了。"

我边哭边说："姐姐不哭了，咱们回学校吧！"可我越哭越伤心。弟弟便拉着我的衣襟，我拉着弟弟的小手往学校走去。

进到宿舍，看到陌生的环境和面孔，想到离别的揪心与哭泣的弟弟，我觉得自己肩上有了一副重重的担子。俗话说：长兄为父，长姐为母。我还得扮演照顾弟弟生活的

"妈妈"!

就这样,妈妈是怀着依依不舍的心情返家的。我和弟弟在同一个学校、同一个班级,开始了我们的学艺生涯。

后　记

　　《多余女》这部作品的诞生，实实在在是受我母亲的作品《戏恋》的启发。2006年9月，我看到母亲用整整七年时间完成的作品《戏恋》出版后，受到了当地各阶层读者的重视和好评时，我的心被母亲的精神打动了，渴望自己有朝一日也能像母亲一样，写一部关于自己出世后怎样寄养、寄宿、寄读在两个家庭的作品给读者看，让读者了解我在离开亲生父母后的心理变化、思想矛盾、精神需求。让世人知晓没有生身父母爱抚呵护的孩子身心有多凄凉孤独，让妈妈知晓我对她的怨恨和隔阂产生的原因，让天下所有家长都能吸取我们家的教训，不要轻易将自己的爱子爱女寄养在别人家，托人拉扯抓养。

　　如果孩子缺少家庭温暖、父母呵护，从身心上得不到起码的爱抚，心灵上产生的阴影会久久不能根除，我就是一个活生生的例子。

　　说实话，如果不是妈妈在爸爸去世后信心坚定、意志顽强地守护教育、规劝诱导、奖罚鼓励、跟踪监督，不但没有我的今天，我可能还会因为极端偏执走向犯罪道路。我说的这些全是我成长中的亲身感受！

　　随着年龄的增长，渐渐懂事的我，无时无刻都觉得自己活得委屈。刚一出世，我就被家庭和社会视为不该出生的多余人而寄养在别人家，导致我性格固执，看问题偏

激,做事我行我素,待人热冷不均,心里老觉得父母对我不公,欠我太多,常有道理没处讲,公平没处讨,怨恨无处发的怒气,便对母亲发起了挑衅与报复。现在回想起来,愧疚自责,追悔莫及。

我脑海中萌生的这个想法就像一块吸铁石粘在我头脑挥之不去,抹之不掉!于是,我暗下决心,一定要写一部关于自己成长的书,告诉世人,孩子从小就不能离开生身父母,更不能长时间寄养在别人家,包括爷爷奶奶家。这样,对孩子、家长以及社会都不利,尤其对孩子的身心健康摧残极大。让读者看后进行评论指导,让专家看后给予肯定鼓励。为写好这本书,我反复阅读了母亲的《戏恋》,读一遍有一遍的感受,看一遍有一遍的启发。直到读过三遍后,我情绪高昂、激情澎湃地开始了《多余女》的创作。

创作虽然拉开了序幕,但我对写作常识一点不懂,一窍不通,根本谈不上啥叫文学创作。怕被人嘲笑也不敢张扬,主要是不想让身边的老师和同学知道,怕他们知道笑话我,说我胡折腾。也不想让母亲知道她的女儿正在干着一项啥工作,我要给所有关注我成长的人一个惊喜。没想到这个幼稚的想法让我走了不少弯路,返了不少工,耗了不少时间。

后来,妈妈崇拜的老师,我心中的偶象,著名京剧表演艺术家俞签奶奶给我送了一本她的书。读后,才知道一部好作品不仅是用笔写出来的,更是要用心去感受,用大脑去思索,用素材去编织的。在写作过程中,我又开始阅读名著,看完一章,写一点读后感,看完一本,总结一下自己的思想认识和写作技巧。不知不觉间,完成了本书的前三章"出世""寄养""记事"的初稿。

大年三十晚上,我把它当作送给母亲的礼物捧在她面前。母亲惊讶得热泪盈眶,似有不相信和不认识我的感觉,也有对作品是否出自我手的怀疑与惊讶,但又有整装待发、扛枪出征的兴奋和激动。她大概翻阅了一下,就一个劲地鼓励我,表扬我。虽说她还没看清楚内容写的什么,但对我的精神给予了充分肯定,鼓励我好好写用心写,写完了她帮我修改定稿,争取早日出版面世。

母亲的承诺和鼓励,让我信心百倍,劲头十足。在后来的写作过程中,我写一个故事就给母亲寄回让她审,写一段文章不是用电话念给她听,就是用短信发去让她指导,避免走弯路。可以说,母亲为我这部作品耗去了不少精力和时间,没有母亲的耐心指导和及时修改,就没有这部作品。母亲常常在电话或短信上说这个章节缺东西,那个段落缺句子,或是这个词语不准确,那个故事不丰满。为此,我们母女常常在电话里争执不休,她说她的理,我说我的情。有时,不是母亲生气挂断电话,就是我赌气关了手机。争执过后不到十分钟,我俩又着急想对争执的问题再进行探讨。就这样,这本书经过艰难的创作和反复修改,历时九年,才算完稿,虽然不成熟,但我尽了心。

通过这本书的创作实践,我不但学到了很多知识,掌握了不少写作技巧,还学会了如何做人。在此,感谢原新华社高级记者屈维英伯伯,原宁夏自治区文联主席高耀山伯伯,原环县政协副主席康秀林伯伯,庆阳市文史研究专家于祖培伯伯,庆化厂退休职工杨仲义伯伯,环县高级教师苗永青伯伯,嘉阳印务有限公司高晓妍老师等,对这本书给予的帮助和指导,有向位还写出了几千字的修改意见和写作知识供我学习参考,让我看后很受启发。修改最后这一稿时,好多地方都是按照他们的建议在改。有这么多文学前辈和专家老师的鼓励,我鼓足

信心和勇气继续前行,不前行,就对不起他们对我的激励和寄予的希望,更对不起母亲多年来对我们姐弟的守护与抚育。

赵倩

2016年于北京